U0902888

向你而生

上册

南野琳儿
—著—

青岛出版社
QINGDAO PUBLISHING HOUSE

图书在版编目（CIP）数据

向你而生 / 南野琳儿著. — 青岛 ： 青岛出版社，2020.12

ISBN 978-7-5552-9240-1

Ⅰ. ①向… Ⅱ. ①南… Ⅲ. ①言情小说－中国－当代 Ⅳ. ①I247.5

中国版本图书馆CIP数据核字(2020)第159866号

书　　名　向你而生
著　　者　南野琳儿
出版发行　青岛出版社
社　　址　青岛市海尔路182号（266061）
本社网址　http://www.qdpub.com
邮购电话　18613853563　　0532-68068091
责任编辑　李文峰
特约编辑　孙小淋　张玙璠
校　　对　耿道川
装帧设计　梁　霞
照　　排　梁　霞
印　　刷　三河市良远印务有限公司
出版日期　2020年12月第1版　　2020年12月第1次印刷
开　　本　32开（880mm×1230mm）
印　　张　16
字　　数　300千
书　　号　ISBN 978-7-5552-9240-1
定　　价　65.00元（全二册）

编校印装质量、盗版监督服务电话　4006532017　0532-68068638
建议陈列类别：畅销・青春文学

目录 [上册]

目录［下册］

第一章
退学警告

【1】

U国，S城。

周五晚上，山景区的一栋别墅内正在举行派对。

主办人为P大商学院二年级的学生顾齐，这次聚会邀请了P大各个学院的华人留学生。

派对采用自助餐的形式，除了主餐厅，一楼其他几个客厅的桌子上也摆满了大盘装的菜肴、水果以及甜点。

主宅后院为户外场，波光粼粼的游泳池边安置了烧烤架和露天餐桌，再往左是考究的草坪、花坛和果树，鹅卵石铺出一条蜿蜒的小路，通向外形别致的小木屋。

来访的学生们三五成群，手中拿着饮料和食物，找到适宜的地点，与话题相投的新朋旧友聊天。

会客厅旁相对僻静的角落里，工程学院的学生在此扎堆，人数不多，清一色的男生。

“你们看到最新的AI换脸技术了吗？”

“就是那个给二十年前电视剧里的人物换上现在当红女明星的脸的视频吧？”

“这类基于人工智能技术的实时视频仿真软件最近出来了不少，

只要输入一段有人物的录像，就能通过算法进行脸部建模，然后套用模型生成逼真的人物形象。”

“对，GitHub（一个面向开源及私有软件项目的托管平台）上能找到开源工具。我在网上搜过教程，上手难度还行，不过如果想做精度很高的视频，需要算力极大的GPU（图形处理器）。”

其中有三四名学生没参与讨论，膝盖上架着台手提电脑，争分夺秒地调试程序。

他们这学期上了素有“新生噩梦”之称的编程必修课——“工程101”。

一个戴眼镜的男生边敲键盘边抱怨：“一星期要交四个程序，我们根本来不及啊。”

同伴跟着感慨：“这课特难，听说去年考试有三分之一的人没过呢。”

边上的学长问：“那你们今天还来聚会？”

“眼镜男”眉毛耷拉成“八”字，面色愁苦：“我已经两个月没和女生说过话了……”

同伴轻嗤：“结果还不是在这儿写代码？”

众人齐齐叹气。现在闲着的也笑不久，再玩一个小时都得回去继续写作业。

不远处传来阵阵笑声，他们闻声望去，一群打扮入时的学生映入眼帘，男男女女混坐一起玩社交游戏，气氛欢乐融洽，和这边宛如两个世界。

“眼镜男”悻悻地道：“文理学院的人真是开心，校区就在市中心，课程轻松，两三天开一次派对，哪像我们，被关在乡下。”

“不然怎么说人家是养老院，我们是疯人院呢？”

P大以商、法、工闻名全美，尤其是工程学院，几乎所有专业都排名全国前十。

文理学院的情况则与工程学院大相径庭，师资不强，排名落后，还为了经费大规模扩招留学生，导致入学门槛不高，成为不少有钱人家的子弟混文凭的捷径。

这不，最近就有人“翻船”了。

“眼镜男”下巴冲一个方向抬了抬：“你们看到角落里不说话的那个女生没？她就是文理学院的谢妍姗，大一考试全部不及格，被学校下了红牌警告，这学期再不及格就要退学。”

“这是近几年华人留学生中的第一例吧？真给我们丢人。”

似是不甘这类不学无术的花瓶与自己同校，众人的语气愈加愤慨。

“她那个专业的课简单得要命，文理学院塞钱就能进，智商正常点的都不至于混到被退学吧？”

“没准她就是笨呢，看着就不像会读书的样子。”

主厅里，DJ正在摇头晃脑地打碟，音乐声震耳欲聋，人群随着节拍舞动，尖叫声如海潮，一浪高过一浪。

壁炉边的沙发区内，顾齐抬眼看向斜对面的谢妍姗：她安静地坐在角落里看手机，长睫毛低垂，浓密如扇；印花长裙勾勒出少女纤细的腰肢，裙摆下，少女的双腿莹白修长。

她就像一座精致的冰雕，散发着令人不敢靠近的寒气，与周遭格格不入。

其他文理学院的女生正兴致勃勃地讨论最新款的包和鞋，以及参加下周美食节活动的米其林餐厅、拉斯维加斯的音乐盛典、帕克城刚开的滑雪场。

她们故意与谢妍姗隔开几个座位，将她视作空气。

有几位勇士试图逗谢妍姗玩，手脚并用，动作浮夸地讲有趣的段子，笑声大得茶几都跟着震，可惜“谢冰山”却没有捧场的意思，表情毫无变化，目光始终没从手机屏幕上移开。

接连碰壁后，男生们只能讪讪而归。

旁边的女生安慰道：“算啦，‘谢公主’就那副德行。”

另一人不屑地冷哼：“跩什么跩，不就是家里有钱吗？成绩差到要被退学，还好意思出来丢人现眼。”

女生拉拉她的衣角：“哎呀，也别难为人家嘛，‘谢公主’只是脑袋里装着一包稻草，接不了你们的话，怕开口暴露自己的无知。”

听了这话，方才受挫的男生们心里十分舒坦，他们交换了下目光，笑着连连点头。

谢妍姗会成为风云人物，是缘于一件“贵圈真乱”的事。

谢妍姗的头号追求者顾齐，顾氏集团的公子哥儿，平日里挥金如土，礼物一箱箱地送，鲜花一车车地买，甚至开了一张高额副卡让谢妍姗随便刷，却依旧被谢妍姗拒之门外。

另一边，“名媛”梁萤苦追顾齐大半年，全校皆知。

顾小少爷软磨硬泡谢妍姗三个月，硬是连句话都没搭上。有天送花吃了闭门羹，顾少一怒之下，回头就去约梁萤看电影，第二天早上，两人一起从顾齐家出来。

两人交往没几天，顾齐喝醉酒把自己追谢妍姗的事告诉了狐朋狗友，不料传到梁萤耳里，梁大小姐气疯了，大吵大闹，顾齐嫌烦，就把她甩了，从此之后，梁萤对谢妍姗简直恨之入骨。

总而言之，这条食物链，谢妍姗站在顶端。

身在异国他乡，留学生之间的来往异常紧密，久而久之，华人留学圈里的人都知道谢妍姗高傲如白天鹅，连曲项向天歌的雅兴都没有，更别提对凡人产生兴趣，加上梁萤添油加醋传播的种种流言，更令人坚信谢妍姗除了成绩差，还有一身毛病，难以相处。

“我来晚了。”

一道尖细的声音打断了众人的窃窃私语，话题中的另一位主角意外登场。

这次聚会顾齐是主办人，所有人都以为之前与他闹得不可开交的前女友梁萤不会出现，谁知她烫了一头及腰的大波浪，化上浓妆欣然赴约，露背短裙搭配黑丝、高跟鞋，一路走来，风情万种。

与她同行的帅哥高大挺拔，穿着漆黑的卫衣长裤，戴着银色耳环，在昏暗的灯光下，全身带着一股充满压迫感的气场。

在沙发边站定，梁萤自豪地向大家介绍："柯昱，我男朋友。"

女生们发出一阵尖叫，带着起哄的意味，更多的是艳羡。

男生们纷纷暗叹，顾齐靠好皮囊祸害了数不清的小姑娘，眼下这位比他更危险。

柯昱颔首，算是向众人打了个招呼。

角落里，兢兢业业当着"冰雕"的谢妍姗，此刻终于抬起头。

她红唇微动，双瞳间闪过一丝讶异，转瞬间便恢复平静。

柯昱的眼睛是琥珀色的，他眼角有颗很浅的泪痣，五官英挺俊秀，令人过目不忘。

"哟，"顾齐慵懒地将手搭在沙发靠背上，冲梁萤抬抬下巴，"你目标换得挺快。"

话音未落，大家都露出了诡异的笑容。

论对象换得快，谁能比得上几分钟内掉转枪头的顾少爷？

梁萤给了他一个白眼，找到位置后，招呼柯昱挨着自己坐下。

旁边的两个女生迅速地围住她："萤萤，你这项链好漂亮！梵克雅宝的吗？"

梁萤点头，甜蜜地看向柯昱："他送的。"

众人不约而同地打量起柯昱身上的行头，件件价格不菲，布料上乘，裁剪合宜，细节处藏着独具一格的设计，奢侈却低调。

这手笔，这气质，没准他比顾齐还有钱。

新欢旧爱同台演出的好戏太有吸引力，以至没有人注意到梁萤侧头同柯昱说话时，谢妍姗藏在身后的右手紧紧地抓着衣服下摆，抓得骨节发白。

愣神间，顾齐递来外套，关切地问她冷不冷。

谢妍姗摇头，将外套轻轻地推回去。

梁萤见状，抱着手臂冷哼："倒贴不累吗？人家都没正眼瞧过你。"

顾齐随意地将衣服放回原地，挑眉问："你以前累吗？"

她苦追他大半年，尽人皆知。

被戳中痛处，梁萤咬唇，双目圆瞪，似要喷火。浓烈的硝烟味在空气中弥漫。

旁边的柯昱对此无动于衷，自顾自地翻看着菜单。

目光扫见只有谢妍姗旁边的位子还空着，梁萤拔高语调，表情刻薄：“谢小姐不玩游戏不跳舞也不聊天，是来这里给人看冷脸的吗？”

有梁萤打头阵，其他早就看谢妍姗不爽的女生枪也擦得锃亮，迫不及待地跟着开火。

“谢小姐，请问你是怎么做到那么简单的题都能考个位数的？”

“我同学修你那门数学课，期末考试发高烧，闭着眼睛一通乱写，也比你多了几十分。”

“你平时算小费是不是要算很久？”一人从口袋中翻出张小票，“算算看，20%是多少？”

边上的男生们都在笑。

另一人笑盈盈地问：“你别紧张，不懂我们教你呀，要不，咱们从十以下的算术题开始？”

谢妍姗没回应，仿佛周身套了个罩子，将杂音统统屏蔽了。

往日狭路相逢，无论梁萤和她的同伴如何挑衅，谢妍姗始终无视。

热拳头击在冰墙上，对方毫发无损，自己却疼得要命，梁萤越想越气，仗着人多，愈加肆无忌惮：“谁请她来的？这不是故意扫我们的兴吗？！”

其他人也开始跟着阴阳怪气地搭腔。

有个好事者不怕死地说了句：“还能是谁请的呀？顾少爷呗。”

梁萤的脸色蓦地黑了，她微眯起眼，像是在看着什么脏东西：“你不是不喜欢顾齐吗？那你来干吗？一边装圣女，一边给机会，欲擒故纵玩得真好。”

谢妍姗不作声，忽然用力踹了脚茶几，一只饮料杯刚好摆在桌沿，被这动静震翻，里面的液体泼了梁萤一身。

梁萤从沙发上跳起来，怒不可遏：“你！”

“不好意思。”谢妍姗抬眼，话语中却听不出多少诚意，“坐久了，腿有点麻。”

“你故意的！”

见梁萤抄起身边的奶油蛋糕冲上前，作势要扔，谢妍姗果断地起身抓住她的手臂，往反方向一推。

啪！

梁萤袭击的方向被改变，把蛋糕狠狠地拍上了自己的脸。

一片惊呼声中，谢妍姗淡定地坐下，拿起杯子优雅地喝了口饮料，好似刚才那一系列干脆利落的“反杀”全是大家的幻觉。

先前打算看谢妍姗笑话的人没等到期待中的剧目，倒是被梁萤这狼狈模样惊得下巴差点落地。

梁萤愣怔片刻后回过神，全身的血管仿佛顷刻间全部炸开，她失声尖叫，浑身发抖。

女生们忙不迭地帮她把脸上的蛋糕摘下来，找纸巾擦那一坨一坨和化妆品混在一起已经分不清到底是什么颜色的奶油。派对女王梁萤何曾当众丢过这么大的脸？她愤怒得呼吸不顺，眼底布满血丝，什么形象什么风度统统被她置于脑后，不将始作俑者按到沙发上痛揍一顿她誓不罢休！

“谢妍姗！！”

发狂的女生力气惊人，几个人拦都拦不住，梁萤冲破层层阻拦冲到谢妍姗跟前扬起胳膊。眼见谢妍姗无动于衷地待在原地，就要结实地挨上一巴掌，柯昱忽然起身，抓住梁萤的手腕。

梁萤拼命挣扎，可他力气似乎很大，怎么挣他都纹丝不动。

柯昱淡淡地瞥了谢妍姗一眼，轻而易举地制住梁萤，带她去洗手间清理。

全场瞬间静默，大家齐刷刷地向四人致以注目礼。

顾齐坐到谢妍姗身旁，侧首轻问：“你没事吧？早知道不该叫她来的……”

谢妍姗摇头，面无表情地看着柯昱和梁萤离开的背影，胸腔微微起伏。

她握在手中的饮料洒出来了一些，冰水浸湿袖口，有点难受。

柯昱和梁萤离开半天都没有回来。

众人七嘴八舌地猜测，两人也许直接回家了。

“他们跟我们一起也没什么好玩的。”

“是啊，他们刚交往没多久嘛，干柴烈火，肯定想多过过二人世界。”

几个男生交换了一下眼神，笑容中带着点猥琐。

“梁萤这次来，也就是为了夸耀一下自己的新欢。”

“要是我有柯昱这么帅的男朋友，肯定也带来啊！”

聚会恢复了最初的热闹，气氛也越发融洽，几小时之前还陌生的同学们开始互相交换社交账号，约定下一次集体出游的时间。

依旧形单影只的谢妍姗忽然站起身，往“舞池”的方向走去。

顾齐想跟上，无奈被太多人缠住，走不开。

他看见她慢悠悠地在客厅里晃了一圈，好像在寻找什么，再一眨眼，已经消失在狂舞的人群中。

顾齐动作一顿，嘴角慢慢收紧。

洗手间外。

“是我不对，我没告诉你实情，你生气啦？”

梁萤花了好半天工夫重新补完妆，一改方才咄咄逼人的模样，像个小女生般软言软语地冲柯昱撒娇。

而她的男朋友似乎不为所动，声音毫无温度：“我们什么时候走？”

梁萤嘟着嘴贴近：“你再陪我一会儿嘛。”

柯昱蹙眉，别过头，紧绷的下颌勾勒出雕塑般完美的曲线，五官棱角分明，透着股不近异性的冷感。

注意到谢妍姗的靠近，两人同时收声，梁萤僵硬地挤出一个甜笑，含情脉脉地将脑袋歪向柯昱。

谢妍姗屏住呼吸，拖着逐渐变沉的步子，目不斜视地与他们擦肩而过。

她的背后，梁萤想挽上柯昱的手臂，被他侧身避开。

三人重回会场，谢妍姗收到一条短信，蓦地皱眉，站起来准备提前离开。

行至门口，顾齐将她拦下，呼吸微微有些急促："我送你吧。"

谢妍姗拒绝得很干脆："不用。"

顾齐也不恼，垂下眼帘，似笑非笑地凝视她。

无论何时，只要出现在人前，她从头发丝到指甲都是精致的：长裙剪裁利落，毫不花哨，搭配亮而不俗的唇色和眼影；妆容自然，睫毛刷得根根分明，整张脸毫无瑕疵。

大门被人推开，吹进一阵风，谢妍姗的长发随风飞舞。

顾齐心头一荡，抬手，试图搭上她的肩。

谢妍姗挑起杏眼看他，嘴角下撇，带着警告。

顾齐笑笑，收回手。

"别把我当目标。"谢妍姗声音更冷了几分，"你没戏。"

可惜她的声音天生娇柔，她虽硬着语调，声音里依旧带点软绵绵的少女感。

"是吗？"顾齐薄唇微扬，"我觉得未必。"

"我有喜欢的人。"

"哦？"顾齐显然不信。

谢妍姗懒得与顾齐多话，转过身，意外地发现柯昱正看着他们。

他背光而立，单手插在口袋里，表情晦暗不明，身旁的梁萤与闺密聊得火热，再往远处看，几对情侣缠绵拥抱，灯光明灭，人影憧憧。在谢妍姗的视野中，其他的被模糊成大片色块状的背景，只有他的轮廓格外清晰。

两人的目光在半空相接，又同时移开。

【2】

U国C州，全年阳光明媚，气候温和宜人，居住着世界各地不同肤色种族的人，是许多留学生理想中的深造宝地。

U国的大学通常与城市结合为一体，校园不设边界，可供住宿的地方比较多。

出于对学生的安全和生活能力的考虑，学校要求新生第一年必须住宿舍，宿舍通常多人一间，整层楼共享厨房、客厅和学习室。

到了大二，大部分学生纷纷搬到校外租住公寓或者私宅。

谢妍姗的父亲为她在学校附近租了一套独栋别墅，她没找房客，一个人住。

谢妍姗从聚会地回到家中已是晚上十点，关上房门，在智能管家的操控下，整个客厅亮了起来。两层楼高的屋顶悬挂着水晶吊灯，壁炉旁围着一圈欧式真皮沙发，中间是浅灰色的地毯。

她走进开放式厨房，从冰箱里拿了瓶酸奶，边喝边往外走。

吧台左侧是一间足够举办十几人聚会的餐厅，长方形实木餐桌上堆满了各式各样的杂物，与典雅的装修风格格格不入。

谢妍姗走到桌旁，将大盒小盒、瓶瓶罐罐往四周拨开，“群山”中逐渐浮现一块“盆地”，露出一台粉色的笔记本电脑。

她坐下，轻车熟路地登入社交平台，看见季筱晴的小号又刷屏般转发了好几条新闻。

“全球最大的企业级软件公司宣布裁减硬件部门！”

“技术更迭过快，主管级工程师今早在公司跳楼！”

“再不懂区块链，你就真的落伍了！”

谢妍姗嘴角微往下撇：今天季筱晴又爽约了。

这是这个月的第五次。

谢妍姗在文理学院主修女性学，所有课程的上课地点都在南校，而季筱晴主修电气工程，所在的工程学院位于北校。

在“大水院”文理学院读书依旧每个学期考试都不及格，谢妍姗无疑是大家眼里的“学渣”，而季筱晴则恰恰相反，她是全系第一名、学霸、精英中的“战斗机”。

同在一个学校，却像在两所大学上课，谢妍姗与季筱晴，一个学文科，一个学工科，两个校区之间隔得很远，坐校园巴士需要坐上十几站。

但距离和排名的差距并没有阻碍与谢妍姗不同学院、不同专业，甚至没有一门课重合的季筱晴，成为整个学校里与谢妍姗关系最亲近的人。

谢妍姗向来不参加什么聚会，今晚纯粹是因为季筱晴求她相伴，她抵不过好友的软磨硬泡才答应下来，谁知临行前突然接到季筱晴的电话：“两天后就是项目阶段性报告！突发意外，需要紧急处理！”

结果就留她一个人赴会，还配合出演了一场烂剧。

脑海中忽然浮现出那双琥珀色的眼瞳，谢妍姗心神微动。

倒是有意外的收获。

她收回思绪，开始在内容框里编辑微博。每天定时发三条微博是她的习惯，大半年来雷打不动。

她敲下一行字：

“盐山要开始营业啦！今天分享给各位秃友一款眉笔，画发际线效果很好！”

然后她上传了一个视频。

视频里，谢妍姗戴着口罩，眨巴着一双漂亮的大眼睛，将自己的刘海掀开，露出光洁饱满的额头，上面还特意涂了些油，显得亮亮的，闪闪发光。

教程上传完毕，她接着写文案：

“今天被朋友拖去聚会，结果她居然爽约！就很突然啊！一个人在那儿无聊到发霉！”

她敲击键盘，时而停下动作，若有所思。

她写着写着，又再次想起了那个人。

晚上聚会时大家玩得正欢，高声叫着“嗨起来”的时候，谢妍姗独自在角落，情绪丝毫没被点燃，只觉得无聊。

她想尝尝桌角的水果拼盘，可离得太远够不着，刚刚收回手臂，对面的柯昱便拿起水果拼盘，用叉子叉了一块，然后看似随意地将果盘摆到她面前。

谢妍姗抬眼，看见他正懒散地偏过头听梁萤说话，全程都没有将视线落在她身上。

她的心脏像被什么东西重重地撞了一下。

再次回过神，谢妍姗无奈地轻笑：他应该不记得她了。

一条微博写了删、删了写，终于编辑完毕。

谢妍姗按下发送。

几秒后，页面上弹出上千条评论和转发的提醒。

“盐山，你明明毛发旺盛！”

“一点都不秃！盐山就是个小仙女！”

第二天是周六，季筱晴同谢妍姗约好，忙完课程项目的事情后，就来她家一起吃午饭。

谢妍姗难得起了个大早，开始收拾屋子。

她将长餐桌上的杂物全部清理完后已经热出了汗，推开落地大拉门，走到后院，看见室外阳光灿烂，蓝天无云，心情顿时变得舒畅。

自从她大二开学住进来后，就禁止其他人上门清洁打扫，平日里都是自己推着除草机割草，架上梯子，用大剪刀修剪果树的枝叶。

谢妍姗在厨房里忙活了一上午，过了饭点，季筱晴没有来，倒是顾齐又寄来了不少礼物，她懒得每天一件件退，便悉数打包，等攒满一箱再还。

临近傍晚，依旧没有季筱晴的消息，谢妍姗估计自己即将迎来这个月季筱晴的第六次爽约。

工程学院的课程多数有小组项目，几人完成一个大课题，季筱晴最近就因其中一门忙成陀螺，从早到晚窝在图书馆和实验室，三餐只能得闲啃比萨。

季筱晴所有课程的目标都是A+。

P大的学科很看重平时的表现，最终成绩通常由平时作业、数次考试、单人或小组项目，以及随堂测试等组成。

这次教授根据学生实力强弱安排组队，全班最强的季筱晴自然分不到太厉害的队友。

谢妍姗听季筱晴提起过，组里有个什么事都不干，还总拖后腿的花瓶。

“这女生也是你们文理学院的，平时作业全靠别人手把手地教，每次组会总是过来晃一圈就走了；就算留在这儿，也是跟一群围着她的男生聊天，吵得要命。”

季筱晴在提到“文理学院”时，下意识地皱了下眉，顾及谢妍姗，没有多评价，但谢妍姗明白，在学校里，文理学院的学生就是实力不济的代表。

“我们工程学院男女比例悬殊，这帮男生就跟没见过女的似的，她一出现就有好几个跟班在后面提鞋，去哪儿都有人围着。

“她自己什么事都不干，现在组里等于直接少个人，有个男生答应补上她的部分，可时间根本不够，做得一塌糊涂，完全不能用，害我熬了好几个晚上重写。

“最近跑测试，结果不理想，我们在这儿加班加点，她照样吃喝玩乐。”

直到昨天谢妍姗才知道，这位活在她们对话里的花蝴蝶就是梁萤。

季筱晴向来宿舍、教室、实验室三头跑，鲜少参与聚会，一头扎入学业中，自然不清楚梁萤是个怎样的人，以及梁萤和谢妍姗之间的那些破事。

每个学院的基础课程都向全校开放，许多文理学院的人喜欢选一些工程学院计算机相关的课，方便以后找工作。

谢妍姗明白了，梁萤什么基础都没有，也不好好学，看来就是打算混个文凭。

耳边回响起梁萤那句娇滴滴的“柯昱，我男朋友”，一个念头闪过谢妍姗的脑海。

她决定启程去找季筱晴。

谢妍姗驱车行驶在路上，视野内的建筑逐渐从南校古典风转为了北校现代简约风。

到达目的地电气工程学院大楼，谢妍姗乘坐电梯到三层，走到第二个拐角处的实验室，推开门。房间里摆满了电脑，半人高的挡板分割出了几块区域，最右边有四五个人围在一起，气氛紧张。

人群中心，季筱晴用手指着电脑屏幕，似乎要戳出一个窟窿："明天项目汇报，这部分不是梁萤讲的吗？她人呢？"

站在旁边的清秀男生毕恭毕敬地回道："她……她那部分的内容我已经做完了，她让我把稿子写好，她回去就背。"

谢妍姗微愣。她听季筱晴说过，这门课特别看重小组合作，阶段性项目汇报要求每个人都上台介绍两到三分钟，随时接受提问，所有人的表现都会影响总分。

梁萤估计连他们组做的是什么都不清楚，现在不准备，到时候在台上背剧本即兴表演？

季筱晴双手叉腰："我问的是她现在人在哪儿！"

"清秀男"有些窘迫，声音越来越轻："她说今天朋友生日，走不开……"

"离这儿多远？"

"十几千米吧……"

季筱晴连跺了好几下脚："那快给她打电话啊！快啊！"

"我们每人分一块她的部分，明天她要是没说好，就补上。""清秀男"垂眼盯着桌面，语调温和，慢吞吞地说，"而且现在已经这么晚了，就不要叫她来了，她是女孩子，得早点睡觉。"

"今晚大家都得通宵不眠！"季筱晴差点卷起一旁的课件抽他脑袋，"你这话什么意思？我不是女的？啊？"

"清秀男"被吼得身子一抖，再次红着脸抿唇不语。旁边的黑大个急得连连摆手："不不不，晴姐您不一样啊……"

季筱晴怒喝："什么不一样！她这是什么态度！"

众人争论间，围观许久的谢妍姗突然从口袋中拿出把钥匙，啪地扔到桌上。

“你们谁有驾照？”

全场安静数秒，大家的脸齐刷刷地转向她。

清秀男举起手。

“我的车就在楼下。”谢妍姗冷傲地冲他抬了抬下巴，淡淡地道，“去把梁萤接回来。”

谢妍姗跟着“清秀男”一起走到停车场，发现目标人物已经被人送过来了。

梁萤站在一辆豪车的驾驶位旁，正弯着腰同里面的人说话，性感热辣的打扮与工程学院严肃的氛围格外不相符。

离得那么远，谢妍姗都能看清她V形领下面那道深深的沟。

谢妍姗绕了条远路，向那辆车走近，背脊挺直，脸上依然没有什么表情。

隔着一排车，她看见梁萤直起身，依依不舍地同车里人道别后离开。

被挡住的人影终于清晰。

是柯昱。

察觉到谢妍姗的视线，柯昱单手搭在车窗上，静静地看向她。

一个任性的念头忽地蹿了上来，谢妍姗蜷起手指，梗着脖子与他对视。

柯昱琥珀色的眼瞳中没什么情绪，忽然眉梢轻挑。

他表情冷峻的脸像块面具，裂开条缝，显出内里的乖戾张扬，一闪而过。

谢妍姗的心跳顿了半拍。

走出一段距离的梁萤像是感应到了什么，停下脚步转过头，这才发现谢妍姗。

梁萤倏地瞪大眼：“喂！你——”

谢妍姗移开视线，像什么事都没发生过一样，继续往前走。

她刚想上车，肩膀被人轻轻地拍了拍，回头正对上不知从哪儿冒出来的顾齐。

他一个南校商学院的，怎么大老远地跑北校这儿来了？

“妍姗，下周有空一起看电影吗？”

情人节的邀约在他嘴里轻飘飘的像是吃一顿家常便饭。

谢妍姗还没答话，季筱晴就向着她的方向号叫着百米冲刺，尘土飞扬：“妍姗——你的饭盒忘拿了——”

顾齐礼貌地同她打招呼：“你好，大学霸。”

季筱晴一个急刹车站稳，斜眼看他，面露鄙夷：“哟，中央空调，你最近又换了几个女朋友？”

“我最近一直空窗。”

虽是回答季筱晴，顾齐的脸却朝着谢妍姗，笑得意味深长。

“我们家妍姗不喜欢你！”季筱晴插到两人中间，母鸡护崽般张开双臂，“‘渣男’退散！”

两人又吵闹了几句，而谢妍姗心思早就不在他们身上，只不经意地看向柯昱的方向。

柯昱已经走了，刚刚停车的地方空荡荡的。

谢妍姗心里有什么东西，慢慢地沉了下去。

谢妍姗再一眨眼，看见那道英挺的身影走进了电气工程学院的大楼。

执念顷刻间突破了理智的枷锁。

“我先回家了。”

谢妍姗拒绝了顾齐的邀约，同季筱晴告别后驱车离开。

行驶过几个路口，她向左变道。

交通灯由绿转黄，她踩下油门。

汽车掉头。

重新开回原处，谢妍姗进楼后直接前往季筱晴所在的实验室，透过玻璃门，悄悄地往里看。

梁萤在里面，四周是季筱晴和其他组员。

谢妍姗有些迷茫，动作迟缓地挪动步子，在走廊里闲逛。

手腕突然被人扣住，她被拽进旁边的岔道中。

谢妍姗还来不及惊呼，额头便撞上一个结实的胸膛。

“为什么总盯着我看？”

男生炙热的气息喷在她头顶上，将她白皙的脸颊烧出淡淡的绯色。

谢妍姗推开他，后退半步。

脑海中闪过高中时男生温和的轻笑，再一眨眼，同样的脸此刻居高临下地垂眼看她，眼底透着疏远：“我们以前认识？”

谢妍姗心跳狂乱，表情却毫无变化：“不认识。”

柯昱点点头，终于松手，转身就走。

谢妍姗下意识地紧跟，脱口而出：“你在这儿等梁萤？”

话音未落，她自己都觉得惊讶，只能干涩地接着往下说：“他们今晚可能要熬通宵。”

柯昱双手插在口袋里，顿住脚步，回过头。

谢妍姗看见他自下而上地扫了她一眼，嘲弄地弯起嘴角。

“跟你有关系吗？”

【3】

微博编辑框内，光标一闪一闪。

谢妍姗目不转睛地看着屏幕上自己打下的那几行字：

“小可爱们，盐山今晚得和组员一起做项目！搞不定啦，估计得做一通宵。”

“刚才打电话跟‘泪痣先生’道晚安，十几分钟后，他出现在我们系的大楼下，还带着夜宵！”

“‘泪痣先生’说，我陪你一起熬夜，你不睡觉，那我也不睡觉。”

脑海中浮现出柯昱的脸，谢妍姗的心中又涩又甜。

这么多年过去了，他依然是记忆里那个不知人间疾苦的小少爷。

画面翻转，紧接着是梁萤在聚会时甜笑着靠向柯昱……

强烈的烦躁感涌上心头，谢妍姗啪地重重关上电脑。

她独自坐在餐桌边，整个屋子安静得出奇，空荡荡的，什么声音都没有。

第二章 盐山爱吃糖

【1】

“害人精！”

“真可怕！”

“都是你！都是你造成的！”

不断浮现的面孔在空中交叠扭曲，密密麻麻聚结成网，一声比一声高的噪音割开气流，穿透耳膜，耳朵阵阵刺痛。

杂乱的声音中隐约夹杂着男人厉声的痛斥，响起后又被淹没，再次响起，周而复始。

“别说对不起！你做的事没一件不令我失望的！”

“废物！”

谢妍姗低头看见自己的白色球鞋，踩在高台边缘，脚下是车辆川流不息的街道，闪亮的车灯连绵成星河，带着蛊惑的味道。

飒飒寒风似刀片一样刮过肌肤，吹乱她的发丝。

忽然，有一双手臂从背后用力地搂住她的腰，将她硬生生地拽了回来。

巨大的惯性使得两人双双倒地，谢妍姗闭上眼，咬紧牙关，却没有等到想象中的疼痛。

她的身体被包裹在一个温暖的怀抱中，侧脸贴着对方结实的胸膛，听见他有力的心跳声。

心脏擂鼓般狂跳，谢妍姗呼吸急促，四周全是男生的气息。

沉默许久，他轻轻地拍了拍她的脑袋，无声地安慰。

她仰起头，看见少年线条分明的下巴，挺拔的鼻梁，再往上，琥珀色的眼睛清澈见底，泛着柔和的光。

他的眼角有颗很浅的泪痣。

她瞳孔慢慢放大，仔细地描摹他的五官，一笔一画，印刻到心底。

他的面容逐渐被雾气蒙住，一点一点，在她的视野里消失殆尽。

她慌忙伸出手，指间划过空气，什么都没有。

耳畔猝然响起气球破碎的声音。

谢妍姗猛地从床上坐起身，全身冷汗。

她又做了那个噩梦。

【2】

周三上午有两节课，每门课一个半小时，中间有十分钟的休息时间。

下课铃响，谢妍姗顺着人流走出文理学院大楼。今天温度骤降，迎面袭来的冷风灌入领口，激得她哆嗦了一下。

过了几个路口，便是繁华的商业街。

南校位于市中心，餐饮娱乐购物场所一应俱全，街头遍布打扮入时的年轻人，身着当季流行的搭配，三两结伴，欢笑打闹。这里相比工程学院所在的郊区北校，多了些时尚活力，少了些严谨的学术氛围。

怀揣着一个无法言说的小目的，谢妍姗步入梁萤常去的一家运动酒吧，店内墙壁上排满了大小不一的电视屏幕，直播着橄榄球赛，欢呼喝彩声不绝于耳。

每周三店内特惠，全场鸡翅半价。

谢妍姗点完单，起身去洗手间，发现走在前面的辣妹看背影像是梁萤。

复杂的情绪密密麻麻地蔓延而上。

洗手间里面只有两个隔间，谢妍姗进去后关上门，没过一会儿，听见外面又来了一个人，很快，旁边传来情侣暧昧的低喘声。

谢妍姗白皙清冷的脸颊蓦地烧得通红。

吮吻声、拉拉链声、衣服撕扯声，各式各样的声音在寂静的小空间内无比清晰，旖旎香艳。

梁萤向来作风大胆，就连谢妍姗都有所耳闻。

眼前再次浮现出她亲密地依靠柯昱的画面，谢妍姗屏住呼吸，抓紧衣服下摆，胃里翻江倒海。

隔壁的动静有些大，挡板被震得微微晃动。

女生忽然压抑不住，发出一声令人起鸡皮疙瘩的呻吟声。

谢妍姗重重地推门出去，故意将脚步踩得跟跳踢踏舞一般响。

隔壁间的人瞬间安静下来。

谢妍姗一秒都不愿多待，低着头匆匆走出洗手间，被门口不知何时摆上的“清洁中，请勿使用”的牌子绊了一脚，猝不及防地与人撞了个满怀。

“抱歉。”

这人声音低哑慵懒，有些熟悉。

谢妍姗呼吸一滞，缓缓抬起头，对上一张神情冷淡的脸。

她心里咯噔一声。

他在这里，那她刚才听到的是？

柯昱垂眼，认出是她，点了下头，算是打招呼。

谢妍姗仍在愣神，毫无反应的表现在别人眼里便是赤裸裸的无视。

柯昱眉梢微挑，从鼻腔中发出一声轻笑，径直从她身边走过去。

谢妍姗还来不及说什么，背后洗手间的门又被推开。一对陌生男女从里面走出，察觉谢妍姗略显诧异的目光，无所谓地笑了笑。

男生的口袋里隐约露出蕾丝文胸的肩带。

谢妍姗偏过头，紧绷的嘴角终于松开。

她看见柯昱走向柜台，提起一个装满多人份外卖盒的纸袋，结账后离去。

谢妍姗回到自己的座位，服务员端来一盘盘风味各异的鸡翅，摆满整桌。美式快餐大多直接上手，而她却坚持用刀叉将鸡翅中的骨头剔除，每次季筱晴都看得目瞪口呆。

今天是个例外，她过了好久才回过神，指尖全是酱料。

随意抓了张纸巾擦了擦，谢妍姗拎起包就往外走。

她环顾四周，街道上早已没了那个人的身影。

南校文理学院本科生图书馆。

人来人往的大门口旁边有一双靓丽的身影，男生斜倚着墙，女生立于一旁。

梁萤抱紧胳膊，一边倒吸冷气一边发抖："好冷呀。"

见柯昱依旧低着头看手机，梁萤咬了咬下唇，脸上很快堆满了甜笑。她踮起脚摘下他的耳机，语调拖长，撒娇道："你把外套给我吧。"

柯昱这才瞥她一眼。

"是有点冷。"他手肘一推墙壁，站直了身子，将纸袋塞进梁萤的怀里，"东西送到，我先走了。"

梁萤蒙了几秒，急忙跟上："喂！柯昱——"

冷不防迎面撞上款款走来的谢妍姗，梁萤神情一顿。调整了几秒后，她小跑上前，强硬地挽住柯昱的手腕，举起另一只手，冲心中的"一生之敌"挥了挥，热情的模样在空中散发着塑料花的味道。

谢妍姗没理他们，擦肩而过时，梁萤那甜到腻的声音不依不饶地钻进她的耳朵：

"你晚上没课就来我家吧，我做饭给你吃呀，然后，我们……"

谢妍姗抿唇，竭力将胸腔内再次泛起的酸意压下去。

自从上次在酒吧见到柯昱后，她总是心烦意乱，脑海中常常浮现出以前的事，就像始终紧绷的神经突然被切断了一般，满脑子都是疯狂的念头。

他没有社交账号，她找不到联系他的方式，唯一的线索只有梁萤。

她想，自己一定是得了失心疯才会在南校附近反复闲逛，猜测梁萤可能去的每个地方，猜测也许在那里就能偶遇他……

偶遇？

她到底试图看见什么？

谢妍姗还没走出多远，梁萤的手臂就被粗暴地甩开了。

柯昱停下脚步，嘴角虽然微微上扬，语调却格外阴沉："你下次再这样抓着我试试。"

梁萤张了张嘴，被他慑人的气场吓得有些背脊发凉："柯昱……"

她的眼眶蓦地红了："我对你是认真的。"

"哦。"柯昱挑眉，双手插在口袋里，神情淡漠，"我以后不会再见你。"

下午没有课，谢妍姗开车去北校找季筱晴，上次见面后，季筱晴的手机落在了她的家里。

除了归还手机，还有一个前来工程学院的理由，她执拗地不愿承认——今天是季筱晴和组员们开项目小组会议的日子，梁萤也会到场。

北校图书馆进门处有一间开放式咖啡厅，学生们都爱聚在这儿，有的指着摊开的论文激烈地讨论，有的桌上放着笔记本电脑，左手一个墨西哥卷，右手操控着鼠标，还有的靠在窗台边席地而坐，手指飞快地敲打着键盘。

不远处，几个男生为项目作业用什么语言写脚本争论得面红耳赤。

"Perl！（一种计算机程序设计语言）"

"Python！（一种计算机程序设计语言）"

“Ruby！（一种计算机程序设计语言）”

谢妍姗听不懂，径直往里走，北校的大楼几乎全连在一起，穿过一条走道便是电气工程学院。

十几米外，几个女生正在聊天。

“你的新男朋友柯昱给人感觉好冷淡，不近女色的那种。”

“是吗？”梁萤手捧化妆镜，专注地涂口红，“我倒觉得他看上去特别性感。”

女生伸出手指戳了一下梁萤的腰，暧昧地挑眉：“那就只有你知道了，他私下是不是……”

梁萤动作微顿，脸上的笑容有些僵硬。

进了实验室，谢妍姗在季筱晴附近的空位坐下，等季筱晴开完会后一起去吃晚饭。

季筱晴指着电脑屏幕，喋喋不休地说着什么，身旁规矩地站着“清秀男”。“清秀男”双手背在身后，低着头不吭声，如同犯错后挨训的孩子。

“我今天上午跟你说了什么？我让你把这个漏洞在两小时内修复！你做改动的时候跟我们商量过吗？”季筱晴抓起手机，将屏幕拿到他的眼前晃了晃，“现在都过去五个小时了，你还是没改对！今晚你让我们怎么交？你说啊！”

旁边的组员递上一杯水：“晴姐，别生气。”

另一边的黑大个跟着说：“是啊，晴姐，离截止日期还有五个小时，今晚大家一起熬个通宵，能搞定的。”

季筱晴唰地举起左手示意他们住嘴，铁青着脸继续责问：“怎么写我都告诉你了啊，你为什么一定要弄得更复杂？”

“清秀男”咬住下唇，没说话。

季筱晴还欲训什么，目光扫见在门口等待许久的谢妍姗，脸上迅速从急风骤雨转为春光灿烂。她笑着，露出两颗对称的虎牙，蹦蹦跳跳地跑过去拉住谢妍姗的手。

其他人闻声转过头。

大魔王晴姐身边的“冰山花瓶”又来了。

季筱晴素来视差生为尘土，平日里组员跟不上她的思路她就要发火，怎么遇上谢妍姗，态度突然转了一百八十度？

联想起谢妍姗的豪车和季筱晴贫寒的家境，大家私下猜测，或许这两人并非简单的朋友关系，谢妍姗殷勤地往工程学院跑，其实是撑不过退学的坎，想找季筱晴代考。

流言传得沸沸扬扬，以致谢妍姗每次出现，所有人都会用一种结合了鄙夷和看戏的眼神打量她，猜测她到底是直接退学，还是作弊被发现退学，还是瞒天过海，靠“技巧”苟延残喘地混下去。

季筱晴与谢妍姗聊了几句后便回去干活了。谢妍姗闲来没事，正观看一个美妆博主的眼影教程视频，突然被人打断。

“同学，不做作业别占着电脑行吗？”

谢妍姗转过头，发现有两个留学生站在她的身旁。

其中一个先前向她告白过，被她直接无视了，随后便“脱粉回踩”，爱恨就在一瞬间。

他语调尖锐：“不是我们学院的人能别没事往这儿跑吗？你就为了开个定位发朋友圈？”

同伴试图制止他：“算啦，她先到的。”

男生声音骤然变大，趾高气扬地道：“这电脑里的大部分专业软件他们文理学院的人又没权限用，更不会用，她看化妆视频去哪儿看不行？”

没与他们多话，谢妍姗将桌子上的东西收进包里，站起身，搬了把椅子坐到离季筱晴不远的角落，低头看手机。

男生顺利将她赶走，像是出了口积蓄已久的恶气，冲同伴说：“世界就是这么不公，我们因为自己优秀而进了这个学校，而有的人呢，什么本事都没，只靠亲爹优秀。”

谢妍姗刷着网页的手指一顿，半晌后，关上手机，看向季筱晴那边。

小组人员列出之前遇到的问题，讨论解决方案。一个小时过去了，白板上画满了流程图，对于第一个问题他们依旧无法达成共识。

讨论进入白热化，每个人都皱起眉头，思忖突破的方向。

除了——

“好气啊，我又没抢到裙子。”梁萤嘟起嘴，“只怪我新做了指甲，手速太慢。”

众人闻声看去，她的电脑屏幕上显示的不是课件也不是代码，而是一个购物网站。

“清秀男”连忙安慰：“没事，下次我帮你写个脚本。”

黑大个跟着帮腔：“对对对！自动抢！”

梁萤跷着二郎腿，高跟鞋半搭在脚上，一晃一晃的：“你们看，裙子是这个粉色的好，还是蓝色的好呀？”

男生们纷纷拥到她身边，脑袋在屏幕前挤在一起，搜肠刮肚地写起了艺术鉴赏小作文。

“粉色的好，下面再配你那双白鞋。”

“我选蓝色的，显得高级，符合你的气质。”

“喂！”季筱晴走上前，举起文件夹用力一敲桌面，整张桌子上的水杯都随之一震，“你到底是来干什么的？”

男生们吓得全体立正。

“晴姐，劳逸结合懂吗？”梁萤冲他们扫去妩媚的眼风，交叠的双腿慢动作般换了下位置：“大家说是不是？”

男生们小鸡啄米般点头，再次聚到屏幕前继续答题。

季筱晴额头青筋突起，强忍着将梁萤揉成一团从窗口扔出去的冲动，一字一顿地说：“现在是小组会议时间！”

“晴姐，你又几天没洗头了？”梁萤皱起鼻子，刻意将身子后倾，“真恶心，难怪没男生喜欢你。”

所有人惊恐地张大嘴，等着季筱晴挥手砍柴般劈断桌子……或者梁萤的脖子。

然而，季筱晴却蓦地愣住，眼眶发红，像是被人用闷棍狠狠地抽了一下脑袋。

她夜以继日地赶项目进度，脸上深深的黑眼圈像是自带的烟熏妆，刘海因出汗而黏在一起，穿着万年不变的运动装，上面印着工程学院的标识。

梁萤目光扫向其他男生："你们是不是也觉得有股味啊？"

她还欲开口，谢妍姗忽然起身，拽住她的手臂将她拖出教室。

一路拉扯到鲜有人至的角落，谢妍姗才松开她。

"你在这里干什么？"梁萤拍了拍衣袖，面露讥讽，"你成绩比我还差，差得都被下退学警告书了，还想学编程？"

谢妍姗冷冷地看着她："你跟筱晴道歉。"

梁萤不屑地抱着双臂："凭什么？我又没说错。"

谢妍姗面色更沉了："如果不是你，她不会那么辛苦。"

梁萤轻嗤："你有什么资格教育我？"

她忽然意识到了什么，警觉地眯起眼："最近你没事总在我身边晃，是为了见柯昱吧？"

谢妍姗没答话，目光微动。

女人的第六感，总是很神奇。

梁萤的音调不断拔高，眼角眉梢里写满了挑衅："别以为我没看见你总偷偷看他，因为他是我的男朋友，所以你就想抢走？你抢走了顾齐还不够，还想把我的新欢当成战利品？"

谢妍姗依旧不说话。

梁萤当她默认，顷刻间怒火燎原："好啊！上次的账我还没跟你算呢！我现在就要告诉所有人，你骨子里就是个狐狸精！你……"

谢妍姗一把扯住她的领口将她拽到楼梯边缘。

"你的父母有没有教过你，"她眼底寒意弥漫，"什么叫适可而止？"

"你要干什么……"梁萤重心不稳，一不留神就会摔下去，吓得身体发颤，方才嚣张跋扈的气焰消失殆尽，嘴上却依旧逞强，"这……这里可是有监控的！"

“那又怎么样？”谢妍姗的表情毫无变化，“摔一下没准能让你的脑子稍微聪明一些。”

她说罢，又将对方往外推了些。

霎时间，梁萤耳畔响起了先前其他人议论谢妍姗的话语——

“给你们提个醒，谢妍姗要被退学这事别乱嚼舌根，她可不是个好惹的主。”

“听说她高中的时候特别有名，长得漂亮，性格开朗活泼 。”

“她现在怎么都不开口？跟哑巴似的。”

“传闻说，那时候学校里有个女的跟她不和，处处找她碴，谢妍姗也不是省油的灯，受了委屈即刻反击，加上一方亲友团和一方护花队的掺和，整得全校皆知。谢妍姗提出单独解决……两个女的，约在操场打架，整个年级都去旁观，你们敢信？”

“有点意思，谁赢了？”

“被老师拦住了，罚跑十圈。不过，后来那个女的因为她……”

“谢妍姗！”梁萤彻底慌了，嘴角抖动，声音染上哭腔，“你以前就是这么逼那个人的吗……”

空气中，什么东西倏地被点燃。

谢妍姗压低的声音中带着隐忍的怒意：“你再说一遍？”

梁萤大半只脚已经悬空，只能死死地抓住谢妍姗的手。

她虽蛮横，却欺软怕硬：“我错了……我错了……”

谢妍姗手臂一甩，将她丢到一旁。

梁萤面色通红，连连咳嗽，身体沿着墙壁滑坐在地。

她看见谢妍姗一步步向她走来，周遭的气流带着瘆人的寒意，冻得她两只手发抖。

回想起那些关于谢妍姗的传言，梁萤起初只当是个笑话，如今终于有了体会。

更何况，谢妍姗还做过那样的事……

谢妍姗在梁萤面前慢慢蹲下身，动作轻柔地将她脸颊边的碎发捋到耳后，末了，轻轻地拍了拍她的脸。

“记住，我以前只是懒得理你。”

【3】

在大部分学生的眼里，电气工程学院全院第一的季筱晴不是个容易相处的人。

她脾气暴躁、喜怒无常，且不把别人的意见和劳动成果当回事。

令无数人头疼受挫的难题，到了季筱晴的嘴里，统统沦为解不出就是智商欠费的送分题。

她无意间说的话，总如最尖利的刺。

然而，向来生人勿近的谢妍姗，却意外地和季筱晴关系很好。

一个冷傲寡言，一个狂傲霸气，十分奇妙的组合。

这事得从大一下学期说起。

季筱晴因贫血在大街上晕倒，路过的谢妍姗将她送到医院。

得知季筱晴家境贫困，为了尽早毕业，每学期比别人多选好几门课，学业繁忙，还要打工维持生计，谢妍姗给了她一笔生活费。

季筱晴不肯收，谢妍姗强硬地将信封塞到她的手里，淡淡地道：“借你的，得带着利息一起还我。”

季筱晴坚持将此设为分期付款，写了个程序详细记录，每当手里有些闲钱，便第一时间联系谢妍姗。

两人因此有了交集。

在季筱晴眼里，谢妍姗总顶着一张扑克脸，生活精致，形单影只。

季筱晴不敢多与谢妍姗套近乎，直到，她发现了谢妍姗的秘密——

> 我为大家推荐一个博主！小姐姐又有元气又可爱，和“泪痣先生”的日常相处甜到蛀牙！我好想要一个“泪痣先生”这样帅气撩人的男朋友啊！

某天，季筱晴刷网页时，看到了上面这条谢妍姗点赞后又取消的微博。

这条微博发自一个流量巨大的营销号，博主的文案下配了九宫格的微博段子截图。

最近“泪痣先生”精神不太好，我特意为他准备了朋克养生饮料，一把枸杞和一杯咖啡，并且耐心地示范食用步骤：抓几颗枸杞，简单嚼嚼，再趁热喝一大口咖啡，然后一边蛙式鼓腮一边疯狂甩头，让两者在口腔中完美结合，顺便活动筋骨。提神、安神、健身三合一，美滋滋。

配图是“青蛙狂舞”。

“泪痣先生”每天都在嫌弃U国的东西难吃，说回国后要去小吃一条街，有啥吃啥，可欢乐了。我问他回国吃了啥，“泪痣先生”答：肯德基、麦当劳、汉堡王、味千拉面、吉野家。神经病啊！

配图是“萌猫惊恐特写”。

我在饭局上认识了一个新朋友，回去后兴致勃勃地告诉“泪痣先生”，我和对方情投意合、相见恨晚，我俩观点几乎完全一致，我一开口，对方就不住地点头说“是是是，我也是这么想的”。“泪痣先生”什么都没说，给我发了张图，图片上的大熊猫笑容猥琐，下面是一行台词：我们先表面上迎合一下她“是是是”，但实际上我们都知道她是傻子。

配图是“老娘补完妆就去撕你”。

季筱晴觉得有点意思，顺手点进这位“小姐姐”的主页。

博主的头像是只长得显得很丧的三角眼大黄猫，微博名为“盐山爱吃糖”。

她每天雷打不动地定时更新三条微博，有时是日常，有时是照片，有时是测评或者教程，还会推荐好看的服饰穿搭，本人出镜的照片全部戴着口罩。

美妆类长微博排版可爱活泼，每条都有详细的介绍和用户体验，还会配上亲手画的特色插图。

她会间歇性抽风：做一盘暗黑料理、伴着重金属音乐乱舞，或是模仿各种类型的男生拍照……

季筱晴翻看了一会儿，一个留学在外、学习刻苦、成绩优秀、人缘极佳、生活多姿多彩的女孩形象跃然眼前。

其中，转发评论最高、最吸引人的，当数她与“泪痣先生”的甜蜜的日常生活。

又甜蜜又欢乐，还有点少儿不宜。

留言区里的粉丝疯狂催促更新——

“超级喜欢盐山，阳光开朗，满满的正能量！”

“好羡慕！真是遇到了言情小说里才会出现的男朋友呢，‘泪痣先生’要永远照顾好我们盐山啊！”

“看着别人的幸福生活，对自己的未来也充满希望了，期待盐山和‘泪痣先生’的甜蜜故事早日出书！”

季筱晴原先没将这个博主放在心上，关注后只在偶尔想起时当作消遣。

短短数月内，这个博主越来越红，季筱晴身边的华人学生陆续关注了她，茶余饭后总能听见他们将她当作谈资。

“你们看盐山刚刚发的微博了吗？”

“盐山又出新的推荐列表了！”

“我今天要去盐山推荐的那家餐厅吃饭！”

不知内情的还以为他们在谈论一个流量明星。

身为博主，“盐山爱吃糖”的业务能力拔尖，写的测评时常被顶级美妆品牌官方微博转发，转发、评论、点赞的数量在众多博主中一骑绝尘，屡获“最专业测评奖”的殊荣，得到某些顶级美妆品牌未来一年所有新品免费试用的机会。

更令人称奇的是，每当电商有什么折扣，如推出“满500减100”之类的满减活动时，她总会第一时间出详细攻略，用表格详细列出怎样凑单可以凑到单价最低又正好拼满。

季筱晴实验室里的高学姐有次心血来潮想与“盐山爱吃糖”比一比，一晚上埋头研究，试图找出能胜过她的黄金搭配，疯狂组合折扣商品和优惠赠品，其中她认为最好的组合还是比“盐山爱吃糖”排列的组合贵了五美元。

之后高学姐便信誓旦旦地说：“‘盐山爱吃糖’未必是一个人，背后多半是个团队。”

后来有一天，季筱晴领了笔竞赛奖金，马不停蹄地前去谢妍姗家还钱，正巧赶上作业提交时间即将截止。她来不及去图书馆，便借用谢妍姗的电脑登录课程网站提交作业。

浏览器打开新标签页的快捷键是Ctrl+T，季筱晴匆忙间多按了Shift，指令变成了打开谢妍姗刚刚关闭的网页，下一秒，“盐山爱吃糖”的微博主页赫然映入眼帘，状态为“本人登录”。

两人同时一愣。

季筱晴整双眼睛都浸在了阴影里，迟疑地将目光从右上角的用户名上缓缓移动到身侧之人的脸上，来回了好几次，如同机器人。

一个结论逐渐在眼前放大——

盐山，妍姗。

她全身一个激灵，倏地收回摆在键盘上的手。

可怕极了。

“冷面冰山”谢妍姗，所有人口中的低智商“学渣”，居然就是那个传说中的“盐山爱吃糖”！

微博粉丝上千万的知名博主，走的还是搞笑路线！

微博上和自己互相关注的，大半年不更一条博的，是她的小号。

高傲如季筱晴，此刻都不禁对谢妍姗另眼相看：在虚拟世界里如此辉煌，这位大小姐真是深藏不露啊！

谢妍姗面色一僵，啪地合上电脑。

两人四目相对，谁都没开口。

回想起谢妍姗微博上的那些内容，季筱晴心生疑惑：难道她金窝藏美男？

可经过长期的观察和相处，季筱晴可以百分之九十九点五地肯定，她应该还单身。

那么问题来了。

季筱晴在心理学书上看过，儿童在孤独或者缺爱的时候，会产生假想伙伴。

但谢妍姗都是这么大个人了……

因为太寂寞，所以妄想出有个超级宠自己的男朋友？

季筱晴舔了舔干涩的嘴唇，将语调放轻松，尝试着询问："你在经营营销号？"

谢妍姗垂下眼帘，表情逐渐变得严肃，淡淡地道："你能替我保密吗？"

季筱晴原本就不是爱传八卦的人，看她的反应便意识到了什么，立马保证："你放心，我肯定谁都不说！"

见谢妍姗看向自己的眼神依然带着疑虑，季筱晴竖起手指，铿锵有力地喝道："你是我的债主，我绝不会干任何背叛你的事！"

谢妍姗紧绷的嘴角终于松开，轻轻点了点头。

那天之后，谢妍姗开始频繁地来北校找季筱晴，每次总安静地待在一旁，从不打扰，季筱晴同别人说话时，她便抬起头一直盯着看。

时间久了，谢妍姗才相信季筱晴真的会守口如瓶。大概是为了补偿，谢妍姗去找季筱晴时会带上自己做的饭菜。

季筱晴对此也不介意。为了省钱，她不是去吃讲座提供的免费比萨，就是买学院附近廉价的美式快餐，谢妍姗的出现无疑改善了她的生活。

两人的关系因为这个秘密变得愈加亲近。

季筱晴知道现在网络流行塑造“人设”，甚至还有根据市场定位“人设”的专业策划师。

不过，季筱晴不理解谢妍姗弄这个号图什么。接广告？她不缺钱，“盐山爱吃糖”也从不发商业推广微博。求关注度？她平时都不爱搭理人。

接触久了，季筱晴有了个大胆的猜想。

“难道，这才是真实的你？”

谢妍姗脸上闪过一丝异样，语调虽平静，却隐约发颤：“怎么可能？”

季筱晴脑海中亮起一盏灯泡，几秒后，炸出一片烟花。

谢妍姗在害羞。

她居然会害羞！

【4】

谢妍姗和季筱晴的晚饭还是没吃成。

被谢妍姗拖出去一顿“谈心”后，梁萤回到实验室，如同一只乖巧的柴犬，老实地端坐在角落，谢妍姗凉凉地瞥去一眼，梁萤哆嗦了一下，低头写起了会议记录。

小组会一开就不可收拾，过了饭点，季筱晴吩咐黑大个去小卖部买几块比萨，组员们怨声载道，可迫于晴姐的强压，不敢造次。

柯昱始终没有出现。

一直到天彻底黑下来，全组解散，梁萤独自乘校车回南校，他都没有出现。

谢妍姗轻轻叹了口气，心中不知是庆幸还是失落。

她开车载着季筱晴回自己家，对方用了一天脑，累得仿佛脱了水，一头栽倒在门口的草坪里：“饿死了饿死了……”

谢妍姗将癞皮狗般的季筱晴拖进屋，靠近厨房时，季筱晴鼻子动了动，双眼倏地发光。

“你做了吃的！还是我上次随口提到的酸辣粉！”她冲到灶台，抓起锅铲，舀了一大勺往自己嘴里送。

“下午做的，已经在锅里摆了大半天了。”谢妍姗一把夺过锅铲，凉凉地道，“你等会儿，我帮你热一下。”

季筱晴眨巴着大眼睛：“你特意学的吗？”

谢妍姗不动声色地将旁边的食谱册子藏起来：“没有。”

季筱晴扑过去抱住她的腰：“妍姗！我最爱你了！”

季筱晴还来不及用脑袋多蹭她几下，双手立刻被烫到——她此刻热得像个火炉。

季筱晴忙不迭地探了一下她的额头，“哎呀”叫出声。

白天吹了太多冷风，谢妍姗发起了高烧。

扶她去卧室时，季筱晴感觉她脚步都是虚的：“你要去医院吗？”

谢妍姗摇头：“不用，睡一会儿就好。”

她倒进床里，全身烧得滚烫，意识变得迷迷糊糊，忽然想到什么，挣扎着爬起来，顶着一头乱发满床找手机。

季筱晴听见她碎碎念道：“马上要到点了……我还没有发今天的微博……”

“你要发什么？我帮你！”

谢妍姗试图自己编辑，可头疼欲裂，屏幕上的字都看不清楚，只好交给季筱晴代劳。

听完要求后，季筱晴接过手机，再次同她确认：“配图就在这个相册里选吗？”

谢妍姗点头。

季筱晴拍拍胸口：“你快去睡吧！放心交给我！”

谢妍姗重新躺下，很快陷入熟睡，季筱晴帮她掖了掖被子，然后根据她方才的吩咐在微博客户端编辑文字。

今天有位娱乐圈的流量女明星公布了恋情，网友们纷纷效仿，谢妍姗也想借此开个玩笑。

“大家好，我的男朋友了解一下。”

季筱晴点开谢妍姗手机中那个叫“男朋友”的相册，存的全是谢妍姗喜欢的动漫人物和当红明星的照片，谢妍姗让她在这里随便选配图。

季筱晴仔细斟酌了半天，终于选定目标：“这个最帅。”

照片上是一个男生的侧脸，他随意地靠坐在沙发上，长腿敞开，抱着双臂。灯光昏暗，季筱晴看不清他的表情，只隐约可见他眼角的泪痣，说不出地迷人。

季筱晴觉得有点眼熟。

她不太关注娱乐圈，心想也许是哪个新人，便点击配图，按下发送。

瞬间，消息提醒框内弹出成百上千条转发评论。

季筱晴没有料到，她上传的是谢妍姗那晚聚会时在酒吧偷拍的柯昱的照片。

她更没有料到，这无意之举引发了怎样的后果。

谢妍姗一觉睡到第二天下午，被饿醒。

床头柜上放着季筱晴做的焦了一半的荷包蛋和削得光滑如月球表面的苹果。她虚弱地爬起来洗脸刷牙，脑子依旧昏沉，吃了点东西后服下退烧药，躺下继续睡觉。

晚上季筱晴带了吃的过来，送到谢妍姗床边后，匆匆赶回实验室继续干活。

又过了一天，当谢妍姗再次登录微博客户端时，看着屏幕，双目倏地瞪圆，心脏差点骤停。

最新的那条微博，获得了有史以来最高的转发量。

她的粉丝数狂涨了好几倍，消息箱彻底炸开。

评论区的新粉丝老粉丝个个激动不已，隔着屏幕都能感受到他们的狂热。

“终于见到‘泪痣先生’的照片啦！果然好帅啊！”

“太帅了！嫉妒到质壁分离！”

“快点拍影视剧，答应我你们亲自出演好吗！”

他们显然将柯昱当成了她的男朋友，微博上那位活在她的日常生活中，却从来不露脸的“泪痣先生”。

一条玩笑微博变成了公开男主角的微博。

谢妍姗倒吸一口冷气。

季筱晴怎么选了这张照片？

它不该出现在这个相册里的！

更令她窒息的是，那个先前推荐过她的营销号，此刻结合她之前在微博发的许多段子，附上柯昱的照片，写成长文，数十位粉丝量巨大的营销号接连转发，直呼“好萌”。

#盐山爱吃糖男友照#迅速上了热搜。

关于她的话题再次遍地开花。

“真实的恋爱故事”“人生赢家”“狗粮”“搞笑美女博主”种种标签如同子弹，嗖嗖嗖地将她的脑门射成筛子。

评论区里的留言越读越惊悚，谢妍姗握着手机的手微微发抖。

“这是我同学的男朋友，天哪！”

“哪所学校？”

“求解密！”

谢妍姗收到了许多私信。

“你真的是我们学校的吗？哪个学院的？”

幸好照片只是一张模糊的侧脸，大家的猜测五花八门。

谢妍姗缓缓闭上眼，大脑空白了好几秒，随后麻利地从床上滚下来，赤脚狂奔，冲进餐厅打开电脑，马不停蹄地联系人删帖。

柯昱的照片已经散布得到处都是，她花了好大的工夫才将能删的地方都删了，暗自祈祷不会被周边认识的人发现。

她正打算卸载微博闭关一阵，等风波过了再上线，私信箱里忽然弹出了一条私信，发信人带有橙V认证，来自国内一家知名的出版机构。

谢妍姗的作文始终在及格线边缘徘徊，从没想过自己能被图书策划人找上，加上聊天方式后，对方很快发来了信息：“你好，盐山老师，我关注你很久了，请问你愿意将微博段子集录成册，出版段子书吗？”

【5】

谢妍姗生了一场大病，耽误了一次随堂测试，虚拟世界又被搅成乱麻，见到梁萤只能心虚地绕道走。

祸不单行，她的身体稍见起色，主卧的浴室却漏水了。她赶紧打电话给管道公司，前来评估的水管工表示问题棘手，整栋房子的管道系统都得重换，价格昂贵不说，还得停水施工一阵子。谢妍姗不愿久等，可连续换了七八家，上门看过情况的要不就给出同样的结论，要不就修得不治本，没过几天又开始漏水。

每当有人上门修理，谢妍姗总得从学校赶回家等候，被折腾了好几个礼拜。

一天清晨，事态愈加严重，汩汩水流差点将她的床淹成一个岛。

正在谢妍姗决定关掉水闸重装管道系统之际，一家公司忽然给她回了电话，说有客户临时取消了预约，现在可以来她这边。

这家公司是隔壁的太太见她家门口最近总停着不同管道修理公司的汽车后好心推荐的。太太点名推荐了一位厉害的水管工，但他一般不在学校周围的这块区域活动，接的单不多，但技术精湛，名声早已传开。

然而，谢妍姗每次打电话过去，阔气十足地要求“就请你们那儿最厉害的”，对方却总回复这位贵妇们口中“水管工界最靓的仔”没有档期。

为此，谢妍姗还跟季筱晴抱怨了好几次，不过好在还是约到了。

如今人既然来了，就看看他到底有多大本事。

几十分钟后，一辆印着公司标志的白色面包车准时停靠在谢妍姗家门口，车里走下两名水管工。

谢妍姗打开大门，看清来人的长相时，以为自己产生了幻觉。

“柯昱，怎么是你？”

戴着鸭舌帽的男生平静地看了她一眼，执笔在手里的记录板上画了几下，不咸不淡地用英语问：“哪里漏水？”

谢妍姗依旧有些蒙，眼前的人宽肩窄腰，简单的蓝色制服被他穿出了另一番风味。

胸前的名牌上印着化名，正是先前隔壁太太推荐的那位。

可是……他……

另一名水管工重复了柯昱的问题，谢妍姗这才回过神，匆忙解释后为他们带路。

柯昱没多话，套上鞋套，提起工具箱就往里走。

谢妍姗在卧室门口站定，抬手指向漏水的源头。身后的两人进入房间，她依然待在原地，一动不动地盯着柯昱的身影。

这是怎么回事？

且不提回忆里对他的印象，她想起初次见面时，他全身行头价值不菲，驾驶豪车接送梁萤，给的礼物也都是大手笔。

而眼下……

这是他的兼职？

梁萤的最新要求？

与国内不同，U国人工很贵，换个门锁都可能花费几十到上百美元，接上这样一笔修理单，比在快餐厅打工赚的钱多多了。

谢妍姗脑海中浮现出富家少爷为了给女朋友惊喜，亲手赚钱买礼物的感人戏码。

不管梁萤感不感动，反正她很感动。

她悄悄走近卫生间，看见柯昱正仰卧在地上修理管道。他左手握住扳手，右手接过同伴递来的零件，衣服下摆随着动作掀起，露出精瘦的小腹，肌肉线条性感流畅。

谢妍姗移开目光。

她本以为他只是给同伴打杂的，可没想到他是主力，使用工具的手法十分熟练专业，显然不是个门外汉。

他们只用了一个多小时就完成了修理工作。柯昱精准定位了有缺损的部分，在其他人口中复杂严重的问题被他两三下精妙地解决了。

这真的是兼职吗？这是职业的吧！

谢妍姗检查后签了字，两人整理完施工现场，准备离开。

“柯昱，”谢妍姗叫住他，“我有问题想问你。”

男生停下脚步，居高临下地扫了她一眼，将工具箱递给同伴，示意对方先走。

然后，他转过身，关上房门。

谢妍姗整理思绪，准备开口，柯昱突然抓住她的手臂，一把将她拽到跟前：“正好，既然遇上了，我也有问题想问你。”

谢妍姗没料到他会有这样的反应，下意识地后退，他却压过来，将她抵在墙壁上。

“‘盐山爱吃糖’，这个账号是你？”

刹那间仿佛有股电流从背脊蹿到了头顶，谢妍姗眼前一花。

她竭力让声音不颤抖，摆出事不关己的样子，冷声问：“什么账号？”

柯昱拿出一个手机，将屏幕朝向她。

谢妍姗抬眼，微博主页界面上，熟悉的大黄猫正睁着三角眼十分忧愁地看着她。

再一细瞧，他手里拿的是她的手机。

他什么时候弄到手的？

见她没反应，柯昱转过屏幕，修长的手指点开评论区，不断地往下拉。

“开朗、乐观、幽默的话痨？”他淡淡地问，“他们说的是你？”

谢妍姗的“冰山脸”开始碎裂。

“学霸？”又看到一个关键词，柯昱冷笑，“不好意思，对于你考试连续不及格，成绩差到快被退学的事情，我略有耳闻。”

谢妍姗头皮阵阵发麻。

“你能不能解释一下，”他用手机慢慢地托起她的下巴，“我什么时候成你的男朋友了？”

谢妍姗的胃开始抽筋，表情却很冷漠。

柯昱眼底闪过一丝轻蔑，手指滑着手机屏幕，两三下调出发布照片那天的截图。

谢妍姗终于忍不住开口：“这是意外上传的。”

“是吗？”柯昱挑眉，“你怎么会有我的照片？”

谢妍姗编不下去了。

“聚会当晚我就注意到了，”柯昱俯下身平视她，眼神中带着探究，“你偷拍我做什么？”

他眉骨英挺、五官俊美、轮廓分明，近距离与人对视，能轻易令人神魂颠倒……如果他表情不那么刻薄的话。

谢妍姗深吸一口气，镇定地回答：“别人传给我的，我忘记删了。”

手机屏幕上忽然弹出聊天窗口，编辑在那端滔滔不绝地谈起段子书的企划，布满一整个屏幕。

谢妍姗全身一震，开始不顾形象地抢手机。

柯昱迅速单手将她按在墙上，仗着身高优势看起了屏幕。沉默数秒后，他嘴角一扯，高声朗读，故意将语调拖得长长的：

“盐山老师，你现在这个搞笑美女的‘人设’特别好，既引人注目又接地气，不令人反感。

“你以后多放点‘泪痣先生’的照片，牵手啊，脚印啊，拥抱啊！

“总之，要甜，要宠！

“你的‘泪痣先生’是做什么职业的？最好是医生律师之类的，读者最喜欢这种，同类选题都卖得很好！

“不是也没关系，咱可以稍微进行艺术加工。”

谢妍姗被他制住，动弹不得，脸颊滚烫，听见了血液汩汩流过太阳穴的声音。

"泪痣先生？"柯昱冷哼，"这名字真难听。"

编辑发来一张谢妍姗发的微博段子的截图，他接着往下读："'泪痣先生'平时霸道惯了，亲吻的力道却很轻。"

谢妍姗笔直的双腿微微发颤。

柯昱弯起嘴角，眼底带着毫不掩饰的讥诮："亲吻？"

谢妍姗的表情依旧毫无起伏，红晕却从耳根蔓延到脖颈，她似乎快要冒烟了。

柯昱关掉聊天框，用手机轻拍她的脸："隔着个屏幕骗人好玩吗？"

谢妍姗又羞又窘，紧抿着嘴唇，眼帘低垂，不敢看他。

柯昱忽然捏住她的下巴，俯身逼近。

他嗓音低哑，带着十足的恶意："我接吻的时候，可一点都不温柔。"

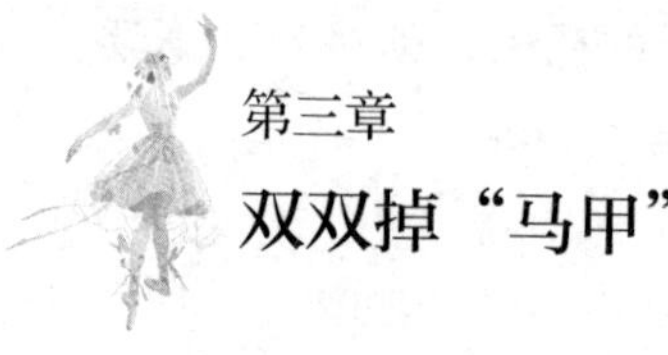

第三章

双双掉“马甲”

【1】

男生清冽的气息拂过脸颊，谢妍姗紧抿嘴唇，对上他近在咫尺的琥珀色眼眸。

他刚才说了什么？

“我接吻的时候，可一点都不温柔。”

接吻？

轰的一声，谢妍姗脑内蓦地一片空白。她的意识仿佛抽离出了身躯，飘浮在空中，仓皇地看见脚下的身体化成一具雕像。

幸好柯昱将她的一双手按在墙上，不然她难保不会像被戳了个洞的气球一般，一边泄气一边滑落在地。

空气就此凝固。

过了好一会儿，谢妍姗才回过神，试图用小幅度的深呼吸平复自己的情绪。

她挣扎了几下，冷声道：“松开。”

柯昱不为所动。

谢妍姗脸上的红潮逐渐退散。她淡淡地说：“你的想象力挺丰富，不过，很可惜，我微博上写的人不是你。”

柯昱挑眉道：“他长得和我一模一样？”

“我说过了，照片是个意外。”

“对外貌的描述也和我很像。”

“你的自我认知大概有偏差。”

“那你写的是谁？”柯昱垂眼看她，眼底是满满的嘲弄，“你的‘泪痣先生’？”

谢妍姗闭上双眼，然后睁开，顶着精致的妆容抬起下巴，那股不在意任何人的冷漠气场终于回归。

她径直回视他：“关你屁事。”

柯昱微怔，用舌头顶了下腮帮，低笑出声：“你还有底气骂我？”

谢妍姗脸色不变：“你随便翻看别人的手机，不该骂？”

趁他分神，她毫不客气地踩了他一脚，快、准、狠。

柯昱感到痛，却没吭声，终于松开按着她手腕的手。

他背光而站，嘴角微扬，笑意却未达眼底，在阴影下更显冷峻：“那看来是我不对，抱歉。”

谢妍姗没答话，接过他递来的手机。

指尖相触，触电般的感觉从那一小块面积传开。她的睫毛轻轻地颤动了一下。

谢妍姗往旁边移动了几步，与他拉开距离，低声说：“对不起。”

柯昱投去玩味的目光：“嗯？”

你的照片，我会处理好的。

谢妍姗本想这般开口，话到嘴边，却被他接下来的提问堵了回去。

“如果你不是用我的照片在网上卖弄‘人设’，那就还有一种可能。”

柯昱跨出长腿。当那张俊美的脸再次靠近的时候，谢妍姗嗅到了危险的气息，似利刃抵向脖颈。

“你讨厌梁萤，所以接近我，想让我当你的战利品？”

谢妍姗愣住，因气恼而略微抽动的嘴角，在他眼里像极了被戳中心事后的狼狈样子。

柯昱蓦然笑了，低头开了张修理水管的付款单，按到她的肩上，顺便像煞有介事地拍了拍：“我对她很忠心，谢大小姐还是省点力气吧。”

【2】

“盐山爱吃糖”的粉丝数从一千万狂涨到三千万，却连续一周没在微博上更新与“泪痣先生”的日常生活。

谢妍姗依旧每天雷打不动地定时发三条微博，只不过，内容从原创变成了经典名著摘抄。

平时两人吃口饭写几笔作业、路边偶遇一只俊俏的野狗、散步时遇上当街厮打的情侣，这些鸡毛蒜皮的事都会被“盐山爱吃糖”写成甜蜜的段子，如今没这些段子了，粉丝们表示十分担忧。

联想起先前“泪痣先生”惊艳的真人照被传得沸沸扬扬一事，粉丝们纷纷猜测“盐山爱吃糖”是生怕现实信息暴露，不敢再在网上记录生活。

众人义愤填膺地“炮轰”转帖照片将事情闹大的营销号，谴责试图一探究竟的网友，高呼“爱她就不要侵犯她的三次元”。

还有粉丝猜测他们感情破裂，马不停蹄地根据微博上的“蛛丝马迹”写小作文，分析得头头是道，仿佛自己是他们情变的见证人，所有的剧情都是亲眼所见，历历在目。

粉丝们真情实感地为“盐山爱吃糖”担忧，评论区成了汇集各种“鸡汤”的“砂锅”。

然而，真实原因谁都没有猜到。

每当谢妍姗在电脑前编辑完微博文案，打算按下发送键时，耳边总会响起那天柯昱阴阳怪气朗读段子的声音。她写了那么多搞笑的段子，他却专挑那些难以言喻的……

比如，对“泪痣先生”的英俊外貌不那么纯洁的描写：

汗水浸湿了他的刘海，沿着他的脸颊往下流，滑过喉结，落入领口的阴影中……

比如说，满载着少女春情的情话：

我最喜欢在他用力抱着我的时候，嗅他身上的味道，轻抚他宽厚结实的后背，仿佛时间就此停止，我们永远不会分开……

眼前浮现出柯昱勾着嘴角，拖长了语调读出这些话的情形，谢妍姗倒吸一口冷气，合上眼帘，猛地打了个寒战。

他念过最可怕的内容，当数她在微博上杜撰的那些情侣之间的撩人段子：

他用牙齿咬开我衬衫的纽扣，热气喷向皮肤……

柯昱低沉的嗓音仿佛近在咫尺，三百六十度全方位环绕着谢妍姗。

“啊——”

只有一个人的别墅里，谢妍姗唰地蹲下身，捂住耳朵尖叫。

不知不觉又到了周末，季筱晴被学校的人工智能实验室录取，邀请谢妍姗吃饭庆祝。

吃饭的地点定在S城的中国城。

与国内日新月异的繁华都市不同，唐人街建筑古老，街道上挂着中国传统的红灯笼、大型牌匾，两旁多以售卖纪念品、珠宝以及各色菜肴的小商铺为主。世界各国的游客在此购物就餐，车水马龙，熙熙攘攘。

谢妍姗停好车，绕过几个神志不清的流浪汉，跟着季筱晴走进街角一家不起眼的水饺店。她们刚刚落座，便听见了嘈杂的喧闹声，门口拥入一群不速之客。

是顾齐、梁萤，以及学校留学生圈里经常同他们玩在一起的那帮人。

“今天怎么在这儿吃饭啊？”男生A弯腰在椅子上摸了一把，抽出随身携带的纸巾擦了擦手，面露不满，“国际美食街上新开了家格鲁吉亚菜，要不咱们现在去那儿？”

“是啊，这里环境也太差了，我刚看见那边好像跑过去两只蟑螂。”

“天哪！干不干净啊？”

“走吧走吧，我一碰不卫生的东西就会拉肚子。”

他们声音很大，丝毫不顾及周围人的感受。谢妍姗的胃口顿时倒了大半，恨不得立马冲出个凶神恶煞的老板娘，抄起扫帚将他们连抽带赶地轰出去。

“我是西餐吃多了有点想念水饺，这家店虽然简陋了点，但听说味道很正宗！”一片唱山歌般的抱怨声中，有个烫染了金色鬈发的女生跳了出来，热情地拉扯同伴们入座，“相信我，我来过好几次啦！”

在她孜孜不倦的劝说下，这群人才勉为其难地入座。

饭馆内家具陈旧，墙纸泛黄，大厅最里面，两张木桌拼出简陋的操作台，两三个人围在一起擀面、搅馅，是中餐馆中常见的家庭作坊。

店内人手严重不足，因为上菜慢，年过半百的老板频频向客人赔不是。

“有些人啊，说是待在U国，待在发达国家，”男生C眯起眼，扫视了一圈四周的环境，感慨道，“实际上过的都是什么日子。”

他的声音不轻，老板正低垂着脑袋接受客人的无礼谩骂，弯着腰的身子倏地一震，像被寒霜打歪的枯枝。

谢妍姗蹙眉，看见对面的季筱晴紧咬下唇，握着杯子的手微微发抖，而后视线往左，那边的人群已将小饭馆当成酒吧，开始肆无忌惮地嬉笑打闹了。

方才的金发女生突然重重地拍了一下身旁的男生，拔高音调道：“坐过去点，别弄脏我的包。”

她这话吸引了全桌女生的注意力，眼尖的人迅速发出惊呼：“Saint Laurent（圣罗兰）的春季新款！”

其他人立马争先恐后地凑上前。

“我看看！”

“这颜色好好看！”

“我也想去买一个！”

“聚光灯”此刻正打在金发女生的身上，她用手指来回轻抚链条包的金色流苏，如同慈祥贵妇抚摸着一只波斯猫：“那你们得等一阵啦，这个包是刚从法国总店调过来的，U国还没这个颜色。”

话音刚落，金发女生双眼微合，控制着不断疯狂上扬的嘴角，正准备享受小姐妹们的羡慕和嫉妒，另一边却好似油爆葱花般炸出一声响：

“卡地亚的定制钻戒！”

洪亮的嗓音几乎射穿了天花板。

金发女生警觉地睁开眼，飞快地扫视全桌，找到了源头。

“萤萤，这是你的男朋友送的？”

“你是有什么好事吗？”

面对海潮般的提问，梁萤慢动作般跷起二郎腿，单手托腮，笑容张扬：“小礼物而已。”

金发女生呼吸一窒。

焦点迅速转移，女生们的脑袋全部围到了梁萤的周围，还有人拉过她的手，细细欣赏。

“还刻着你的名字呢！”

“柯少爷真大方！”

“订婚戒指吗？”

梁萤缓缓转动手背，钻戒闪耀着刺眼的光芒。

她轻描淡写地说：“当然不是，我随便戴着玩的。”

刹那间，谢妍姗仿佛看见梁萤挥出一拳将金发女生击倒在地，空气中迅速浮现出巨大的两个字：完胜！

耳畔都是对柯昱人帅又富有的感慨，梁萤得意地扬起眉毛：“我的新男朋友确实比上一个好多了。”

众人的目光齐齐地扫向她的“前任”，顾齐慢条斯理地喝了口茶，冲角落处打了个招呼。

其他人这才注意到谢妍姗的存在。梁萤下意识地试图找碴，回想起“谢冰山”将她拽到楼梯边沿“教她做人”的画面，又生生地忍了回去。

谢妍姗没理会他们，被脑海中冒出的念头堵塞了心口。

柯昱接修水管的粗活，难道真的是为了帮梁萤买钻戒？

他那么高傲的人，真的会为了一个女生做到这种地步？

苦涩的感觉猝不及防地再次涌上心头，谢妍姗驱散不去，连带着胃都有些隐隐抽痛。

那边的聊天暂时告一段落，有人开始不耐烦地催促服务员点菜。

“我们都叫了几次了，再不来就走了啊！”

那人喊了半天终于得到回应，一名男生走到桌边，掏出笔，随意地在纸上画了几下，道：“你们点什么？”

谢妍姗抬头看去，这熟悉的嗓音、高挑的身材，令她神情骤变。

“哎呀，”金发女生捂住嘴尖叫，“这不是萤萤的男朋友吗？”

梁萤的表情倏地僵住。

其他人面面相觑，而后用探究的目光打量柯昱和梁萤，不时低头窃窃私语。

谢妍姗从他们脸上读出了许多情绪：惊讶、嘲笑、鄙夷，更多的是有好戏看的兴奋。

梁萤思忖片刻，笑着说：“他……他在体验生活。”

“我上周来的时候柯昱好像也在，”金发女生一拍脑袋，恍然大悟，“当时你的男朋友忙着搬运啤酒箱，穿着一身工装，我都没认出来呢！”

梁萤咧嘴干笑，露出整洁的白牙，一下一下地深呼吸。

旁边的两个女生声音尖锐地搭腔：“早知道你的男朋友在这里打工，我们就多来光顾啊。”

“是啊，这么帅的服务员，我肯定给25%的小费，他打上一年工就能还清帮你买卡地亚戒指的贷款了！”

几个男生忍不住笑出声。

“柯少爷，你的豪车呢？这车租一天要多少钱呀？”金发女生顿了顿，将脸转向梁萤：“哦，不对，我该问你吧？”

梁萤目光闪烁，保持尴尬的笑容：“你在说什么呢。”

金发女生身子前倾，语调拉长：“要不要我找老板问问，你的这位新男朋友，到底开的是什么车？”

梁萤沉下脸，再也笑不出来。

面对眼前的嘲弄，柯昱似乎无动于衷，表情平静地问：“你们还需要多看一会儿菜单吗？”

他五官轮廓清晰，鼻梁挺拔，长相贵气，哪怕衣衫粗旧，依然带着股不羁的英俊。

“不用了。”始终默不作声的顾齐将菜单放到桌上，看向柯昱，温和地说，“我们现在就点。”

接下来的五分钟里，金发女生不断地举手使唤人。

“服务员，茶杯缺了个口！

“服务员，这盘子有点脏，给我换一个！

“服务员，这饺子怎么这么咸！”

几个来回后，梁萤猛地掰断手里的筷子，起身拉住柯昱的胳膊将他往后厨拽。

谢妍姗见状，借口上厕所，偷偷地跟了过去。

“我就说她今天为什么铁了心把大家约到这里来！”梁萤面色通

红，气得双眼喷火，“她是故意的！她就是为了让我出丑！”

柯昱冷冷地瞥她一眼，迈开步子往回走，又被梁萤粗暴地拖住。

“不是说了让你别打工吗？！这段时间你要多少钱我都给你！”

柯昱皱眉道：“我可没答应过你配合你一直演下去。”

梁萤竭力克制住情绪，撒娇般伸手拉他的衣服下摆，被柯昱毫不留情地甩开。

他语调决绝得没有丝毫回转的余地：“之前欠你的钱这个月内我会还清，你以后别来找我了。”

梁萤的滔天怒火蓦地被劈头盖脸的冰冷话语浇灭，愣怔了好久才开口：“你……你……你明知道我对你……”

“梁小姐，”柯昱嗤笑一声，打断她，“既然你对我那么认真，麻烦结账时多给点小费，谢谢。”

【3】

这是什么情况？

谢妍姗躲在储物室和厕所的间隙，紧张得大气都不敢出一口。

“你要多少钱我都给你！”

“我可没答应过你配合你一直演下去。”

她分析了一番刚才偷听到的对话，积压的疑云随着思绪的理清逐渐散开，浑身顿时畅快无比。

等到柯昱和梁萤的声音彻底消失，谢妍姗像做贼一样猫着腰，从墙壁里探出脑袋，四下张望，确认两人已经离开后，才小心翼翼地往外迈出脚步。

不料她走错了路，想回大厅，却拐到了后厨，刚刚转身，就撞上柯昱手持一箱杂物迎面走来。她一阵心虚，条件反射般再次躲进角落，紧贴着墙壁站成一张海报。

“门都没有！我不干！”

谢妍姗刚刚站稳，就被不远处粗大的吼声吓得一个激灵。

这声音她很熟悉。

谢妍姗偷偷望向厨房，杏眼倏地瞪圆，意外发现了季筱晴组里的黑大个。

今天是什么日子？人来得如此齐全。

水饺店老板站在黑大个跟前，低垂着头，唯唯诺诺地说：“爸爸这两天肩膀疼得不行，你就帮帮忙……”

黑大个音调骤然拔高：“那你就雇人啊！外面那些全是我的同学，其中两个女生还是我的组员，被他们发现我在这种地方当服务员多丢人！她们会看不起我的！”

老板憨厚木讷，闻言红了眼眶：“雇人还得花钱，你也知道店里……”

“我不管！”黑大个竖起食指恶狠狠地指向地板，咬牙道，“反正这破店一直赚不了多少钱，你关了算了！”

老板全身一震，双唇颤抖着说不出话。

黑大个怒吼：“为什么别人想要什么都有，我却要从小跟着你一起丢人！”

他还没发泄完，突然被柯昱拽住领口重重地压到墙上，两旁架子上的啤酒瓶和餐盘砸下来碎了一地，发出巨大的声响。

谢妍姗差点惊叫出声，忙捂住嘴。

柯昱死死地按着黑大个，眼睛猩红，呼吸粗重，额头青筋突起，全身透着股可怕的压迫感：“你嘴里吃的，身上穿的，都是你父亲一块钱一块钱赚来的，你有什么资格觉得丢人？”

黑大个被吓得整张黑脸变得雪白，张着嘴不知如何回答。

“刚刚你不是很有气势吗？说话啊！”

“我……”

“跟你父亲道歉！”

“我……”

“道歉！”

柯昱眼神冷酷，透着股狠劲，再没人阻止，他恐怕会一拳打断黑大个的鼻梁。

这气场太慑人，别说黑大个，就连谢妍姗的身体都被震得僵硬了。

老板颤巍巍地劝架："小柯，算了。"他边说边扯柯昱的手臂，眼角隐隐渗出泪水。

柯昱下颌线条紧绷，脸上罩着一层怒意。他后退一步放开黑大个，转身抄起厨台上的一壶冰水，仰头一饮而尽。

急流的冰水顺着他的下巴流向脖颈，滑过上下滚动的喉结，打湿了胸口。

怦怦怦，谢妍姗的心脏疯狂地跳动起来。

趁他们收拾厨房残局时，谢妍姗神情仓皇地连滚带爬回到座位，对上了季筱晴被米饭噎住的表情。

"怎么了？"季筱晴问。

谢妍姗调整情绪，正色道："没事，我在卫生间里见到了一只蟑螂。"

"你上次不是脱下鞋就把蟑螂拍死了吗？"季筱晴满脸不信，"眼睛都不带眨一下的。"

谢妍姗没答话，夹了一个水饺就往嘴里塞，狂乱的心跳过了好久才彻底平复。

这顿饭谢妍姗故意吃得很慢，视野里是柯昱来回忙碌的身影，他极具冷感的侧脸线条，他被汗水打湿的额发，他不耐烦时皱起的眉头，她将每个细节记在心底，若有所思。

直到季筱晴决定结账走人她才回神。

"服务员，打包！"见服务员想将桌上的菜端走，季筱晴急忙起身阻止，"麻烦给我几个打包盒，我自己来。"

拿到盒子后，季筱晴麻利地将整盘剩菜刮得干干净净，一滴油不剩地装进盒子里。

"妍姗，你要带酸菜羊肉吗？"

谢妍姗摇摇头。

季筱晴将剩菜打包完毕，转头看向谢妍姗甜点盘里的布丁。

她抿了下唇，轻声问："你还吃吗？"

谢妍姗又摇摇头。

季筱晴垂下眼帘，又抬起，略显不自然地笑道："那我带回去帮你吃完吧，不然有点浪费……"

不远处，梁萤那群人起身准备离开，一大桌子菜好几盘丝毫没动。

老板追上前问："剩了那么多，你们要打包吗？"

顾齐摆手，将铁质的贵宾信用卡收进钱夹里，拒绝得斩钉截铁："不要了。"

简单的三个字，却无比刺耳。

老板暗叹一口气，端起一盘盘菜，倒进后厨门口的垃圾箱里。

季筱晴敏感地意识到了什么，脸蓦地涨得通红，伸向布丁的手在空中僵住，慢慢地缩了回来。

"那三个小笼包给我吧。"谢妍姗忽然开口，从桌上拿过一个季筱晴刚要来的餐盒，"还有这布丁，明早我当早饭吃。"

季筱晴讶异地抬眼看她，片刻后，有些羞涩地笑了。

她们起身离开水饺店，柯昱正好站在门口。两人擦肩而过时，谢妍姗偏过头，挑起杏眼看他，同一时间，柯昱侧首垂眼，对上她的视线。

谢妍姗脸上没什么表情，唇色殷红，皮肤雪白，乌黑的眼睫毛似撩人的羽毛。她不动声色地转回前方，顺滑的长发轻轻拂过他的脸颊，清香缭绕。

柯昱目光渐沉，压着气息，瞥向与她相反的方向。

没过多久，他走出水饺店，看见一起打工的同伴陆禾正蹲在地上休息，怔怔地望向对面。

柯昱屈起膝盖顶了一下他的后背："这么好看？"

"这种有钱人家的大小姐看一眼少一眼，毕竟我配不上。"

闻言，柯昱的眉心皱了一下。

“她偷瞄你好几次了，”陆禾直起身，暧昧地用肩膀推他，“你们认识？”

柯昱顺着陆禾的目光望去，手中随意地抛着店里送外卖的车钥匙。

谢妍姗和季筱晴并肩走在路上，身后跟着一个颀长的身影。两个女生停下脚步，季筱晴转身威胁般冲后面的男生挥拳头，被男生伸出手掌盖住脑袋，逗孩子一样地推开。

顾齐绕过季筱晴走到谢妍姗身边，俯身在她耳边说话。他眸色温润，嘴角含笑，举手投足间尽是富家贵公子的风度。

两人靠得很近，俊男美女，十分般配。

柯昱微微眯起眼，手里的动作放缓。

他们不知聊了些什么，谢妍姗跟着顾齐坐上了他的豪车，汽车发动，很快消失在路的尽头。

钥匙抛起后落下，被柯昱握在掌心，放回口袋。

他抬手摸了一下被她发梢拂过的脸颊，冷笑道：“不认识。”

【4】

然而，这位柯昱“不认识”的冰美人，两个小时后折回了水饺店。

她在门口来回踱步，像在认真思忖着什么，过了好久才推门进去。

“哟。”

对于柯昱主动向她打招呼，谢妍姗有点始料未及，微微颔首以示回应。

谁知柯昱走到她身边，笑着问：“刚才有没有找到好的角度偷拍那群人的照片？”

谢妍姗嘴角一抽。

柯昱看了一眼手机屏幕上的时间，道：“再过二十分钟，你是不是就要发微博，假装自己度过了和朋友们一起尝试平民中餐的美好一天？”

谢妍姗抿紧下唇。

“然后你的粉丝就会为受欢迎的你和你充实的生活而鼓掌，哪怕照片上的这群人全程没和你说过一句话？”

谢妍姗深吸一口气，握紧的手指骨节咯咯作响。

他对梁萤那般冷酷无情，遇到她就阴阳怪气。

反正不管哪种态度，都能归纳为“讨厌”。

“你看着我干吗？恋爱段子编不出来，想寻求灵感？”

谢妍姗好恨自己没带个订书机把他的嘴巴订上。

可惜柯昱从她白板一样的脸上读不出丝毫情绪。他双手插兜，居高临下地说：“手机拿出来，我可不想我的照片又被传到全网。”

谢妍姗冷冷地瞥他一眼，将亮着的手机举在他面前，麻利地按下关机键，沉声道：“我有问题问你。”

柯昱似乎早有预料，了然地点点头，带她往水饺店后门走。

两人走到一棵树下，他冷不防地开口：“在后厨偷听得开心吗？”

谢妍姗脚步骤停，太阳穴突突直跳：“你知道我在？”

柯昱好整以暇地欣赏她那一瞬间的慌乱，轻描淡写地说：“如你所见，我不是什么富家子弟，只是个修水管的，兼职帮人打杂。”

见四下无人，谢妍姗提出心中的猜测：“梁萤付你钱，让你假扮她的男朋友？”

“你们这些大小姐不就这么无聊吗？”回想起谢妍姗家里堆积成山的化妆品，柯昱懒散地耸肩，“花着父母的钱，在这里做着与学习毫无关系的事。”

他承认了。

谢妍姗皱眉道：“她图什么？”

“想找个方法令前任男朋友气疯，不过显然没用，那位阔少的眼里只有你。”柯昱勾起嘴角讥讽，“恭喜谢小姐，你还是赢家。”

谢妍姗一动不动地看着他，就在柯昱以为她即将用那八厘米高的高跟鞋踩穿他的脚时，她忽然问：“你很缺钱？”

柯昱的表情终于有些松动。

谢妍姗心头发酸，从没料到再次与他相遇时，他的处境会变得如此落魄，他以前明明……

“给我你的私人电话，”她压下异样的情绪，不咸不淡地说，“我家里的家电最近总出故障，下次有问题我直接找你，你的收入不用跟公司分成。”

四周很安静，飘浮的尘埃仿佛都静止了。

柯昱微歪过头，视线落在她脸上，神色玩味。

在昏暗的地点两人独处，他的帅气极富侵略性。谢妍姗背脊挺得笔直，正面接住他的目光，掌心却渗出了汗。

过了很久，她听见他懒洋洋的声音：“好啊。”

见柯昱信步走回水饺店后门，谢妍姗忍不住开口：“联系方式？”

尽管已经竭力控制，她上扬的语调中依然渗出淡淡的急促。

柯昱转身斜倚着门板，轻挑眉梢，道：“名片在我的裤兜里，你自己来拿。”

他又在戏弄她。

谢妍姗面色平静地走上前，从钱夹里抽出一百美元，塞进他的领口：“我家厨房的搅碎器坏了，这是预付款。”

沉默片刻后，柯昱哼笑了声：“谢谢老板。”

他伸手握住她的手腕，将她的手拉到跟前，掏出笔，低头在她的手背上写下自己的电话号码。

男生的掌心很热，与她紧贴的肌肤带起一股电流，激得她全身敏感地战栗。

滑动的笔端像是牵着神经末梢，谢妍姗脸颊的温度不断攀升，烧得滚烫。

一串数字终于写完，柯昱抬起眼皮注视她，声音很低很低：“看不出来，你这么容易害羞。”

耳畔忽地刮起一阵劲风，他侧头躲过——差点被她扇了一巴掌。

没等柯昱有更多的反应，谢妍姗抽回手，头也不回地离开了。

【5】

晚上，季筱晴在谢妍姗家留宿，为了避免打扰学霸写作业，谢妍姗特意将她安排在二楼书房。季筱晴与电磁学奋战到昏天黑地，中途休息时下楼倒水喝，惊恐地发现客厅里一片狼藉，宛如抢劫现场。

大大小小的快递纸盒堆积成山，有的已拆封，有的还未动，泡沫塑料、气泡填充物、废纸遍地散落，盖住了一大片实木地板。

季筱晴找了一圈没发现人影，沿着楼梯走进地下室，看见身穿印有黄猫图案连体家居服的谢妍姗正屈膝半蹲，单手抓着自拍杆对着镜头拍照。

可怕极了，谢妍姗居然还在脸颊边比了个“V”。

啪！季筱晴的水杯掉到地上。

察觉到背后的动静，谢妍姗像被雷劈了般地定住。数秒后，她扔了自拍杆，手忙脚乱地拉开拉链从毛茸茸的衣服里爬出来。

季筱晴呆若木鸡，眼前仿佛有只巨型胖猫正在蜕皮。

谢妍姗直起身，将家居服踢到角落，轻咳一声，正色道：“你怎么这么快就出来了？”

往日里，晴姐一旦陷入学习模式，便能不吃不喝好几个小时，犹如闭关。

季筱晴从地上捡起水杯，倒行着从房门口顺着楼梯走回一楼，整个过程如同按下了“倒放”的录像带里的画面。

“你继续。”

最近是各大百货的新品上架季，谢妍姗下了一大堆订单，准备趁周末总结出最新鲜的体验心得。她在试穿新装的过程中被这套连体家居服所吸引，躲在地下室正准备穿着它拍几张照片，谁知……

季筱晴帮着谢妍姗一起整理客厅，无意间看见扔在沙发上的八千美元的账单，眼里闪过一丝异样，扭头问道："妍姗，还忙着写测评呢，作业做完了吗？"

谢妍姗将快递纸箱拆开，扔到地上用脚踩平。

季筱晴追问："是不是没做？"

谢妍姗不说话。

季筱晴停住手中的动作，走到她身边："我看过你修的那门数学，超简单，你一定是平时不看书才考成这样。"

谢妍姗不吭声。

季筱晴笑着拍她的肩，语调满载着自豪："拜托，我们可是中国人，中国留学生选数学课就是用来考满分的，稍微动点脑子就能拿到A！"

回想起平日里所有人对谢妍姗的奚落鄙视，季筱晴顿时气不打一处来："凭你能把微博经营成超级大V，我就不信你是因为学不会数学才不及格！"

她越说越激动，凑上前强迫谢妍姗对上自己的视线："妍姗，你真的甘心让他们一直嘲笑你是个笨蛋吗？"

谢妍姗默不作声地往旁边挪了一步。

季筱晴急得跺脚："你肯定不是！你绝对不是！你别干这些没用的事了！快去读书证明给他们看啊！"

谢妍姗将整理好的一摞纸箱捆起来，淡淡地道："我和你不一样。"

季筱晴微怔，懊恼自己是不是说得有点过分，剩下的话到嘴边，转了好几圈，还是没说出口。

两人尴尬地沉默着，察觉到谢妍姗周遭的低气压，季筱晴没敢再多问，回楼上的书房继续学习去了。

临睡时，谢妍姗发现书房依旧亮着灯，她悄声推开门，发现季筱晴正趴在桌子上，看样子好像睡着了。

谢妍姗蹑手蹑脚地走上前，打算叫醒她让她回客房的床上睡。

季筱晴的电脑打开着，屏幕上显示她登录了一个免费的大型公开在线课程的平台。谢妍姗瞥了一眼课程的名字：神经网络和深度学习。

课件上满页术语，对谢妍姗来说如同天书，太深奥。

留学生中，不乏梁萤和谢妍姗这样为了躲避高考，或者高考失利被父母送出国混文凭的富家子弟，但更多的是像季筱晴这般的普通学子，他们漂洋过海，勤工俭学，只为了吸收最尖端的知识，积累前沿的项目经验。

在这里，最容易找到工作的专业，当数STEM。

STEM是Science、Technology、Engineering、Mathematics（科学、技术、工程、数学）的简称，获得STEM学位的人数，被看作衡量国家实力的重要指标、全球竞争力的关键。

季筱晴修的就是STEM中的E。

认识不久，谢妍姗就听季筱晴聊起过自己的理想和抱负。

学校的大部分课程没有年级限制，只要完成前置条件，拥有相应的能力，就算没有修过前置课程，通过导师签字，也能破例选课。

季筱晴家境贫寒，没有钱继续读研究生，计划本科拼命修完所有科目，得到电气工程和计算机科学的双学位，就回国研发人工智能硬件——芯片。

“牛津大学未来学院的报告称：2015年，中国半导体芯片生产占全球市场份额的4%，半导体产业实力的衡量标准揭示了人工智能发展的潜在瓶颈。

“由于没有掌握核心技术，我国每年花巨额外汇进口芯片，总额甚至超过石油。

“芯片是一切仪器的心脏，是一个国家的工业粮草，没有芯片就没有安全，不能自主研发就会受制于人！”

慷慨激昂地发表了一番意见后，季筱晴问：“发展科技最关键的是什么？”

谢妍姗回答：“人才？”

季筱晴打开一瓶可乐，喝了一口，冲她挑眉道："就等着像我这样的人。"

那一刻，也许是因为共情，谢妍姗死水一般的心里掀起了阵阵涟漪，仿佛能感受到自己冰冷外壳下的热血在沸腾。

然而，下一秒，她的心又重重地沉了下去。

她自甘堕落、自我放逐了这么久，已经完全无法想象自己未来能做什么，前方的路仿佛迷雾重重，空荡荡的，什么都没有。

"盐山爱吃糖"的粉丝们，坚信"盐山爱吃糖"是个勤奋刻苦的学霸，因为微博上描述的，是季筱晴的学习生活。

现实里的谢妍姗，成绩单惨不忍睹。

她将生活中那些闪闪发光的部分记录在微博里，哪怕这些事件中的主角不是自己。

曾几何时，每天早上她都找不到睁开眼开始新的一天的意义，直到"盐山爱吃糖"成为她生活中的一部分。

那么多人将她当成树洞，那么多人参考她的测评，那么多人因为她而受到鼓舞，那么多人因为她而喜悦。

只有经营这个微博账号，收到留言私信时，她才能体会到成就感，才能觉得自己的生活有意义。

对于谢妍姗的行为，季筱晴并不介意，她视谢妍姗为恩人，从来不会对谢妍姗说"不"。

可是，谢妍姗瞧不起这样的自己。

她想起柯昱揭穿她的谎言时，那冰冷轻蔑的眼神。

她想起他在厨房里对着黑大个说的那些话。

"你羡慕他们？那种挥霍父母的钱在这里花天酒地的人，那种践踏知识不学无术的人，跟寄生虫有什么区别？"

谢妍姗垂眼，注视着电脑屏幕上陌生的公式和数字。

她听见一个声音在耳边说——

是的，没有区别。

第四章

街舞少年

【1】

谢妍姗清楚地记得，那是高一的下学期。

期中考试过后，全市六所高中的师生齐聚一堂，在郊区湖畔的大型公园举行历时四天三夜的校外实践合宿。

学校之间实力悬殊，民办高中、普通高中、区重点，以及谢妍姗所在的市重点都在其中。

同为市重点的还有一所高中，与谢妍姗的学校并称“双霸”，由于两校定位相似，两校时常被互相拿来比较，竞争不断，学生之间也有了敌对意识，私下都叫对方为“敌校”。

与其他同学兴奋雀跃地期待正面比拼不同，彼时谢妍姗遭遇人生变故不久，尚处于学会接受现实的平复期，在自己的周身筑起壁垒，心情阴郁。

合宿首日，她在食堂初次遇见柯昱。

作为重点高中的优等生，柯昱并非谢妍姗印象中好学生的模样：

他个子很高，在学生队伍中格外显眼，走路时长腿带风，桀骜不驯；他头戴一顶鸭舌帽，没有穿校服，压得很低的帽檐下，下颌线条如金属般冷硬。

依靠着无数双善于发现美的眼睛，短短数小时内，柯昱的名字迅速在各校女生间传开。

那时候谢妍姗身边的女同学都喜欢这种类型的男生——长得帅，有点坏——对他的描述不外乎那几个形容词：“酷”“冷”。

聊八卦的人多了，信息也逐渐齐全起来：

柯昱，“敌校”竞赛班的学生，教导主任嘴里的精英，家境殷实，一身名牌的小少爷。

谢妍姗见过柯昱斜倚在柱子边同一群人说话的样子，不知聊到什么，他忽然侧头冷笑，手肘一撑，直起身离开，留下同伴们略显狼狈地紧追其后。

她木然地看着他，心中没起丝毫波澜。

合宿日过半，六所学校的学生共同在大礼堂举行文艺晚会，各校按顺序表演节目。民办高中做了个很好的开场，表演的节目个个无比精彩，一组又一组的漂亮女生构成养眼的画面，她们长裙飘飘，唱时下最流行的歌。

而到了市重点，节目则变为诗歌朗诵、相声、正能量的小品。

所有人无聊得哈欠连连。

正当观众陆陆续续地准备提前离开时，全场灯光骤暗，一名男生双腿一跃，跳上舞台。

聚光灯打在他身上，动感的音乐声蓦地响起，他随着强劲的节奏跳起了街舞。

谢妍姗倏地睁大眼。

是柯昱！

他的台风极富侵略感，带着男生该有的血性。

不过几秒，全场沸腾！

谢妍姗抱住双臂，不停歇的电音穿过她的耳膜，激起一阵鸡皮疙瘩。

她仿佛感觉到冰封的脸颊在逐渐融化，全身每个细胞都兴奋了起来，心脏跟着他身体的震动在跳。

他的表情，他的眼神，在灯光的渲染下，带着一股摄人心魄的吸引力。

整个场馆的女生发了疯般大喊他的名字。

“柯昱——柯昱——”

一记强节拍下，柯昱侧身扯开领口，将上衣往上一提，盖住小半张脸，随着身体的律动缓缓仰头。

台下的女生们愈加疯狂，撕心裂肺地尖叫、跺脚。

“我看到了他的腹肌！”

“他身材太好了吧！腿好长！”

“天哪！太帅了！太帅了！”

她们不受控制地嘶吼，喊破了音。

舞曲即将告终，柯昱忽然脱下外套，扬手扔向观众席。

像滚烫的油锅中溅入了水花，女生们的尖叫声越发震耳欲聋。

那个瞬间，谢妍姗鬼迷心窍般往右方移动了一步，身子前倾，张开双臂，将他的衣服抱了个满怀。

男生的气息迎面袭来。

谢妍姗回过神，猝不及防地撞上柯昱看过来的视线。舞台上他屈膝半蹲，汗水打湿了他的刘海。他望着她，眉毛向上一挑，神情似笑非笑，她的耳根蓦地烧得通红，心跳如同擂鼓。

死寂的湖面，荡开阵阵波澜。

为了藏起这股陌生的惊慌失措，谢妍姗别过头，故作随意地将外套朝旁边一抛，如同扔一块不要的脏抹布。

她还未平复心绪，便被人用力推开，差点栽倒在地。

“啊——在那里！在那里！”

女生们尖叫着从四面八方蜂拥而上，争先恐后地抢夺柯昱的外套，不顾形象地厮打在一起。短短几分钟内，柯昱成功将所有人的睡意驱散，文艺会演转变成了一场闹剧。

谢妍姗往外撤离到安全区，环顾四周，始作俑者已消失得无影无踪。

后来谢妍姗听说，那个获胜的女生借还外套的名与柯昱搭话，柯昱直接当着她的面将衣服扔进了垃圾桶。谢妍姗听后心情复杂，既庆幸还好不是自己，又忍不住想象了一下，如果是她，他会有怎样的反应？

合宿的最后一晚，广场上举办了篝火晚会。谢妍姗不想凑热闹，便挑了块离自己学校的人较远的地方坐下，随意地偏过头，意外地发现了不远处的柯昱。

她看见他的脸在火光的映照下，没有了往日的寒意，呈现出淡淡的橘色。有种暖洋洋的感觉流过她的心间。

她想起他眼角的泪痣，好看得令人过目不忘。

那股陌生的情绪再次毫无防备地蔓延而上，谢妍姗突然紧张起来，匆忙移开目光。

他的同伴们在与他聊天，声音不响，却一字不落地传到她耳边。

柯昱的一个同伴冲着谢妍姗所在的方向对柯昱使眼色："哎哟，那不是接到你的衣服后当烫手山芋一样丢掉的'敌校'美女吗？"

"哈哈，我当时隔着老远都闻到了一股嫌弃的味道。"

"完了，我校输了一局。"

"你们胡说什么呢，活着不好吗？"

一群人难以抑制地大笑出声。

"柯少，你去请她跳个舞吧。"

"听说是有名的'冰山'，基本不开口说话，我们刚还打赌谁能请得动她。"

越来越多的人跟着起哄。

"就是要挑战难度大的啊，不然哪来的成就感？"

"我们柯少亲自出马，还有不乖乖缴械投降的妹子？"

一片喧嚣打闹声中，当事人不为所动，连看都没往谢妍姗的方向多看一眼。

谢妍姗绷紧嘴唇，抬脚，将地上的石子踢出老远。

几分钟后。

"喂。"

面前的光线被颀长的身影罩住。

谢妍姗立刻挺直背脊，坐得端正，佯装刚才什么都没听见。

“一起跳个舞？”

眼前的男生同她搭话，却微皱着眉，双手插兜，目光瞥向一旁。

没有“请”，也没有“能不能”。

他居然说“喂”。

仿佛有桶冷水劈头盖脸地浇下来，将谢妍姗心中的小火苗灭了个透。

彼时她虽然已变得沉默寡言，但性情依旧倨傲。

谢妍姗在内心冲他翻了个白眼，更气恼于自己先前因他而心跳加快。

见她毫无反应，柯昱有些不情愿地从口袋里伸出一只手，僵硬地做了个邀请的姿势。

谢妍姗站起身，慢条斯理地拍了拍衣摆，理了理袖口，然后绕过他往前走，视他为空气。

一群别校的男生迅速靠近，众星捧月般围住她，她冷着脸拨出一条路，谁都不理。

柯昱伸出的手僵在原地，半晌后才收回。

他抬了下眉骨，从鼻腔中发出一声：“呵。”

谢妍姗毫无目的地在外面晃了一圈，回过神来，竟又遇上了那群人。

柯昱仍被围在中间，一个男生勾着他的肩膀边说话边笑，他被来回摇晃，有些不耐烦地蹙着眉。

“谢妍姗不仅长得美，以前还是S高中数学竞赛组的王牌。”

众人哗然：“那个全国竞赛奖牌获得数最多的顶级名校？据说里面的学生全是精英，高考不是出国就是百分百保送的那种！”

冷不防听见自己的名字，谢妍姗一个激灵，鬼使神差地找了处花坛蹲下。

"别吹了，她后来从S高中转学了，不知道发生了什么事，现在在'敌校'成绩超差，照这状态高考都未必能上一本。"

"说话当心点，没准我们柯少就喜欢人家！"

"不喜欢。"柯昱冷冷地打断他们，"她的声音我听着就难受。"

他的语调淡漠无比，谢妍姗瞳孔骤缩。

她看不见他的表情，眼前浮现出的，是他当着所有人的面，将那个女生还来的外套扔进垃圾桶的画面。

如果后来没有发生那件事，对谢妍姗来说，柯昱不过是个惊艳过她，又被打上"讨厌"标签的过客。

可正因为那件事真真切切地发生过，他又从"讨厌的过客"转变为"泪痣先生"。

多年来他一直出现在她的梦境里，成为她痛苦时带着涩味的糖。无人知晓，她网上的甜蜜段子都是以他为原型写的。

然而，柯昱却不记得她了。

她现在回想起来，两人无论是初次见面，还是再次重逢，都不是什么令人愉快的回忆。

眼前浮现出关于柯昱的种种画面：他因为钱而配合梁萤做戏，他穿着旧制服在简陋的小店里端茶倒水，他手握扳手仰躺在她家地板上修理水管……

谢妍姗轻轻地叹了口气。

他现在的境遇与记忆中的完全不同。

她每天都疯狂地想弄明白，这些年他到底经历了什么？

【2】

"盐山爱吃糖"已经持续一个多月没更新和"泪痣先生"的日常微博了。

尽管谢妍姗拒绝了许多次，先前建议她出版段子书的编辑依旧不依不饶，每天变着法地劝她，希望她早日想通。

“盐山老师，和我签约吧！我们一定会打造出现象级畅销书！

“盐山老师，虽然现在市面上段子书很多，但是！相信我！从‘人设’到长相，它们都不如你！‘泪痣先生’更是帅得可以直接以偶像男团中心位出道！

“盐山老师，这段太甜蜜了！你听见我‘少女心’炸裂的声音了吗？”

谢妍姗不胜其烦地点开截图，发现编辑发来的，是一条一年前她发在微博上的段子：

> 忽然回想起了我和“泪痣先生”的初遇。高中时几所学校在一起进行校外合宿，文艺演出时他最后出场，登台跳舞，顷刻间引起全场沸腾。表演临近结束，他将外套扔向观众席，浩大的场馆里那么多人，衣服被我抱了个满怀。
>
> 后来他告诉我，当时他是故意的。
>
> 我问他，万一扔偏了怎么办？
>
> “你肯定会去抢。”他满脸自信，“就冲你当时看着我双眼发光的模样，我就知道，你迷上我了。”
>
> 我又羞又恼，抄起沙发靠垫打他，被他拦腰抱进怀里。
>
> 细密的吻落在我的脸颊上，呼吸间全是他的气息……

评论区里，粉丝们嗷嗷叫着好甜蜜好温暖！

屏幕前，谢妍姗心脏骤停，感到毛骨悚然，然后，发自内心地想死。

抱什么抱啊！吻什么吻啊！

她唰地站起身，抬起双手猛抓头皮，揉乱长发，一边尖叫一边绕着客厅疯狂跑圈。

柯昱既然知道她的微博号，那会不会刷到这条？

一年前的段子，他不至于刷一个人的微博刷这么久吧？

也许他随机点的，觉得去年三月是个吉利的月份呢！

他看到了怎么办？

对！他已经不认识她了！一定不会产生联想的！

世界上跳舞跳得那么帅的男生多的是！

他未必一定要叫柯昱呀，他也可以叫柯南、柯西啊！

脑海内无数条想法在飞，谢妍姗力气用尽，停下奔跑，瘫倒在地。

叮咚。

门铃不合时宜地响了。

想起今天下午有预约，谢妍姗蓦地瞪大双眼，一个鲤鱼打挺从地板上弹起来，跌跌撞撞地收拾了一圈客厅，冲到玄关口对着全身镜整理仪表着装，连续做了几个深呼吸，然后打开门。

柯昱站在门外，手中提着工具箱，居高临下地垂眼看她："你有客人？"

谢妍姗一阵心虚，不敢看他的脸："没。"

柯昱轻笑："外边听着动静挺大。"

谢妍姗抿唇不答，侧身示意他进屋。

她约他上门修理，因为是私活，所以他没穿制服。

柯昱弯腰戴鞋套时扫了她一眼："你怎么气喘吁吁的？"

谢妍姗从旁边的沙发上随手抓了件东西擦汗："我在……锻炼。"

柯昱挑眉道："室内跑步？"

谢妍姗面不改色地道："外边太晒。"

在柯昱充满疑惑的注视下，她才发现自己抓的是紧身运动裤，顿时嘴角一抽，差点直接扔掉。

她佯装镇定地将裤子放回原处，仿佛那就是一块毛巾。

"你家哪里的水管又坏了？"

"厨房。"

自从知道柯昱因缺钱而四处打工后，谢妍姗便故意将家里的东西弄坏，然后打电话安排他上门来修，再付他高于市场价几倍的报酬。

这次也一样。

很快，柯昱从处理食物残渣的搅碎器中取出了七八根坚硬的银筷子。

“别告诉我是不小心掉进去的。”柯昱转动手腕，打量着扭曲的筷子，哼笑一声，“你怎么不把自己的手指放进去试试搅碎机的力道大不大，会不会被你的骨头卡住？”

谢妍姗假装听不懂他的话，从钱夹里拿出几张大额现金递给他。

柯昱却不接。

“第几次了？”他随意地靠向吧台，拧开她给他的饮料，“耍人好玩吗？”

谢妍姗将现金塞进他的上衣口袋里：“最近家里的东西总是坏，我也很烦。”

“哦？”柯昱放慢语调，抬眼看她，意味深长地重复，“家里的东西总是坏。”

谢妍姗脸颊冷不防地热了起来，为了不让他发现，便匆忙弯腰去捡地上掉落的东西。

她身着吊带长裙，柔顺的秀发滑向两边，露出一小片雪白的后背。柯昱低垂的视线在她背上停顿了数秒，他蓦地仰头灌了一大口冷饮，喉结滚动。

稍稍平复了一下心情，谢妍姗直起身，猝不及防地撞上柯昱看向自己的目光。他目光深沉，似有什么在里头隐隐翻滚。

她胸口一紧，不自觉地离他远了些。

柯昱将喝完的饮料瓶扔进可回收垃圾桶，问：“你今天没去上课？”

谢妍姗反问：“你呢？”

她还是无法理解，像他这样的精英，怎么会沦落到上不了大学。

柯昱沉默片刻，淡淡地道：“我需要钱。”

家道中落？破产？

谢妍姗心中有万般猜测，可他不愿多说，她也不该多问。

她在脑海内写起了小作文，写了改，改了删，琢磨半天，试探着开口："你可以向银行申请助学贷款……"

"不用关心我，"柯昱打断她，"你有钱读书，还不是照样天天挥霍时光？"

谢妍姗倏地怔住。

柯昱低笑一声，径直看向她的眼睛："怎么，一次次叫我来你家做这种无聊的事，是你找到的新乐子？"

谢妍姗浑身发冷，小心翼翼传达的好意，被他砸得稀巴烂。

从认识到现在，他说话句句带刺。

她深吸一口气，冷冷地道："你很讨厌我？"

柯昱微侧过头，移开视线："确切地说，我看不起你们。"

"我们？"谢妍姗声音更冷了，"你把我和梁萤相提并论？"

"有什么区别吗？"柯昱故作认真地想了想，"哦，你的成绩还不如她，她再怎么混也没到要被退学的地步。"

谢妍姗垂在身侧的手慢慢握成拳。

柯昱瞥了一眼门口堆砌的快递，十几双款式相同而颜色不同的最新一季的名牌高跟鞋，被她拆封后堆在地上，如同儿童玩腻后遗弃的积木。

他绷紧下颌，又松开，似乎在竭力克制着什么情绪。

"你父母供你来U国留学，一门课学费多少美金？换算过来是多少人民币？你这个月用掉的生活费有多少美金？换算过来又是多少人民币？"

谢妍姗的嘴唇动了动，没作声。

"你在这里待的每分每秒，都需要花费金钱，换来的是什么？倒数的成绩，一堆积灰的奢侈品，还是网上的那些谎言？"

见谢妍姗的表情依旧没什么变化，柯昱面露嘲色，讥讽道："一群男生觉得你难追，是朵遥不可及的'高岭之花'，你走到哪儿都有人追捧，所以自我感觉良好是吗？"

谢妍姗的眉头终于皱了一下。

“他们喜欢你什么？”柯昱勾起嘴角，“你不过就是个有难度的挑战目标罢了。”

谢妍姗蓦地瞪向他。

柯昱冷笑道：“你现在是不是就准备退学了？也好，能帮你爸妈节省点钱。”

全身的血液涌向头顶，谢妍姗转身喝了一大口冰水，握着杯子的手却隐隐发抖。

下一秒，她将杯子重重地摔在地上，随着一声巨响，杯子炸成满地碎片。

“我希望你不要搞错了，我只是同情你的境遇，想让你多赚点钱。”

心中压抑已久的情绪如同找到了出口般汹涌猛烈地喷出。她脑海中一片空白，伤人的话语不受控制地从口中一一吐出。

“你说得对，我就是不读书！我就是在网上卖‘人设’，我还要写恋爱段子出书，让所有人都羡慕我的生活！还有，别以为所有人都要像你们一样，每时每刻算着用了多少钱，我买东西从来不看标价，因为我想买就买，根本不在乎！”

燃烧的怒火蹿出高高的火舌，她学他，将音调调到最刻薄的程度：“梁萤不是让你假扮她的男朋友吗，她出多少钱？你来假扮我的男朋友，我付双倍。”

她看见柯昱直挺的背脊微小地抽动了一下，心头攀爬上报复的快意。

“我不需要你陪我，摆拍几张照片让我看图说话就行。”

柯昱平静地看着她，一句话都没有回。

谢妍姗抱住双臂，双眸轻蔑地眯起：“毕竟你除了脸，也没有什么吸引我的。”

“是吗？”

四周的气压忽然低了下来。

柯昱慢步走到谢妍姗跟前，俯下身将她整个人罩在阴影里，然后伸出食指，隔着一段距离，从她的鼻梁缓缓滑到脖颈。

压迫感太强，谢妍姗被激得全身一阵战栗，屏住呼吸，竭力保持平静。

他凑到她的耳边，压低嗓音，暧昧地一字一顿地说："可惜，你连脸都不吸引我。"

【3】

与柯昱不欢而散后，接下来的几天里，谢妍姗都很消沉。

不得不承认，他说的话虽然很刻薄，但大部分是对的。

她不是没有自知之明，毕竟身边存在着季筱晴这样的"明镜"。

"鸡汤"里总爱引用科比的那句话："你见过凌晨四点的洛杉矶吗？"

谢妍姗不清楚别人，但能肯定，季筱晴每天都能见到凌晨四点的S城湾区。

如果说谢妍姗的留学生活概括起来就是吃、睡、买，以及整理测评编段子，那季筱晴则是赶作业、赶项目、赶报告、赶实验、赶论文、赶考试、赶演讲。她曾为了团队项目通宵达旦地赶进度，连续几天不回家，只在图书馆的沙发上睡数小时，不刷牙不洗头，脸上生满了痘痘。

季筱晴身上的那股拼劲，对谢妍姗而言，是曾被生生剥离，且消失得再也找不回来的力量。

她的信心早已被打碎。站得多高，摔得就有多惨。

周六一大早，谢妍姗被季筱晴的电话叫起来，邀请她帮忙参与志愿者活动。

季筱晴是S城湾区女性工程师协会的成员，每学期都会收到这个非营利组织的奖学金资助，作为回报，一旦组织有什么号召，她立刻积极响应。

协会安排的活动主要面对高中以下的学生，鼓励女孩子从小培养对STEM学科的兴趣，例如工程学院一日游，参观教学大楼、产品陈列室、实验室，还有当数学竞赛监考员、科技博物馆讲解员，以及科技比赛中帮忙拼装益智机器人等。

每次活动季筱晴总会想尽办法拖着谢妍姗一起去，哪怕她做不了什么有技术含量的工作，能让她在一边旁观，体会一下氛围也好。

谢妍姗所在的S城湾区，又称硅谷，被誉为当今电子工业和计算机业的王国。几乎每天都有游客漂洋过海，来此访问名校，参加科技峰会，沿着高速公路去各大科技巨头的总部“朝圣”。

这次安排的活动，是接待一批从中国来U国交流访问、准备将来出国留学的初高中生。

谢妍姗到达目的地时已是中午，志愿者们分布在活动大厅，指导低年级的交换生组装电脑。

谢妍姗在旁边默默围观，忽然被人拉住了手臂。有个小女孩拿着一块长方形带风扇的东西问：“姐姐，这是显卡吗？”

旁边两个志愿者见到这幕，嗤之以鼻。

“她待在这儿干什么？又不是我们工程学院的，挂着志愿者的牌子一问三不知，真丢我们的人。”

“季筱晴干吗总把这人往我们学院带？她想定位拍照发朋友圈怎么不去商学院？那更符合他们的身份吧。”

“大学霸说她有潜力，希望能感化她。”

“得了吧，这种人就是笨，学不会的。听说她脑子被砸过，不好使了。”

“‘季学霸’不是最讨厌脑子笨的人吗？组员反应慢点都会挨她骂。”

“季筱晴那家境你还不清楚？‘谢公主’有钱呗，没准让她开心了，能赏点什么不用的东西下来。”

谢妍姗低头看着小女孩，淡淡地道：“没错，这就是独立显卡。”

她指向旁边的薄块，对小女孩说：“这是SSD，Solid State Drive，固态硬盘，使用的是闪存芯片，读写速度比传统机械硬盘更快，功耗也小很多。”

之前她在工程学院等季筱晴，无聊的时候听到他们的谈话内容，不知不觉就记进去了些。

方才奚落她的两人蓦地噤声，匆忙别过脸。

活动进行得十分顺利，交换生们很爱提问，也不怕丢人，听不明白就一遍又一遍地问，志愿者们也很有耐心，缓下语调，一遍又一遍地答。

看着这样的画面，谢妍姗忽然有些失神。

几年前她刚回到亲生父亲身边不久，出席晚宴时，陌生的大人们聚在一起高谈阔论。她文科不好，听不懂，提了个问题，被父亲强行制止。散席后父亲大声斥责她：“你这些年读的是什么书？怎么连这些都不知道！”

如此情景不断地重复发生，父亲的态度随着耐心的丧失越发严厉。

“问出这种问题，知不知道自己很丢人！”

“你看看有人想理你吗？”

“不要当众暴露自己的无知！”

如同被一下又一下狠扇了巴掌，谢妍姗的脸颊冒出细密的血泡，火辣辣的痛往四处蔓延，钻心蚀骨。

后来在学校里，老师讲完一道题，目光扫向全班同学，问“有谁哪里不明白吗”的时候，谢妍姗心存疑惑，却不敢问。

她心中隐隐的恐惧在日月推移间悄无声息地生根发芽。

她不知道自己说的话哪句欠妥，不知道自己不懂的事情大家是不是都懂，久而久之，她索性选择不说话。

父亲将她高一因那件事故陷入抑郁的那段时期视为被耽误的岁月，全然不顾她的心理创伤，说一切都是她咎由自取。她也曾试图重新振作，可无论如何地拼命往前跑，也永远无法重现曾经的辉煌，到不了他们设定的彼岸。

“不要跟我说你很努力了，这种话只能感动你自己，我只看结果。结果是什么？你竞赛还是得不到一等奖！”

“别说对不起！你做的事没一件不令我失望！”

“抗挫折能力这么差，你真的是我的孩子吗？”

视野里，父亲的面部特写越放越大，一张一合的嘴，说出最冰冷的话。

“废物。”

谢妍姗蓦地捂住胸口，忽然袭来的钝痛生生地扼住了她的喉咙。

“你以前数学竞赛全国一等奖是怎么得的都忘了吗？！”

“为什么你过去轻轻松松就能做到的，现在统统都做不到了？”

谢妍姗闭上眼，那股迷茫无措的悲凉像从破裂的罐子里渗出的冰水，一丝一缕地渗透到她的四肢百骸。

明明我也是个人。

中场休息，季筱晴将谢妍姗拉到一旁。

“协会给我的奖学金昨天刚到账。”季筱晴打开手机的转账界面，输入金额，按下确认键，“这些还你。”

耳边冷不防地响起柯昱的那句“可惜，你连脸都不吸引我”，谢妍姗目光微动，垂下眼帘：“钱都还清了，你还会来找我吗？”

我们还能做朋友吗？

她们并非一类人，说出来也许可笑，她什么都给不了季筱晴，除了钱。

季筱晴没听清：“什么？”

谢妍姗轻轻摇头：“没什么。”

晚上，季筱晴为高年级交换生演讲，谢妍姗同其他几个志愿者一起留下来，等活动结束后清理教室。

大屏幕上，不断浮现出知名高科技企业的标识。

“从二十世纪八十年代开始，PC个人电脑兴起，英特尔被称为

‘蓝巨人’，持有国宝级专利X86架构，386、486、奔腾、酷睿……每一款CPU的诞生，都牵动着全球用户的心。”

季筱晴将幻灯片往后翻了一页。

“随着智能手机的迅速普及，低能耗的ARM架构CPU迅速崛起。

“高通掌握大量通信领域的核心技术成为行业霸主，苹果以新颖设计抢占智能手机市场……资本注入，无数企业研发新品争抢蛋糕，一番残酷厮杀后，昔日巨头诺基亚最终陨落。”

季筱晴又将幻灯片往后翻了一页。

“智能手机市场饱和，不再成为焦点，技术更新周期变短，全球科技领域时刻硝烟弥漫。”

大屏幕上开始飞快跳动关键词：VR（虚拟现实）、AR（增强现实）、物联网、5G、区块链……

停止的画面上写着四个大字：人工智能。

这是当下最火的研发领域。

“无人驾驶汽车、无人机、无人超市，AI即将替代越来越多的现有岗位。

“新兴领域人才极其稀缺，科技企业纷纷转型，传统行业大规模裁员。”

季筱晴停顿了一下，深吸口气。

“大学不是结束，是求学生涯的开始。

“如果你们以为大学混四年拿到文凭就足够在毕业后找到一份稳定的工作，那就太天真了。你永远不知道自己学的东西哪天变得不再有用。

“所以，在硅谷，哪怕是最资深的工程师，都在不断地进修，力求将自己掌握的技术维持在世界前沿的水平。”

季筱晴越说越进入状态，双手撑着讲台，身体微微前倾，情绪愈加亢奋。

“同学们，在这个时代，不跟着拼命向前跑，你就会被淘汰！”

台下的学生们受到感染，脸上迸发出充满斗志的光芒，有几个甚至站起身挥了挥拳头，大喊："加油！"

季筱晴继续将幻灯片往后翻，大屏幕上浮现出一张照片：

一位清扫街道的工人，骑车路过一辆装载着自动驾驶系统的扫路汽车。

男人停下，偏过头认真地注视着这个与自己同工种的机器，不知道在想些什么。

谢妍姗沉默地坐在最后一排，手指慢慢蜷起。

柯昱的声音再次在她的耳边响起，久久挥之不去：

"你有钱读书，还不是照样天天挥霍时光？"

指甲深陷入掌心，越掐越疼，她感觉到，有些曾深深地潜埋在内心的东西，正试图从裂开的微小缝隙中探出头，叫嚣着破土而出。

【4】

季筱晴是个尽人皆知的学霸，早已习惯一学期和不同的人组队。

她擅长设计体系结构，定下内部流程和框架，然后切分出可并行开发的任务分配给组员，安排每个人对自己的部分进行基本的测试，后期整合到一起，达到最高效率。

组员做的部分差，她可以统统砍掉自己重写，因此组员"不做"和"做得差"，只要最后不影响她的成绩，对她来说没多大区别。

但自从遇见梁萤这样的队友后，她的想法略有改变。

"萤萤，你好强啊，项目阶段性评估是A+！"

"是啊，这门课可难了！"

北校工程学院图书馆内，梁萤懒洋洋地窝在电脑椅里，假指甲熟练地滑着手机屏，翻看美妆盛典满两千减四百的促销活动："别问我细节，我连我们组做的是什么都不知道。"

她的身边，正巧路过的季筱晴差点捏爆手里的饮料罐。

季筱晴走到梁萤身边，厉声道："一会儿加开组会，四点。"

梁萤边抹蜜色唇釉边摇头："晴姐，今天真的不行，我明天有个截止期呢。"

梁萤身着一字领的紧身露脐装，短款皮裙包裹着她的臀部，在一群理工科学生中无比显眼，房间里的温度都因她的存在而高了好几摄氏度。

“如果不是来做项目的，你干吗特意跑来工程学院？”环顾四周，季筱晴顿时了然，“还真是大阵仗。”

四五个男生围在梁萤身边，端茶倒水。

明天梁萤有一个课题演讲，论文到现在都没看，“外援”们紧锣密鼓地帮她写演讲稿、画图表、做幻灯片。

“他们知道我又恢复单身了，约我周末出去玩，但我得写作业呀，所以他们就主动提出帮忙。”梁萤话语一顿，抬手戳了戳做幻灯片的男生的肩膀：“哎，换一个模板，这个太刺眼，不好看。”

季筱晴太阳穴抽了抽，缓缓地抱起双臂，一脸气愤地注视着梁萤。

另一个男生将写完的演讲稿递到梁萤身边。梁萤仰起脸看向对方，露出招牌式甜笑：“谢谢啦，乔治。”

男生面色微僵，抬手揉了揉脑袋：“我是托尼。”

梁萤冲他飞去一个媚眼，嗲声道：“好的，乔治，明天见。”

托尼被电得全身酥透，也顾不得名字被叫错，出门的路上一步三回头，用手在耳边做了个打电话的动作：“打给我！”

梁萤目送托尼离开，翻杂志般随意地扫了一眼演讲稿，转过头对上季筱晴的目光，眉梢得意地扬起，道：“这个写得不错，比上次那个叫什么安卓还是大卫的好，你要不要看看？”

季筱晴摇头：“不用，我只看到一条没脚的蛇在满地爬。”

梁萤无所谓地耸肩：“你在嫉妒我，因为你自己没本事差遣男生帮你办事。”

季筱晴冷哼道：“我有手有脚，为什么还得靠别人？”

梁萤打开化妆镜，旁若无人地补妆：“你知道你的好闺密谢妍姗初中时的绰号是什么吗？”

季筱晴防备地眯起眼。

“船长。”梁萤晃晃眉笔，“因为全班的男生，都是她的船员。她当然不需要读书，勾勾手指，什么都有。”

“妍姗才不是你这种人。”季筱晴面露鄙夷，“她根本看不惯你。”

“她才不是因为看不惯我。”梁萤咯咯轻笑，上下打量季筱晴，“美女通常喜欢和威胁不到自己的人做朋友，能衬托自己的就更好了。”

季筱晴身子微震，沉下脸。

梁萤放缓语调，正色道：“一艘船，可容不下两个船长。”

察觉到季筱晴眼底即将迸发出怒气，梁萤依旧没有收敛的意思。

“顾齐的聚会，她为什么去了？那天在水饺店，她为什么搭他的车走了？”

梁萤拉住季筱晴的手，亲昵地摸了摸。

“晴姐，我教你呀，想吸引一个男生的注意呢，你就要冷冻他、无视他，但又适当地给点甜头。就好比你的好朋友谢妍姗，一边拒绝人家，一边欣然赴约。咱们玩的呀，就是欲擒故纵 。”

季筱晴没有回答，顷刻后，抽走被梁萤握住的手，拧开手里的冰饮料瓶盖，将饮料高举到梁萤的头顶，然后哗啦啦地浇了下去。

第五章 “101”编程课

【1】

“啊！你干什么！”

猝不及防地被冰饮料浇了一头，梁萤如同遭电击般全身抽搐，刚才雕琢了半天的妆容变成了鬼画符，发型全无，紧身上衣被打湿一片，又黏又凉。

她蹬地而起，双目喷火，高声尖叫：“你疯了吗？！”

男生们的耳膜差点同时破裂。

季筱晴倏地夺过梁萤的笔，咔嚓一下掰断，随后用其中一段笔指向梁萤，动作气势汹汹，笔险些直接戳进梁萤的鼻孔里。

“下次再让我听见你说妍姗的坏话，你就是这个下场！”

男生们不约而同地张大嘴，目光如探照灯般齐齐扫向梁萤。

梁萤深吸几口气，忽然发狠，一把摘下左边眼睛上摇摇欲坠的假睫毛：“我说的都是实话！谢妍姗是个什么人我比你更懂！”

她仿佛撕下了裹满蜜糖的面具，顷刻间将嗓音从娇柔升级为粗大，手叉腰地咆哮：“谢妍姗上学开的是玛莎拉蒂，提的是爱马仕的鳄鱼皮手袋，一个星期内卡地亚的项链能换三条，身上随便哪套行头都能抵你一年的生活费，你们根本不是一路的，她怎么可能真心把你当朋友！你不信自己是个陪衬就给我等着瞧！我一定会证明给你看！”

梁萤的肺活量实在惊人，好似在空气中发射出了一道道冲击波。

男生们被吓得差点集体从椅子上跌下来。

图书馆里的其他学生纷纷侧目，尽管这块地方是允许讨论的区域，但两个女生这样争吵的动静实在太大。

季筱晴死死地瞪着梁萤，半晌没说话，忽然抬手以疾风之势在梁萤“外援”们的键盘上快速敲打。一顿操作后，她抬腿踹飞梁萤的椅子，潇洒离开，留下背后阵阵哀号——

“她强行关了我的文档！”

“我的文件还没保存！”

“都白做了！”

“幻灯片一会儿就要交了，你们快点想办法啊！”

走出图书馆大门，季筱晴心里依旧五味杂陈。

梁萤的冷嘲热讽如同冰凉的尖刀，切开她内心坚硬的外壳，挖出她封藏的秘密。

“顾齐的聚会，她为什么去了？”

季筱晴脚步渐缓，回忆涌上心头。

收到顾齐做东举办的留学生大型聚会的邀请时，谢妍姗本没打算理会，是她执意想去，软磨硬泡求谢妍姗陪伴，谢妍姗才去的。结果后来因为项目进度的问题，她临行前取消了去聚会的行程，害谢妍姗被梁萤当众冷嘲热讽。

第二天见面，谢妍姗对此并没有什么怨言，只淡淡地问了句：“筱晴，你昨天让我陪你去参加聚会，是为了顾齐吗？”

“才……才不是呢！”她当时像只被踩着尾巴的猫，全身的毛倏地奓开，“我就是在电脑前泡久了，想出去社交一下，和他一点关系都没有！”

“嗯。”谢妍姗点点头，面无表情地说，“你现在脸好红。”

她差点咬到舌头：“我……我这是生气！”

“那就好。”谢妍姗抽出纸巾擦手，认真地想了想，开口道，“他不靠谱。”

她微怔，不自然地抬起下巴，音调更高了几分：“是……是啊！”

谁都知道，顾齐生性风流，从未对人动过真心。

哪怕他殷勤地追求谢妍姗，所有人都明白，那只是起源于得不到的不甘心。

她又想起梁萤说的“那天在水饺店，她为什么搭他的车走了”。

那天在中国城的水饺店吃完饭后，她与谢妍姗走去停车场，发现顾齐没有随同伴离开，而是单独走在她们身后，与她们保持了一段距离。

两个女生停下脚步，谢妍姗扭头，将手指骨节捏得咯咯作响：“喂，你再跟着我们，我就要揍人啦！”

顾齐低笑几声，抬手轻而易举地化解了她挥来的拳头，另一只手不紧不慢地解锁手机屏幕，调出一个页面，转向她们，道：“这个，我觉得晴姐会感兴趣。”

当时她微怔，定睛看去，屏幕上显示的是由受欢迎的全球知名的新媒体艺术团队TeamLab在Facebook总部所在地Menlo park举办的大型个展。

这个汇集各个领域专业人才的跨学界创意团队，致力于将前沿科技与人文艺术相结合，通过LED光源、传感器、图形计算实时渲染、全息投影等技术，制造出美轮美奂的人间仙境，所办的个展素有“全球十大必看艺术展”之称。

当她得知TeamLab将在硅谷举办展览时，门票已经售罄了。

顾齐有数张展览的贵宾门票，但也不会白送她，前提是“与谢妍姗一起”。

对此要求，她心里一沉，侧头看向好友，不知如何回答。

顾齐走近谢妍姗，低头在她耳边说了些什么，后者迟疑了几秒，察觉到好友眼中的渴望，才同意搭他的车前去看展。

她没想到这些事到了梁萤嘴里，却是另一种光景。

心头泛起挥之不去的愧疚，季筱晴始终不敢承认，有私心的人其实是她。

她乐意和谢妍姗在一起，除了还债，除了友谊，还有另一个难以启齿的理由——

她也许能遇见顾齐。

【2】

谢妍姗又大张旗鼓地疯狂购物。

之前每次心情不好，她总能用购物驱散内心的烦躁。她在商场扫荡回府后验货、写测评、排版修饰，发到“盐山爱吃糖”的微博上，迎来一拨转发、评论和赞美，获取成就感。

这是一个对她来说十分完整的循环。

如今，这种成就感正在逐渐消失。

坐拥千万粉丝的超级大V，微博十大最具影响力的时尚博主之一，一张疑似男朋友的照片曝光便迅速登上热搜，有多少自媒体能靠自己的运营能力达到这般一线流量的显赫成绩？

然而，“盐山爱吃糖”这个被她视为生命的一部分的微博号获得的这份辉煌，有多少来自虚假的“人设”和虚构的段子？

依托于虚拟世界得到的快乐，真的是她想要的吗？

手机突然振动起来，谢妍姗低头察看，实在罕见，家里居然主动给她打电话。

她刚按下接听键，对面传出的声音犹如一把利剑，险些刺穿她的耳膜。

“你是怎么回事！你爸听说你要被学校退学，气得把你房间里的东西全部扔出来了！”

谢妍姗没吱声。

情绪激动的继母好似点了火的爆竹，隔空劈头盖脸地痛骂她，她感觉自己的耳朵好似被震出了血。

“我们家怎么就出了你这样的人？

“亲戚的孩子哪个不是随随便便就上了名校，得第一，拿奖学金？怎么到你这儿就这么难！你故意恶心我们是不是！

“我警告你！你胆敢被退学丢我们的脸，就待在U国别回来，自生自灭吧！”

电话被挂断，谢妍姗静静地保持着原来的姿势。

记忆中的父亲冷硬的声音又在耳边响起，像一记闷棍敲在她的胸口，泛起一阵流不出血的钝痛。

“你做的事没一件不令我失望！

“你就是个废物。”

谢妍姗双目倏地瞪大，抄起手边的袋子狠狠地向前方扔去，袋子砸到墙壁上，里面的衣服掉了一地。

她微张着嘴深呼吸，恍惚间又看见了那个时常出现在梦境里的男生，他依旧是高中时的模样，英俊挺拔，带着金属般冷冽的气场。他默不作声地将她扔掉的东西一件件拾起来，放回原处，然后走到她身边，屈膝半蹲，抬手揉了揉她的额发。

谢妍姗嘴唇轻颤：“柯昱？”

男生眼帘低垂，琥珀色的眼眸平静无波，藏着很深很深的温柔。

不对。

她摇摇头。

她再一眨眼，“泪痣先生”消失了。

柯昱按响谢妍姗家的门铃时，她正为了平定心神在客厅里做瑜伽。

周末大扫除时她清洗了外窗，此刻窗帘没拉严实，露出一道不小的缝。

柯昱随意地往里瞥去。

昏暗的光线下，谢妍姗背对着他站在垫子上，整个人的线条优美如画。他正欲扭头，忽然看见她缓缓下腰将自己对半折叠。她腰肢柔软，长发如瀑，黑色紧身裤包裹着浑圆挺翘的臀部，一双腿修长紧实。

柯昱微眯起眼，没有移开目光。

直到谢妍姗的脑袋越过她的胯下，与他对上视线。

下一秒，她像被雷劈了般脸色煞白，不过很快便调整好表情，镇定地直起身，动作流畅。

为柯昱开门时，谢妍姗已经换了一套衣服。她身上香水味浓郁，他闻得出是刚喷的。

她冷淡地问：“你怎么来了？”

上次他们闹得很僵，之后再未有过交流。

“你之前委托我的另一件事没有做完。”柯昱提了提工具箱，俯身靠近她，嗓音喑哑，“我做事向来有始有终。”

感受到他说话时吐出的气息喷洒在自己的额头上，谢妍姗蓦地僵住身子，一动不动。

等到这股压迫感过去了，她思忖片刻，侧身让他进屋，边走边心虚地将新买的包裹往边上踢。

“谢妍姗。”

柯昱第一次叫她的名字，谢妍姗毫无防备，下意识地立正站定。

“我虽然不喜欢你，但你作为一个雇主，还算不错。”

谢妍姗紧绷的神经略微松动，想着他总算有点良心。

然而男生的下句话，证实了他俊脸上长的依旧是一张吐不出象牙的狗嘴。

“毕竟你数学不好，容易被我占便宜。”

我拿全国奥数冠军的时候你还不知道在哪儿玩泥巴呢！谢妍姗心想，随即沉下脸道：“为讨厌的人干活，你不觉得难受？”

柯昱垂眼看她，表情似笑非笑：“还行，反正没遗传父母聪明头脑的大小姐，我也见得多了。”

心里的某个点又被戳中，“冰壳”的裂缝不断扩大，火苗蹿了上来，谢妍姗感觉自己濒临爆发。

谢妍姗将情绪用力地压了下去，冷声道：“我不是没遗传父母聪明头脑的大小姐。”

柯昱闻言，眉梢斜斜挑起，鼻腔中发出一声冷哼。

谢妍姗不为所动，严肃地强调：“没认真做和不会做，是两码事。”

柯昱扯了下嘴角：“你怎么跟梁萤说一样的话？”

“她说什么？”

柯昱想了想，一本正经地回答：“她说她是真的没花心思读书，上课的时候大半时间在睡觉，笔记本上写的都是让人看不懂的东西。”

谢妍姗斩钉截铁地说：“我不记笔记。”

“她说她作业都是别人帮她做的。”

“我不做作业。”

怕他不信，谢妍姗拿过书包，将里面的东西一股脑儿地全倒在沙发上，手机、耳机、镜子、护手霜、化妆包哗啦啦地散开。她将声音提高八度，语气中带着得意：“我不仅上课完全没有听，我连课本都不带。”

“她还说她考试前就看一两个小时的例题，解大题就像在写小说，纯粹瞎编。”

“我考试前完全不看书，选择题全部写C。”谢妍姗继续加码，“我有次期末考试甚至还不想去，是筱晴硬把我拖过去的。”

柯昱看着她，半晌后认真地点头：“你赢了。”

谢妍姗向来没表情的脸因为方才的争执而变得有些生动，但很快反应过来自己并没打赢嘴仗，因为柯昱的回应带着满满的揶揄。

她正欲说些什么回击，不料被对方径直截断。

“比起笨蛋，我更讨厌不学无术混日子的人。”柯昱穿过客厅和餐厅，绕开她随地乱扔的“战利品”，径直走到通往后院的玻璃拉门前，全程目不斜视。

“谢小姐，今天过后，我们就当从没见过。”

谢妍姗难以置信地瞪大眼。

这人吃错了什么药，拿人手短他不懂吗？

之前是她盗用照片有错在先，他还没完没了了吗？

她同情他现状落魄，庆幸他还能拥有骨子里的傲气和不羁，但不代表她没有脾气！

谢妍姗的成绩曾经何等辉煌，哪怕沦落至此，她依旧是只拔不得毛的孔雀。今天本就因家里打来的那通电话而心情不好，又被人三番五次地冷嘲热讽、恶言相对，她的忍耐终于到达极限。

谢妍姗沉下脸：“不用今天过后，你现在就可以走。”

柯昱拉开门，取下鞋套："我收了你的钱，就得把事办完。"

谢妍姗后院新种的海棠花无法被现有的洒水喷头照顾到，需要布置单独的浇水管，她先前委托柯昱时已经付了定金，照例比市场价高了许多。

作为雇主，自然底气十足，谢妍姗嗒嗒嗒地将拖鞋踩出了高跟鞋的气势，疾步靠近柯昱，手臂在空中挥出一道劲风，冲他摊开手掌："把钱还我。"

"那不行。"柯昱上身后仰，轻笑着摇头，似是毫无商量的余地，"我很需要钱。"

"钱送你，你现在就给我滚。"

"不。"

她伸手去抓他的手腕，想把他拽出去，可不管怎么使力他都纹丝不动，倒是她自己因为惯性撞上了他的胸口，磕得脑壳痛。

心头火气更旺，有对他的，也有对沦落至此的自己的，她索性侧过身拿肩膀去撞他，可撞也撞不动，他稳得如同一座石像。

她更气了，那股什么事情都做不成的挫败感涌上心头。她又踢又捶，推搡他的动作愈加没章法。

柯昱好整以暇地垂眼看她，嘴角绷着笑。

折腾半天，最后还是他自己挪了步。

见柯昱踏入后院，从她后院的工具屋里推出除草机，进行每次为她上门维修时的额外服务，赶人失败的谢妍姗咬住嘴唇，想办法为自己找台阶下。

"你给我听着，"她站在客厅里，双手叉腰发号施令，"你老实待在外面，完工后从小门离开，不许进房间！"

狠狠地撂下这句话，谢妍姗动作利落地拉上客厅与后院之间的玻璃拉门，从里面反锁。

【3】

柯昱在后院忙活的时候，谢妍姗上楼翻出数学书，下楼在餐厅里找了个光线不错的位置，卷起袖管，野心勃勃地准备写作业。

该醒醒了，梦境里的柯昱不过是她这些年为了逃避苦涩而想象的幻象。

“泪痣先生”是假的。

现实中，她试图弄清他的遭遇，好心想帮他，他却丝毫不领情，甚至怀疑她乘人之危拿他当乐子看。他看不惯她的行事作风，瞧不起她的学习能力，言行举止间无不显露出对她的鄙视。

如今她与他划清界限更好，何必总自讨没趣?

谢妍姗握紧手中的笔，心头因不甘心而生出拼搏的动力。

与季筱晴在一起时间长了，曾为了逃避痛苦而变得麻木的内心，像积了一层皑皑冬雪的街道逐渐被清扫出一小片原来的模样。

先前那些她不在意的事，如今回想起来，也开始牵动起情绪。

其他人就算了，连梁萤这写作业全靠差遣别人的家伙都敢笑她。

虎落平阳被犬欺。

她不能再这样废下去了。

餐厅与后院仅有一墙之隔，柯昱转身，透过落地窗看见她伏案学习时专注的模样。她秀眉微蹙，红唇紧抿，时不时抬手勾起几缕垂下的长发，夹到耳后。

柯昱停下手中的动作，若有所思地看了片刻，收回目光，继续做事。

谢妍姗学业荒废了太久，必须从高中的知识开始学，好在她之前的数学底子不错，从头捡起不算太艰难——但依然得花不少的时间。

近几日她失眠严重，入睡太晚，不知不觉中眼皮打架，趴在桌子上睡着了。

她醒来时天色已晚，房子里一片昏暗，鸦雀无声。谢妍姗睡得有些头晕，起身去厨房接了杯水，回头迎面撞上一个人，吓得后退半步。

她以为是柯昱故意装神弄鬼，正想怒斥，定睛一看，对方是个陌生人。

不速之客高大魁梧、皮肤黝黑、衣着破旧，一双眼睛布满血丝，看起来格外狰狞。

就像在U国市中心的街角经常能见到的流浪汉，他模样古怪，神志不清，口中念念有词。

他是怎么进来的？

谢妍姗还没理清思路，便听见对方幽幽地问："能让我在你家休息一会儿吗？"

她耳畔警笛狂鸣，扶住身侧的吧台，竭力保持平静："不好意思，我家里有客人。"

闯入者闻言笑了，露出一口褐黄色的牙。

"我可以待在角落里，不打扰你们。"

在说到"你们"的时候，他四处打量了一番，脸上的笑容愈加诡异。

瘆人的寒气自谢妍姗的背脊蔓延，仿佛有无数只蚂蚁在爬。

独自在异国生活，她以为自己已经克服了孤独和无助，可在这样的关头，依然觉得恐惧。

脑海里有无数条信息在滚动，她想起季筱晴先前提及的那些新闻：几个街区外新建了一个难民庇护所，附近治安变差，学校的邮箱里经常能收到发生性侵案的警告，就在前几天，河里捞出了一具裸着的女尸……

最新的入室枪击事件霍然浮现在脑海，谢妍姗咬住微微颤抖的下唇，不敢轻举妄动。

她小幅度地侧头，往后院的方向看，柯昱似乎已经走了，没有任何做工的动静。

她感觉巨大的失落感如浪涛般劈头打下，水花落尽，只剩浑身骤冷的惧怕感。

闯入者又向前迈出一步，将她整个人罩在阴影里。

谢妍姗屏住呼吸，告诫自己不能示弱，他再敢过来就抬脚踢他。

闯入者继续靠近，突然伸手捂住她的嘴，粗暴地将她往门口拖，似乎想将她带走。

全身的血液霎时间全部涌向大脑，谢妍姗拼命挣扎，试图呼救，可对方的手掌如金属般牢固，她被捂得一点声音都发不出，只能死死地抓住大理石台面的边缘，抓得手指骨节发白。

可她的力气终究抵不过男人，双手被拉得脱离吧台。失去了最后的救命稻草，她的瞳孔逐渐放大。

砰——

一声巨响，后院方向的窗户玻璃在空中炸开，碎片掉了一地。

闯入者惊诧地停下拖拽谢妍姗的动作。

因大力拉门打不开，柯昱迅速脱了上衣包裹住右手，一拳打碎旁边的小窗户，从外面开锁，翻窗而入。

“你想对我女朋友做什么？”

柯昱单手一撑，双腿腾空跃过沙发，落地后向他们疾冲而来。

闯入者终于松开了捂住谢妍姗嘴巴的手，空气好似通过重重阻碍，终于重新回到谢妍姗身边。她还来不及缓一口气，便敏锐地察觉到男人在背后掏东西，她的心脏顿时提到了嗓子眼。

对方可能有枪！

电光石火之间，柯昱先一步上前击落闯入者拿出的手机，将谢妍姗拦腰抱进怀里，护到身后，随后回头一记重拳打得对方捂住鼻子呻吟，紧接着一脚踹向他的下腹，将他整个人踹飞好远，摔倒在地。

“你来我们家干什么？”

柯昱全身泛着令人悚然的威慑感，琥珀色的眼眸阴沉得可怕。

周遭的温度仿佛跟着骤降了数十摄氏度。

闯入者气势尽失，捂住流血的鼻子，慢慢往后退。

“我不会再来！绝对不会再来！”

男人双手高举过头，丢下这句话便连滚带爬地夺门而逃。

柯昱担心他还有同伙，不放心留谢妍姗一个人在房间里，便没追出去。

等到闯入者彻底在视野中消失后，谢妍姗双眸倏地泛起一层薄雾，两腿发软，差点站不稳，被柯昱一把扶住。

危机解除，他宽大的手掌仍盖在她纤瘦的肩膀上，温度自此蔓延，似可燃物被点燃，越烧越炙热。

两人的目光不约而同地移向两人身体相触的地方，再缓缓抬眼，四目相对。黑暗中，他们能清晰地听见彼此压低的呼吸声。

直到她不再轻颤，柯昱才松开手。

他上身只穿着一件黑色的背心，肩膀宽阔，肌肉线条流畅。一滴汗水从脖颈滑到喉结，再落到锁骨上，往下是结实的胸腹、腰身……

回想起他方才救她时的矫健身姿，谢妍姗脸颊越来越烫，心跳瞬间疯狂加速，为了掩饰，只好别过头不再看他。

“我刚才去买材料了。”柯昱将整栋屋子检查了一圈，责问道，“你怎么都不锁大门的？”

谢妍姗的父亲买的是栋老房子，大门需要从里面上锁。家里新装了监控系统，一察觉有动静便会发出警报，但她只在入睡后才打开。这片区域向来风平浪静，平日里的安逸麻痹了谢妍姗的心神，今天让柯昱进屋后，她心绪纷乱，竟忘了锁门。

谢妍姗跟在他身后，嘀咕道：“我们小区治安很好，又是大白天……”

柯昱打断她：“他没准观察你很久了，知道你是独居，平时也没什么朋友来访。”

谢妍姗的背脊再次阵阵发凉。

“我拍下他的长相了，一会儿去警局备案。”

见她面色苍白，少了几分“冰美人”的酷劲，柯昱低头轻笑，半分嘲弄半分安抚地说：“别怕。”

“我没怕，我只是……”谢妍姗编不下去，梗着脖子嘴硬，“你刚才不怕他有枪？”

柯昱嘴角弧度扩大，冲她挑了下眉：“有枪就能扔下你不管？”

谢妍姗微怔，苍白的脸上泛起红晕：“谢谢。”

匆忙吃了些东西后，柯昱马不停蹄地为她的大门装上防盗链，打开监控系统，加强了好几处的安全措施。谢妍姗忍不住感慨，他外表看上去又冷又傲气，做起事来却细致入微，考虑得十分周全。

听着他认真地低声嘱咐自己独居时要注意哪些事项，她心里一片柔软。

这个人……还挺有爱心。

面对谢妍姗难得流露出的感激之情，柯昱回应得轻描淡写："有机会多接一个大单，我怎么能错过？"

谢妍姗默默地叹了口气。

他哪那么好心？果然是为了钱。

完工，结账，两人靠在厨房的吧台边休息。

"你刚才提到梁萤……"谢妍姗目光游移，仔细措辞，"你和她还有联系？"

柯昱喝了口水，戏谑地问："怎么，需要向老板你汇报？"

谢妍姗被他戗到，表情却没变化："不需要，你和谁交往关我什么事？我只是给你个忠告。"

柯昱回以一声嗤笑，拿起摆在椅子上的外套穿上："多谢关心。"

"你……"见他准备收拾工具箱离开，谢妍姗冰块般的脸终于有些松动，"你再多待一会儿？"

嘴上不承认，但她还有些后怕。

"今天在你这儿耽误了这么久，"柯昱忽然转身，手肘撑在墙壁上，神情玩味地看着她，"你拿什么补偿我？"

谢妍姗耳根一烫，大脑嗡嗡作响，乱七八糟的念头满脑飞。

只见柯昱用另一只手从口袋里掏出手机，敲打一阵，转过屏幕，一个收费的价目单呈现在谢妍姗面前。

他刚新加了一条："陪富家女浪费时间：五百美元一小时。"

敢情他在她这儿待的每分每秒都要靠钱换！

谢妍姗狠狠地瞪他，像只奓毛的猫。

她厉声道："我没钱。"

柯昱收起手机，动作无比干脆："那我走了，后会无期。"

谢妍姗咬牙切齿地道："不送。"

柯昱迈出几步路后又停了下来："你想学编程？"

谢妍姗随着他的目光看去，发现一本季筱晴落在她家的书。

季筱晴带她参与的那些志愿者活动，尝试以各种方式激发年轻人对STEM学科的兴趣，强调自主学习的重要性，也许在潜移默化中，她也受到了影响。

季筱晴说，工科类的课程项目大多能出实打实的产品，有产品就有成就感。

“成就感”这三个字十分有吸引力，谢妍姗先前有些跃跃欲试，但又担心再次失败，所以一直没付诸行动。

想到这里，她问柯昱：“你会编程吗？”

“当然。”

见谢妍姗满脸不信，柯昱琥珀色的眼眸中浮上讥讽之色：“怎么，念不起大学的体力劳动者就不能自学编程了？现在的小学生都在学Python，大街上的高中生随便抓出来一个，没准都比你厉害。”

“胡说，我只是没去学。”

柯昱弯了弯嘴角，语气中带着不加掩饰的鄙夷：“听梁萤说你们文理学院也有电脑课，她嫌太简单，不过以你的智商，也许可以试试。”

能不能别再拿她和梁萤比了！

谢妍姗扫了他一眼，凉凉的眼风好似冲他扔了把飞刀。

柯昱却得寸进尺：“前提是你不被退学，成功进入下学期。”

差不多的话你反反复复地说有意思吗？！

谢妍姗挑眉道：“我不是笨蛋，没有任何人可以否定我的智商。”尽管在脑内已经预演了将柯昱按在地板上用拖鞋拼命抽的画面，谢妍姗外表依旧冰冷，“柯昱，你给我听好了，我不仅不会退学，而且我下学期就会修这门。”

强烈的自尊心烧掉了理智，她抬手抄起书旁边的一张纸，重重地拍向他的脸。

柯昱偏头躲过，用手指夹住纸张，放到眼前，看见是张课程简介单。

并非文理学院简单的入门级编程课，而是工程学院的工作量是入门级编程课的三倍、难度评级为S、素有“新生噩梦”之称的专业级编程课，代号“工程101”。

捕捉到他眼中转瞬即逝的惊讶，谢妍姗高傲地仰起下巴：“我肯定拿A。”

【4】

谢妍姗家的“陌生人入室事件”发生后，警方暂时没有抓到嫌疑人，记录备案后没了下文，倒是先前离开时信誓旦旦扔下句“再也不见”的柯昱，没过几天就来回访，仔细复查了一圈她房子的安全情况。

看着谢妍姗那张没有表情实际上却强忍着嘲笑的脸，柯昱双手插兜，身体后倾，下颌微抬，回了句：“我向来提供优质的售后服务。”

谢妍姗也跟着双手插兜，学他的模样冷哼。

柯昱瞥她一眼，熟门熟路地去厨房找饮料喝。

谢妍姗隔了段距离跟在他身后。

那天在S城中国城的水饺店里撞见当服务员的柯昱后，谢妍姗悄悄地向老板打听了他的情况，被告知他并不是常驻员工，只是最近周末临时来帮忙的。

关于这些年柯昱所经历的事，她在柯昱嘴里问不出任何信息，便暗中做了调查，可惜能得到的线索太少，只隐约了解到他和梁萤的情况。

柯昱当时需要一大笔钱急用，四处奔波打零工，差点因体力透支被送进医院，偶然间遇上梁萤。梁萤被他出众的外貌吸引，知晓他的难处后，通过朋友之手借钱给他。他在不知情的情况下欠上她的债，短时间内又拿不出钱还，只能假扮她男朋友，与她结伴出入各种场合，配合她上演“优质新欢气死前任”的戏。

眼前浮现出梁萤靠向他胸膛撒娇的画面，谢妍姗猛地打了个寒战。

自重逢以来，他与梁萤并肩而行的画面如同疙瘩般堵在她胸口，疑问于内心徘徊了很久，迟迟难以说出口，酝酿至今，谢妍姗终于鼓足了勇气。

“你假扮梁萤男朋友的时候，有没有为了效果逼真，有偿和她做些……”她手虚握成拳，抵在嘴边，“亲密的举动？”

柯昱回头，眉间轻蹙，目光扫过她无意间抿紧的嘴唇。

谢妍姗平日里话很少，嘴唇却总是绯红润泽，唇形立体，唇珠明显，轻启或微闭时，弧度十分漂亮。

“你总打听这些做什么？”柯昱顿住片刻，忽然露出恍然大悟的表情，一本正经地冷声道，“别做梦了，想和我接吻，你给再多的钱都不可能。”

闻言，谢妍姗浑身一僵，冰块般的脸上仿佛逐渐裂出道碎痕。

她不客气地抬脚踹他，柯昱敏捷地躲过，冲她挑了挑眉。她寒着脸再踢，他再躲，她攻得气势汹汹，他躲得随意轻巧，像在跳街舞。

直到柯昱的手机铃响了。

他停下动作察看，看清呼叫人的名字后，迅速收起戏谑的表情，重重地挨了谢妍姗一脚也没吭声。

柯昱用手势与谢妍姗打了个招呼，接起电话就往门外走。

谢妍姗隐约听见，电话那头是个女声。

心绪倏地有些混乱，她跟着他走到后院，看见他沿着墙壁慢慢蹲下来。

“钱还够用吗？”他问。

电话那头的人一直在说话，柯昱静静地听着，时不时地回一声“嗯”。

过了好一会儿，他疲惫地揉了揉眉心，轻声道：“别担心，你只管好好念书，剩下的都由我来解决。”

霎时间，谢妍姗的胃里忽然翻江倒海般难受，不疼，就是酸，且来得气势汹汹，她好不容易用力压下去，却又换来一阵空虚。

电话那头是谁？

和他是什么关系？

关于他的一切，她依然一无所知。

更重要的是，她看到他露出了她从未见过的温柔表情。

那天之后，谢妍姗没有再见过柯昱。

她发去的消息如同石沉大海，他说不接她的单就真的不接，用行动证明先前的一切只是一场明码标价的交易。

谢妍姗原本死寂的内心因为意外的重逢波光涌动，生出看不见的丝线，穿越时空长河连接起不同时间点的两端，记忆碎片随之攀爬进脑海，可这条线索还来不及轻拽，突然就断了。

她低头看向自己摊开的手掌，慢慢握成拳，手心里空荡荡的，什么都没有。

她想起他最后同她说的话，失落的感觉逐渐被无名火盖住，越烧越烈。

“前提是你不被退学，成功进入下学期。”

被退学？

开玩笑，她怎么甘心被退学？

也许她应该感谢柯昱，先前旁人的冷嘲热讽、父母的恶言恶语她都能全部屏蔽。

她厌学，感受不到生活的意义，害怕再次失败，于是选择龟缩于壳中。

然而，他点燃的这股火却激得她必须做点什么，来往胸口不断扩大的空洞里填。

反击的号角正式吹响。

谢妍姗在家里进行了一次大扫除，关掉了“盐山爱吃糖”的消息提醒，退掉了一大批买来没开封的衣服和包，翻出积灰的教科书，从课程网站上将课件、作业、答案等资料打印下来装订成册。

学期只剩下一半，文科方面的专业课很难短期内跟上，好在她选修了不少数学课。

文理学院的内部专业可以在顾问的批准下转换，这学期过后，她就转到理科，这些数学课便能成为修完的专业课。

谢妍姗进入了没日没夜刷题的状态，为了彻底屏蔽对“盐山爱吃糖”的眷恋，她狠心断掉家里的网，过上了和季筱晴一样三餐吃比萨、几乎所有的时间全用在学业上的日子。

一旦她将日程安排得满满当当，脑袋里乱七八糟的念头便会越来越少。

刚开始她仍然有些找不到状态。

尽管她以前是奥数竞赛的强手，如今落下的功课太多，还是没能完全追上。

起初她做题磕磕绊绊，需要不断翻书查看，英文不好，只能换上同版的中文教材。

随着学习进度的推进，她陆续找回了一部分原先备战数学竞赛时的感觉。

她觉得就像有一间封闭房间蓦地被开了锁，擦干净家具上厚厚的灰尘后，现出了曾经积累的财富；又像退隐江湖已久的武林高手，将宝剑从兵器架上取下，挥舞起曾经熟稔于心的剑法。

闭关突击了数周，谢妍姗将自己所选的那几门数学课补到了最新进度。

季筱晴所言不假，U国大学的数学课的确不难，有两门仅为国内高中的难度，很多知识点她以前搞竞赛时就学过。她觉得无趣，便开始自学季筱晴所修的进阶课程。

某个周五，谢妍姗下课后去工程学院的图书馆找季筱晴，得知她正在开组会，等待的间隙四处闲逛找空位，忽然被前方围成一圈的男生挡住了去路。

圆圈的中心是位娇俏可爱的大一学妹，她正在死磕高等数学的样卷，被一道微积分题难住，周围的人全是前来帮忙的。

她身边坐着的黑大个谢妍姗认识，是之前季筱晴课程小组的组员。

黑大个算出来的结果和助教给的答案不一样，他信誓旦旦地告诉小学妹，肯定是助教给的答案错了。

小学妹将信将疑。

谢妍姗早就看这黑大个不爽了，他上学期运气好抽到和季筱晴同组做项目，当着季筱晴的面各种谄媚，背后却贬损季筱晴没女人味没人追，大肆吹嘘项目得了A+全是自己的功劳。

正巧小学妹撞上谢妍姗的视线，小学妹消息不太灵通，只记得谢妍姗时常会出现在季筱晴身侧，以为她也是个学霸，于是便热情地冲她挥手："学姐，你能帮我看看这题吗？他们算的都和助教给的答案不一样，答案是不是真的错了呀？"

黑大个顺着她的目光瞥去，轻蔑地笑了声："学妹，你问她没用的，她不是我们学院的，数学都……"

他那句"数学都不及格"还没说完，谢妍姗就已经走到小学妹桌边，从上衣口袋里掏出笔记本，低头一边看着小学妹试卷上的题目，一边随手在空白页面上演算，轻松算出结果。

所有人同时看向答案。

她的回答完全正确。

折腾半天总算有人答对了，小学妹面露喜色，兴奋地问："你是怎么做的呀？"

谢妍姗拿过她的笔，弯腰写下解题步骤。

黑大个认真注视着草稿纸上短短两行的算式，看得差点成了斗鸡眼也没明白这两行之间为什么能画个等号。

另一名在边上奋笔疾书到现在的男生终于解出了题。他的草稿纸上密密麻麻都是算式，扭头发现谢妍姗列的解答过程居然只有两行。

空气中仿佛闪过一道惊雷。

男生们互相交换视线。

她不是数学一直不及格吗？

她不是要被退学的吗？

她不是脑子被砖头砸傻了吗？

目光扫到谢妍姗手上的数学书，这群理工科学生的表情变得更古怪了。

如果将数学课的难度从难到简单分个等级，假设工程学院的要求是A，谢妍姗的文科专业要求便是E。

此刻，谢妍姗刚从文理学院上课过来，拿着的数学书，就是难度E的。

方才的情景好比大学生为一题争论不休，结果来了个初中生轻松搞定。

耻辱啊！

小学妹竖起食指，从男生们的脸上一一扫过："你们忙活了老半天都做不对，看看人家学姐多厉害！"

黑大个怒喝："这不可能！肯定是巧合！"

他上学期时常被季筱晴骂得狗血淋头，说他技术水平太低，总拖后腿，他缩着脖子不敢反击"季魔王"，便打算现在将怨气撒到谢妍姗身上。

为了赢回在小学妹面前的颜面，黑大个手一挥，气势汹汹地对谢妍姗下战帖："我们接着来！"

小学妹的样卷上还有几道微积分题，他便扯着谢妍姗比试谁解得更快更准。

这番动静太大，引来附近的学生围观。

一边是文理学院被开了退学警告的差生，另一边是和学霸季筱晴组队做项目拿A+评级的优等生，双方实力悬殊。

谢妍姗本不想同他浪费时间，但在瞥见题的那刻忽然来了兴致。

工程学院必修的数学课比她们学院必修的数学课难多了，毕竟数学是科学和工程的语言，每个工科生都得有扎实的基础。

罢了，她自学了那么久，索性试试手。

她在小学妹旁边坐下，黑大个坐在她的对面。

计时开始。

黑大个本以为谢妍姗只是个草包，正经算题便会露出马脚，落荒而逃，可谁知她不仅沉着应战，表现更是令人难以置信。

她解微积分的架势仿佛在背九九乘法表。

“她算得好快啊！”

“她又做完了一道！学姐厉害！”

眼看谢妍姗不断拉开与黑大个的做题差距，领先一道又一道，与黑大个相熟的几个男生开始焦急地催促好友。

“喂！你还行不行了啊？怎么能输给文科生呢！”

“你想陪她一起退学啊！”

黑大个陷入劣势，五官焦虑地皱在一起，在谢妍姗即将做完最后一题时猛地摔笔。

“这卷子她之前肯定做过！”黑大个愤然地道，“季筱晴上过这门课，样卷是一样的！”

言外之意，谢妍姗有途径看这份试题。

为了增加话语的可信度，黑大个将声音又提高了八度，不屑地将下巴冲谢妍姗一抬：“她都要被退学了，微积分算得这么快你们信吗？”

众人面面相觑，不吭声。

大家确实不信。

黑大个翻出小学妹课件下的另一套试卷，态度强硬地要求将比试内容换成线性代数。

他的好友有些吃惊：这不是难为人吗？谢妍姗显然不会修这门课。

果然，谢妍姗盯着题，嘴唇抿紧，动作定格。

黑大个松了口气，嘚瑟地抖腿：“就用矩阵解线性方程组啊，很简单的。”

他说得轻巧，那实际是道复杂度极高的题。

见谢妍姗不还嘴，他接着奚落：“不会就走吧，没本事你逞什么能？”

谢妍姗保持着看题的姿势没动，冲小学妹伸出右手：“借一下你的教科书。”

小学妹好奇地问：“你们文科生也学线性代数啊？”

谢妍姗摇头："没有。我看下公式，有点记不得了。"

小学妹体贴地将书翻到"线性方程，矩阵三角分解法"后递给她，谢妍姗飞快地扫了几页，随后便将书推到一旁，开始在草稿纸上写解题过程。

她起初还需要停下来思考数秒，之后便一路行云流水，顺畅地解到了最后。

围观群众瞠目结舌。

敢情人家是现学的！

他们看向另一边，黑大个依旧在较吭哧吭哧地算。黑大个额头冒汗，有几行算错了，急躁地画掉重来。

谢妍姗现学的，却比黑大个快！

这次，黑大个没有任何理由不认输。

在一片感慨和惊叹中，谢妍姗平静地起身离开，没留下半句话。

恍惚间，她似乎看见了一个与柯昱十分相似的背影，就在方才观看解题的"观众席"里，再一眨眼，人已消失。

谢妍姗摇摇头：幻觉吧？

她已经很久没见到他了。

数周后的期末考试，谢妍姗那几门数学课全考了满分，其他专业课的成绩也比往常高了不少，将最终的综合评分往上狠狠地拉了一截，高于要被亮红灯的危险线。

谢妍姗没被退学的消息震惊了整个文理学院。

有人半开玩笑地说："沉睡的'冰美人'睁眼了。"

如此戏剧性的一个学期，终于在"兵荒马乱"中落下帷幕。

第六章 万万没想到

【1】

U国学校放寒假主要是因为过圣诞节。寒假里，留学生们有的回国，有的与高年级的学生一起租车自驾游。谢妍姗拒绝了顾齐提出的一起去夏威夷的邀请，成了选择待在学校里的少数人。

节日期间，美式餐厅陆续关门，只有中餐馆还在营业。小区里的独栋住宅纷纷挂满彩灯，父母带着孩子装饰前院，摆上麋鹿、雪橇、圣诞树，搭出一幕幕童话里的场景。

谢妍姗的家是街道里唯一没节日气氛的，她独自在空荡荡的房子里补习功课，偶尔做了桌菜也找不到人共享，唯一的好友季筱晴是学校人工智能科研小组的成员，整天泡在实验室。

跨年那晚，季筱晴实验室里的学姐在租住的公寓里举办留学生聚会，按照惯例，参与的每人都要带一盘菜去，季筱晴借口不会做饭，将准备在家发霉的谢妍姗一同拉了去。

学姐家的客厅里没什么家具，两张长方形的餐桌拼在一起，上面摆满了用各种容器装着的菜肴，颇为丰盛。电脑接上电视屏幕，大家坐在一起，边吃自助餐边看国内的文艺晚会。接近零点那会儿，大家不约而同地开始与父母视频。

谢妍姗坐在角落看着大家欢笑热闹的场景，心里泛起一丝暖意。

年轻人漂泊在异国他乡，愈加珍惜同胞之情。

她看向自己的手机屏幕，漆黑一片，什么提醒都没有，翻开联系人列表，手指停在柯昱那一栏，又移开。

他从来不回她的信息，她又何必多此一举。

她心里的无名火噌噌直冒。

顾齐的电话就在这个时候打了进来，谢妍姗条件反射般按掉。察觉到季筱晴紧盯着她手机的视线，她疑惑地偏过头。

季筱晴有些心虚，目光微动，过了几秒，咧嘴轻笑："人家特意祝你新年快乐，你也太无情了。"

谢妍姗不以为然："估计他有个长名单，忙着呢。"

季筱晴垂下眼帘，方才顾齐给她发了条"新年快乐"的微信，她一时难掩喜悦，可转瞬便发现他给谢妍姗打了电话，心头顿时凉了半截。

她才是被群发的那个。

苦涩如海潮般涌动，季筱晴想对谢妍姗说一句"不，你是特殊的"，但还未开口，忽觉天旋地转，头疼欲裂。

她借口上厕所，匆忙拨开谈笑的人群冲进卫生间，关上门，胡乱摸索上衣口袋，哆嗦着将找到的白色药片吞下。

门外，跨年倒计时数到零，电视里播放着欢腾的歌曲，大家齐声尖叫"新年快乐"，笑声不绝。

季筱晴狼狈地滑坐在地，缓缓地闭上眼。

季筱晴记得自己在网上看过一句话："遇上倾盆大雨，没有雨伞的孩子，必须努力奔跑。"

她家境贫寒，从小上不了师资强大的私立学校，上不起补习班，只有靠自己在残酷的竞争中杀出一条血路。

多年寒窗苦读，她终于得到了出国留学的机会，可惜没能申请到全额奖学金，学费减免后依旧需要自己承担生活费。多修的课程也要额外交钱。她时常会做噩梦，银行卡里余额不足，下学期没有书念了。

季筱晴每天洗把脸就出门，一整个学期都穿着同一套运动服，袖口发黑，布料起球。

她不是不知道男生们在背后取笑她。

她不在意，只是为了维护尊严的自我麻痹。

季筱晴是爱长痘的体质，压力一大便会掉发、水肿、满脸长痘。长时间握笔，她的手指间长了坚硬的老茧；经常高强度敲击键盘，她的指关节常常发疼。

她想起谢妍姗的那双手，从未经受过任何苦难的摧残，细嫩白净。

谢妍姗与她截然不同。谢妍姗皮肤光滑如蛋壳，身姿因锻炼而纤长紧实，总有时间精心打扮，只要出现在公共场合，永远光鲜靓丽，就好像连发梢弯起的弧度都经过了细致的计算。

梁萤不止一次地冷嘲热讽："晴姐，和谢妍姗做朋友很苦吧？她可以混日子，你不行，你每分每秒都恨不得掰成四瓣来用，趴桌子上睡一会儿都觉得是罪过，何必继续和她待在一起呢？"

每次听到这种话，季筱晴心头便会蹿出火来。

谢妍姗借给她钱，在她忙得焦头烂额时为她下厨做饭，留她在舒适的大床上过夜。

滴水之恩，当涌泉相报，更何况她连欠的钱都没有还清。

所以哪怕知道谢妍姗成绩极差，还在网上盗用自己全系专业第一的经历虚构"人设"，季筱晴也没有任何批判谢妍姗的意思。

可是，从什么时候开始，她对谢妍姗的感情，变得越来越不纯粹了？

她还记得她第一次与顾齐相遇时的情景。

季筱晴没有车——在U国的大部分地方，没车便代表着出行困难——每次买完一周需要的东西，她便提着大包小包走二十分钟的路到公寓，沿途必经一个小高坡，爬得累得不行。

有一天，她购物回家的路上下起了倾盆大雨，地面湿滑，空气阴冷。出超市不久，她手中的一个购物袋忽然破了，里面的东西猝不及防地倾泻而出，鸡蛋统统摔碎，水果在路上滚了一地。她暗骂了一句，手忙脚乱地将它们捡回来。

一辆招摇的跑车在她身边停下，车窗降下，露出了一张五官立体的脸。

“你是谢妍姗的朋友？”

季筱晴停住动作，循声看去。

顾齐？

她对他有点印象。他时常出现在室友们的聊天话题中，是就读于商学院的小少爷，长得帅，外表优雅温和，心却像匹野马般，没人降得住。

他应是与她完全不会有任何交集的存在。

季筱晴没料到会被这样的人搭话，愣怔半晌，点点头。

顾齐轻笑，勾起的嘴角带着股风流：“上车吧，我载你回去。”

有几辆车在他旁边同时停下，顾齐随意地冲他们摆摆手：“你们先走，我一会儿送完她就来找你们。”

所有人依令行事，有的人还暧昧地吹出口哨声。

季筱晴惊讶地张了张嘴：她还没答应呢，他就这么自作主张地决定了？

连续数日的睡眠不足导致她四肢乏力，她心想有顺风车搭，不搭白不搭。见他等着自己，她手中的动作愈加笨拙，东西捡了又掉，狼狈不堪。

顾齐将车靠边停下，走过来弯腰同季筱晴一起收拾。季筱晴抬眼看见他提起购物纸袋，手指修长干净。

她坐上了他的副驾驶座。这是她第一次乘坐男生的车，车里有很淡的香水味。

一路上，季筱晴始终看着窗外，心跳得很快，局促不安。

那天之后季筱晴才知道顾齐是谢妍姗的疯狂追求者，一个模糊的符号因这次的相遇而有了具体的形象。

每次她去找谢妍姗，几乎都能发现顾齐的身影，他礼貌地与她打招呼，仿佛他们之间有着什么不一般的交情。

季筱晴不敢妄想。

在所有人的眼里，季筱晴是谢妍姗的护花使者，她骂顾齐“渣男”“中央空调”。她是他追求谢妍姗时必须通过的铁栅栏，他却从来不在意她的无礼。

他甚至特意请她吃晚餐，席间笑着问：“你能告诉我一些关于谢妍姗的事吗？”

她的心像从高空坠落，呼啸而下，摔得粉碎。

季筱晴控制住嘴角的抽动，佯装自然地冲他抬了抬下巴：“可以啊。”

如果这样你就能继续对我特殊的话。

反正，她不喜欢你。

【2】

假期结束，新学期开始。

谢妍姗的危机仍然没有彻底解除。

虽然上学期渡过了退学难关，但由于先前耽误的时间实在太多，目前谢妍姗的总体绩点依然很低，仍处于高危地带。

为了不被退学，她这学期每门课必须保持在B+以上，越优秀越好。

这可不是件容易的事。

谢妍姗推开计算机科学学院的大门，不禁有些紧张。她虽然之前来过许多次，但作为学生来正式上课，还是头一回。

每学期开始的前两周是选课试听周，教授会在第一节课上介绍教学大纲、课程安排、作业量以及打分标准。谢妍姗自我安慰道：就当是感受一下新环境，见见世面。

谢妍姗走进教室的那一刻，教室里似乎安静了一瞬，几乎所有人都向她投来注目礼。

理工科男女比例八比一，为数不多的女生大多素面朝天，尽管谢妍姗今天刻意穿了一件纯白的连衣裙，但她“冰美人”的画风依旧与其他人格格不入。

惊艳过后，大家纷纷交换目光，窃窃私语。

计算机编程导论，代号“101”，作为工程学院极具含金量的明星课程之一，由于难度高、人气高，总名额有限。外院学生若想上“101”，需要向工程学院提交申请，审核通过的方能选修。

谢妍姗向工程学院提出的申请，由于她前几个学期的成绩太糟糕，审核没有通过。工程学院本已决定拒绝，结果任课教授看到她的名字后，不知为何，居然为她开了绿灯。

传闻火速散开，所有人都很震惊。

这个在文理学院就读文科专业的女生，选的基础课竟是文科生避之不及的数学。她大一整年的课程全部不及格，被学校下了退学警告，可之后突然成绩狂飙，在期末考试中几门数学课全部拿了满分，与退学危机擦肩而过。

对此，学生们众说纷纭。

有人感慨文理学院毕竟是含金量低的“大水院”，课程难度太低。

有人怀疑她成绩好得太突然，有作弊的嫌疑。

可如果其中确有猫腻，她为什么不多报点容易得高分的课拯救自己偏低的绩点，而是冒着被退学的风险选了这样一门难度极大的课?

在全班同学的视野里，谢妍姗沉着冷静，面无表情，宛如一个能力值不详的神秘人物。

事实上，她心里慌得不行。

尽管她在数学方面天赋异禀，靠着深厚扎实的底蕴迅速捡起了功课，但编程毕竟是个新科目，在这个领域她完全是张白纸。

不仅如此，班里都是工程学院的精英，同行中的佼佼者，大部分人具有编程基础，许多人甚至有长达十年的编程经验。

谢妍姗往前扫去，前几排就有人在玩自己写的游戏，和自己写的AI对战。

她紧咬牙关，感觉磨牙隐隐发颤。

别说和柯昱打赌拿A，能拿到B+保证不退学对她来说都是件风险极大的挑战。

上这门课的基本是大一的新生，鲜有高年级的学生。她坐到不引人注意的角落，准备好当一个孤兵。

没想到下一秒她就遇到了熟悉的身影。

还是个倒人胃口的人。

梁萤将头发拉得又长又直，搭配浅粉色荷叶袖连衣裙，脸上化着经层层加工、男生们以肉眼难以鉴别的“裸妆”。

谢妍姗打了个寒战，脑海中冒出一行字：“老黄瓜刷绿漆”。

不对。

她摇摇头。

是一根风骚的黄瓜刷上了清纯的漆。

冷不防地对上梁萤的视线，谢妍姗别过头——眼不见为净。

没想到梁萤却径直向她走来，脸上笑成一朵喇叭花：“妍姗，好巧。”

谢妍姗一阵恶寒。

她这态度，好似两人有过什么过命的交情。

梁萤自然打着自己的算盘。

她先前缠着导师让导师破例允许她选修工程学院的进阶编程课“280”——这是门明星课程，能在将来的简历上添上漂亮的一笔——选上课后，她又被随机分到了学霸季筱晴那组，简直运气爆棚。她本以为能美滋滋地混个好成绩，没想到小组项目的队友评估那块她得分极低，加上考试成绩又差，最终只拿了个D。

如今她想重修，导师不允许她再次破例，只能从基础的“101”开始上起。

先前组里的男生们都把她当祖宗般供着，梁萤猜想，一定是季筱晴在评估队友时给了她零分。加上之前两人之间的种种摩擦，她对季筱晴积怨已深。

梁萤向来有仇必报，季筱晴没有男朋友，她便计划抢她的闺密，还要证实自己说过的那句话——谢妍姗和季筱晴，根本不是一路人——是对的。

试想自己与谢妍姗手挽手从季筱晴身边走过，大学霸脸上的表情一定会非常精彩。

梁萤紧挨着谢妍姗坐下，竭力将语调调整得和蔼可亲："妍姗，你第一次上工程学院的课，作为已经修过一门的过来人，我稍微提点你一下。"

谢妍姗不理她，往旁边挪了几个位子。

梁萤却越挫越勇，跟着挪过去："读理工科的女生想要拿到好的绩点，需要具备许多条件：聪明、勤奋、有毅力、有体能，以及有美貌。"

"而我们……"梁萤倾身，亲密地握住谢妍姗的手，语重心长地说，"只有美貌。"

谢妍姗眉角隐隐跳动："你就是你，别扯上我。"

被对方毫不客气地甩开手，梁萤也不泄气，柔声道："妍姗，这里我就认识你，结个伴嘛。"

谢妍姗警告她："离我远点。"

梁萤愈加娇媚，声音中带上哭腔："姗姗……"

谢妍姗沉下脸，一把抓起梁萤桌子上的化妆包和梳妆镜，作势要扔。

梁萤领教过谢妍姗被惹毛后的反应，知道谢妍姗直接将她连人带包从窗口扔出去都是有可能的，考虑到即将上课不想惹事，她心不甘情不愿地起身："我走我走，现在就走。"

收拾了东西走到前排，梁萤突然回头，眼角逐渐下沉，嘴唇慢慢撇起，冲谢妍姗露出了一个委屈巴巴的表情。

这表情十分矫揉造作，谢妍姗看得差点翻白眼。

真是开局不利。

开场第一节讲座，教授花了很长时间强调诚信。

“101”共有四次考试，八次项目作业，平时鼓励以小组的方式学习讨论，但所有上交的项目代码，都必须是自己写的。

谢妍姗看着大屏幕上那一排看不懂的项目标题，咽了口口水。

教授给出建议：想要最终得到高分，除按时参加讲座，还有参加上机实验和讨论课；想寻求帮助，可以在助教的答疑时间内提问，也可以在课程论坛发帖。

最后他还特别强调，注意按时睡觉，按时吃饭，编程需要耐心、毅力和体力，还有一个好脾气。听到这条时，联想起种种工程师过劳猝死、发丝未白人先秃的案例，全班人的表情都变得有些悲壮。

两节课下来，谢妍姗发现，工程学院的课程对她这样的“白纸”来说，实在太难了。

说是面向零基础新生的课程，但教授只用类似英文表达的伪代码简单介绍程序的概念，随后以完整程序为范本，过了一遍基本语法。

谢妍姗坐得笔直，双臂交叠置于课桌上，仰头注视着幻灯片，目光逐渐呆滞。

“源代码”“头文件”“变量类型”“初始化”“形参”“迭代”……

她英文本来就差，这些术语看起来如同晦涩的咒语。

至于细节——一次讲座涵盖几十页的课本内容——可以自己回去看。

课程进度极快，第一周就有上机实验，要求在规定时间内完成程序，由助教当场打分。

上机实验课的地点安排在计算机科学大楼一层的机房。教室面向走廊的方向是一面透明的玻璃墙，往来的所有人都能将里面的情况看得清清楚楚。

谢妍姗的计算机水平仅限于用修图软件精修照片，且只能将颜值四分的妹子修成八分，其余的毫无基础。书上的概念她只模糊地搞懂了一半，如今踏入机房，看着一排排电脑，以及坐在电脑前飞快敲击键盘的同学们，她浑身一抖，感觉好似还在做跑前准备活动的自己，突然被人按到跑道上。

谢妍姗一紧张就想去卫生间，不幸在那里遇见课上唯一的熟人梁萤。

梁萤化着惯常的浓妆，低胸上衣，黑丝短裙，手中提了个袋子，踩着高跟鞋，扭胯晃臀地走入隔间。出来后她又到洗手池前对着镜子捯饬自己，从妆容到服饰一顿大改，改装成清纯学生妹。

谢妍姗在内心冷笑：上节课还要变身。

回教室的路上，梁萤跟在谢妍姗旁边喋喋不休。

“妍姗，你别怕，我知道你一点都不会。

“不过呢，上机实验是允许讨论的。

“让前辈我来传授你些技巧。”

谢妍姗被她烦得不行，故意改变路线，从前方的柱子旁边走过，梁萤始终侧头看着她，没留神，砰的一声撞个正着，脸上的粉都撞掉了。

课程使用的是Linux操作系统，第一次上机实验，教授要求学生们使用文本编辑器编写代码，在终端输入指令，编译、调试、运行程序。

实验材料没有一步步图文并茂的指南，只有简略的介绍，附件是快捷键功能列表，供学生自己查询。

为了不丢人现眼，谢妍姗选择了机房最后一排的位置，谁知梁萤阴魂不散地坐到她前面，并迅速引发巨大的关注。

助教前脚在讲台前讲解完毕，宣布大家自由作业，梁萤后脚就开始骚扰邻座的男同学。

谢妍姗正琢磨着如何用指令新建文件夹，耳畔忽然传来梁萤那严重引起她身体不适的撒娇声——

“同学，太难了，我都不会呢。”

谢妍姗一哆嗦，抬头看去，只见梁萤侧身转向一旁的男同学，双眸荡起一汪秋水，抿紧嘴唇，模样楚楚可怜。

面相单纯的男生停住手中的动作，推了推眼镜，轻声道：“你哪里不会？”

梁萤垂下眼帘，又抬起，眼眶微微发红：“我没学过这个，你能不能从头教我呀？”

“眼镜男”微怔，答应道：“好啊，没问题。”

谢妍姗暗叹：难怪季筱晴说梁萤习惯了张口就能得到答案，她人生最强的技能就是召唤“神兽”。

不远处有人已经写完了程序，提交后离开。谢妍姗脑海中顿时警笛狂响，收回视线，继续摸石头过河般敲代码，没过一会儿，又卡壳了。

她来回翻书翻材料，越找不到答案越焦躁，手指无意识地卷着发尾。

偏偏梁萤那矫揉造作的声音不依不饶地连续飘到她耳边。

“你好聪明呀，这个都知道。

“哎呀，照你这么做，真的对了呢，你真厉害呀。

“你成绩很好吧，肯定都是全A吧？”

谢妍姗再次抬头瞥向前方，短短几十分钟，“眼镜男”已经咧嘴笑得像个地主家的傻儿子，整个人都大了一码。

膨胀了。

可这还不是梁萤的必杀技。

“让我看看你这里怎么写的。”

梁萤边说边靠向“眼镜男”，从谢妍姗的角度看去，她身子斜成四十五度，即将搭在对方肩上。两人离得很近，“眼镜男”鼻尖弥漫着梁萤的香水味，红晕一路从脸伸到脖子根，目光窘迫得不知往哪儿放，嘴唇轻颤，说话结巴，从膨胀的“馒头”被加热为冒烟的“烤鸭”。

谢妍姗皱眉，在内心发出一声嫌弃的“啧——”，下意识地搓着手臂上的鸡皮疙瘩。

右侧忽然吹来一阵凉凉的风。

“代码才写了三行，你还有工夫看别人？”

仿佛有一股电流倏地从谢妍姗的背脊蹿到头顶。

这种熟悉的让人不舒服的语气……

她方才观看梁萤表演看得太投入，都没注意到旁边的位子上不知何时坐了个人，闻言，缓缓偏过头。

视野中浮现出男生冷意十足的五官，目光扫过对方额前散落的碎发、英挺的眉骨，落在他眼角的泪痣上。

谢妍姗的表情逐渐凝固。

然后，她听见了自己绝对不会认错的刻薄语调：

“看她也没用，你又学不会。”

阔别数月，与柯昱的再次重逢，地点匪夷所思。

谢妍姗表面上没什么变化，好似什么都没听见，淡定地边看书边敲击键盘，内心却电闪雷鸣、暴雨倾盆，无数个问号从天而降，宛如十二月的那场大雪。

他怎么在这里？

他该不会是溜进来找梁萤的吧？

他已经和梁萤划清界限了啊，那是进来旁听的？

无论是旁听还是找人，他都算外来人员，外来人员凭什么对一个正规学生指手画脚？

谢妍姗越想越有底气，调整心态，挺直腰杆，倨傲地瞥了柯昱一眼。

前方此刻又有不少人提交完程序，早早离场，两三名男生抱着笔记本电脑，走到柯昱的旁边。

他们微微颔首，恭敬地叫：“助教。”

柯昱抬头看去，气场太强，带着股令人退避三舍的寒意。男生们吓得缩了缩脖子，面面相觑。一人鼓足勇气问：“这周的程序作业遇到了点问题，待会儿您能帮我们看一下吗？”

柯昱拿起手机扫了一眼时间，点头道：“好，再过一个小时是我的答疑时间。”

他的旁边，谢妍姗瞠目结舌。

等一下，他们叫他……助教？

修水管的助教？

他上的什么课？

社会实践课吗？

“喂。”

见学生们走远了，柯昱重新转向谢妍姗，嘴角勾出浅浅的弧度：“五分钟过去了，你连变量都没定义完。实在不懂就问，发呆有什么用？”

谢妍姗表情不变，强压下内心想上蹿下跳的情绪，继续无视他。

她打开浏览器进入课程主页，翻看简介。

“101”学生众多，一共配备六名助教，每两人负责一节上机课。

开课那会儿教授介绍助教时提到有一人请假了，谢妍姗瞟了一眼幻灯片上的“Yu Ke”，完全没将这个名字和常来家里干体力活的这位挂上钩。

毕竟他早已被她扣上贵公子落难辍学的“人设”了。

察觉到柯昱正越过她的脑袋端详着她屏幕上的代码，琥珀色的眼眸中浮上了讥讽之色，谢妍姗头皮发麻，仿佛一只奓毛的猫，慌忙伸手捂住电脑屏幕。

真要命，最后一排位子那么多，他干吗偏偏坐在她的旁边？

柯昱慢悠悠地开口：“谢妍姗……”

谢妍姗抢先道：“我自己会做。”

柯昱伸出食指隔空比画：“你这里……”

谢妍姗冷冷地斜睨他：“别说话，我不需要付费指导。”

听到“付费”二字，柯昱的眉毛似乎挑了一下。

他不再继续开口“关心”她，转而在她旁边做自己的事。

谢妍姗猜想，这句话也许戳到了他的痛处，她胸口有点堵。

柯昱的存在鞭挞着谢妍姗认真干活，她费了半天工夫终于把代码写成形了，一按运行键，数不清的编译错误晃花了她的眼。

Debug（计算机排除故障）是一个非常痛苦的过程，尤其对连错误信息都看不懂的初学者来说。

谢妍姗使尽浑身解数，各种尝试，错误信息还是一条不少。

她步入了死胡同。

按照谢大小姐之前的习惯，估计她早就破罐破摔索性不交了，可先前对柯昱夸下过海口，自尊心不许她这么做。

谢妍姗选择后退一步。

她拿笔轻轻戳了一下柯昱的手肘，从牙缝中挤出两个字："助教……"

柯昱不理她。

没本事的人向来脸皮很厚，而谢妍姗是个例外，她属于没本事脸皮却还薄的。

主动服软被无视后，谢妍姗的脸唰地红了，好在柯昱没看到。

前方梁萤的座位边已经围了四五个完事后还不肯走的男生，大家殷勤地为她遇到的问题出谋划策，像选秀般等着她注意到自己。

谢妍姗想起梁萤先前给她提供的"指导"：

"想让男生心甘情愿地帮你做事呢，你得给他们一点成就感。

"比如说你问他问题，他回答你的时候，你得先装出不太懂的样子，适当地对几个他肯定能回答出来的点进行追问，然后听着听着，假装恍然大悟！

"接下来就使劲夸他，再给几个甜甜的笑和媚眼，就搞定啦。"

柯昱的态度令谢妍姗十分恼火，硬碰硬她也没占过上风。她打算尝试一下梁萤的方案。

方才他还说"看她也没用，你又学不会"。

谁说她学不会？

在她还没成为沉默寡言的"冰山"之前，她走到哪儿都是中心人物，男生们对她有求必应，她肚子饿了，一课桌的零食便突然而至；她作业不会写，人一窝蜂地排队来教……

她根本无须像梁萤那样主动施法。而如今这不算妥协，这是战术。

下定决心便付诸行动，谢妍姗手掌抚上脸颊，托住腮帮，双眸睁到刚刚好的程度，冲柯昱轻声道：“助教，能不能帮我看看这里是哪儿语法不对呀？”

这下，柯昱总算赏脸，匆匆地扫了一眼她的屏幕，随后冷飕飕地开口：“第二十四行，少了个分号。”

谢妍姗修改后，错误少了一半。

她见招数见效，十分得意，接着轻声细语地问了几个问题，柯昱虽态度冷冰冰的，但也悉数回答了。

她要不要继续尝试梁萤的办法，夸他一句？

谢妍姗深吸一口气，露出一个自然的笑：“助教，你真……”

柯昱忽然停住手里的动作，径直看向她的眼睛。

谢妍姗的嘴唇艰难地动了动……

柯昱慢悠悠地眨了下眼：“我真什么？”

剩下的几个赞美的形容词卡在谢妍姗的嘴边，死活出不来，偏偏柯昱还紧盯着她，盯得她呼吸不顺。她轻咳一声，收起表情，若无其事地转回头，认真地注视屏幕。

改正了这几行，错误还剩下不少，谢妍姗眼看教室里的人快走光了，心中不禁焦急起来。

“助教，我这里……”

“同学，”柯昱忽然换上一本正经的语气，“遇到问题能不能自己独立思考？三十多条编译错误每一条都要问人吗？”

谢妍姗喃喃地道：“是你自己刚刚让我不懂就问……”

“我让你上网查。”柯昱缓下语调，尝试将自己的态度变得和蔼，“同学，问人问题前，先用搜索引擎自己寻找答案，是现代人基本的礼貌。”

谢妍姗无语。

“来，打开搜索栏，敲击键盘，输入……”

他就像在跟一个智障说话。

谢妍姗想挫他的气势，达不成目的也想恶心他，于是便像梁萤对

“眼镜男”那样，使用示弱技能。

她垂下脑袋，掐着嗓子说：“我搜了，没找到结果……”

谢妍姗的声音本就又媚又柔，此刻自己听着都羞耻得脸颊火辣辣的，可话已出口，只能硬着头皮说完。

真奇怪，好像一遇见柯昱，她的冷静自持便瞬间荡然无存，言行举止都不正常了。

如果换成别人，哪怕交不出成绩她都不会主动提问。

谁知柯昱站起身，居高临下地斜眼看她：“那你退课吧。”

他说罢便迈步前往另一个电脑位，那个座位附近放着他的笔记本电脑和书包，看来方才他是特意挪到她旁边来的。

他居然特意跑来嘲笑她！

“站住。”谢妍姗胸口又烧起熊熊怒火，脸上娇媚的表情一下子垮掉，迅速覆上往常那层渗着寒气的冰，“你瞧不起谁？”

柯昱望了望四周，将目光转到她身上，认真地回答：“你。”

没给谢妍姗甩巴掌抽人的机会，柯昱接着说：“我刚才给你解释那么简单的理论，你总要想半天才懂，还敢说自己只是不学而不是笨？”

谢妍姗差点破口大骂。

我那不是在假装恍然大悟吗？！

她强忍住情绪，胸口起伏：“你为什么总对我冷嘲热讽？”

柯昱耸肩：“我只是实话实说。”

谢妍姗上前一步，仰头冲他怒目而视：“如果我这门课拿不到A，我就跟你姓！”

柯昱垂眼看她，忽然发出一声毫无掩饰的嗤笑。

他弯腰离她近了些，低声道：“好啊，我等着你跟我姓。”

【3】

谢妍姗想不通：人为什么总要意气用事跟自己过不去呢？

“101”的课程介绍单本来是她打印下来随手放着的，她有念头，却没决心。

因为柯昱一句嘲讽的话，为了证明自己，谢妍姗脑袋一热决定学习编程，修了最难的课。

对柯昱撂下不拿A就跟你姓的狠话时，她表面上气势凌人，内心却恨不得跪在地上用头撞地板，边抽自己巴掌，边高声大呼“你清醒一点”。

都怪梁萤，什么破技巧，一点都不好使！

第一次上机实验，谢妍姗最终以没完成程序只得了一半分数的结局告终，更可气的是，好一阵子不回她微信的柯昱，晚上居然给她发了张图。

“送你本书。”

照片上是一本书，书名是《C++从入门到放弃》。

谢妍姗差点扬手将手机摔个稀巴烂，暗叹他长得人模狗样，切开来就是个刻薄的家伙。

周末的午饭，谢妍姗在工程学院附近的食堂里和季筱晴一起吃。

“柯昱是你们工程学院的学生？”

“是的，听说他是上学期才转来的，很帅很酷。”

尽管罕见地连续用了两个褒义词夸赞柯昱，季筱晴的表情仍无比淡定，仿佛在讨论一棵蔬菜：“他很厉害，是‘101’开课到现在最年轻的助教。”

谢妍姗动作一顿，口吻有些急促：“你怎么没告诉我？”

虽然上学期季筱晴还错将柯昱的照片当成明星的照片发到“盐山爱吃糖”的微博上，引来一场血雨腥风，可现在已经不太记得照片中那人的样子了，并且至今对这段乌龙以及谢妍姗之后的悲惨遭遇毫不知情。

“你又没问我。”季筱晴面露疑色，“你认识他？”

谢妍姗无法回答。她确实从没向季筱晴提过柯昱，就连聊天时听到他的名字，她都装出一副完全不感兴趣的样子。

学校那么大，他们还在不同的校区读不同的专业，没见过也很正常。

“你们在聊柯昱？”

餐桌边走来一群人，谢妍姗抬头看去，是季筱晴实验室里的高学姐和她的朋友们。跨年那晚她们曾在高学姐家聚会。谢妍姗礼貌颔首，算是打了个招呼。

高学姐鼻梁上架着一副黑框眼镜，性格热情开朗。她拉开谢妍姗身边的椅子坐下，眉飞色舞地说：“你们觉得他冷，是没见过他跳舞的样子。”

她边说边麻利地从手机中调出视频，将音量调到刚好的程度，放到大家面前。手机里播放着柯昱的舞蹈剪辑视频，空翻、背旋……时隔多年，谢妍姗再次看到了柯昱的功底超强的街舞。他长手长脚，动作强劲，爆发力十足。

有几个瞬间，他的表情带着股邪气，隔着屏幕，谢妍姗的心跳忽然快了几拍。

高学姐和她的朋友们捧着脸，感慨声此起彼伏。

“他对身体的控制真是绝了。”

“这是艺术。”

视频即将接近尾声，高学姐果断地拖回进度条，正色道：“倒回去倒回去，我要继续欣赏艺术。”

“季学霸”抱着双臂围观她们，脸上浮现出观看低等生物般一言难尽的表情。

几轮鉴赏完毕，高学姐关上视频，道：“这些都是柯昱高中时录的，他现在好像不跳了，我们学校街舞社请过他好几次，全被他拒绝了。”

另一个人说：“他以前没长开，现在看上去真的好有韵味。”

这句话引起了大家的尖叫。谢妍姗眼前浮现出了画面：柯昱撩起衣服，低头用嘴咬住衣服下摆，露出线条清晰的腹肌和人鱼线。

脸颊升温，她用力地摇了摇脑袋。

“除了跳舞的时候，柯昱本人特别冷。”高学姐愤然开口，“我之前跟他一起去外州开会，他全程没跟我说过一句话。”

谢妍姗想，为什么遇上她，他的话就那么多？尖酸刻薄，没一句好听的。

“他不喜欢别人碰她，难以靠近。有次他回头瞥我一眼，我一下子什么话都说不出来了。”

谢妍姗想，难以靠近？他对她动手动脚的时候倒是很熟练。

“不过被这种男生喜欢才有成就感。”高学姐放慢语调，“这种男生只对自己喜欢的东西感兴趣，只对自己喜欢的女生温柔。”

另一个人出声打断：“有吗？我感觉他之前对他的前女友梁萤也很冷淡。”

谢妍姗想，不，他和梁萤只是简单的金钱交易。

“所以分手了呗。”高学姐推了推眼镜，镜片一阵反光，“相信我的直觉，他肯定是个痴情种。”

霎时间，谢妍姗又想起了那通电话。

柯昱蹲坐在墙角边，低着头，安静地倾听对方的话语。垂落的刘海微微遮住他的眼睛，他疲惫的脸上带着浅淡的笑意。

谢妍姗心头忽然涌上一股反驳高学姐的冲动。

你很了解他吗？

他只对自己喜欢的女生温柔？

就他那种十句话里九句都不是好话的人，又冷漠又绝情，还能满怀深情地同女生相处？这根本难以想象啊……

腹诽到这里，谢妍姗的鼻间忽然有些发酸。

她又怎么可能想象得出？

他从来就没有温柔地对待过她。

曾经有过一次，不过，那是场意外。

毕竟连他自己都不记得了。

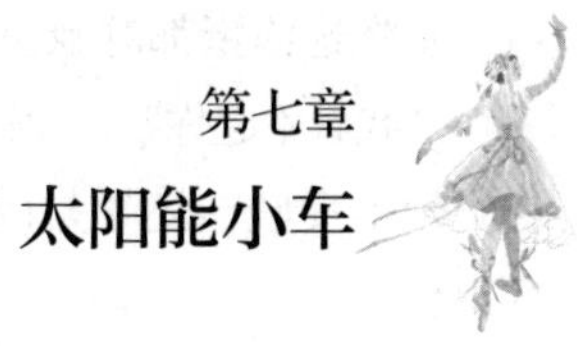

第七章
太阳能小车

【1】

周五的“101”大课上，谢妍姗从后门进入教室，迎面撞见柯昱在后排旁听。

上课铃声还没响，柯昱的四周围了一圈学生。他神情严肃，全身依旧散发着那股疏离感。他垂眼注视递到面前的书本和课件，言辞简短地回答同学们的提问，声音低沉稳重。

谢妍姗暗自嗤笑：人模狗样。

仿佛听到了她的心声，柯昱忽然抬头看向她的方向，随后微眯起眼，眉梢慢慢往上一挑。

谢妍姗别过头，疾步往前排走，留给他一个冷漠的后脑勺。

柯昱与她同级，是个转校生，还是这门课的助教。

谢妍姗花了好长的时间才消化了这条信息。

捋顺了与柯昱重逢后的细节，滔天怒火差点令她自燃。

他为什么要骗人？！

他为什么要说自己只是个修水管的，兼职帮人打杂？

她是真情实意地以为他家道中落被迫辍学，担心他、同情他，还试图弄清他这些年的遭遇，花高于市场价几倍的酬劳请他到家里修自己故意搞坏的东西，想方设法地缓解他的经济困难的状况，结果没收到任何感激就算了，还屡次遭他奚落，说她太挥霍，拿他当乐子看！

想到这里，谢妍姗的呼吸都开始不顺了。

瞧瞧这浑蛋都对她说过什么话：

“我看不起你”“没遗传父母聪明头脑”“你连脸都不吸引我”……

她不反驳，还不是因为他境遇可怜！她心慈仁厚，不愿同他一般见识！

谢妍姗愤然地打开微信，与柯昱最近的聊天记录仍是关于《C++从入门到放弃》的那条，她动作麻利地将他拉黑。

直到上课铃声响起，教授走上讲台，她仍胸口起伏，怒意难平。

没过几分钟，她迅速被浇了盆冷水。

教授总结了第一次上机实验的情况，目前已有四分之一的人选择退课，剩下的人中，只拿了一半分数的谢妍姗不出意外地又排在了最后。

像快要胀到爆炸的气球忽然被狠狠地扎了一个孔，内里的气嗖嗖地往外泄，她整个人都蔫了下来。她还气势汹汹地同柯昱说拿不到A就跟他姓，结果除了逞强一点本事都没。

实验课已经得了低分，布置的程序作业光题目就有好几页纸，看着幻灯片上还没完全理解就闪过的内容，谢妍姗心头闪过徘徊了许久的念头——

要不我还是退课吧？

熟悉的自我厌恶霎时间如海潮般侵袭而来，她的五脏六腑好似被人用力地拧了一下，浓浓的、滚烫的苦涩喷涌而出，在她的身体里肆意流淌。

下课铃响，谢妍姗自动屏蔽了梁萤捏着嗓子嗲声嗲气的谄媚搭讪，收拾完东西后，低头离开教室。

柯昱不知何时到了她的身旁。男生单肩背着电脑包，双手插在口袋里，同她说话时依旧目视前方：“今天的内容你都听得懂吗？”

谢妍姗面色一凛，脚步加快，料想他又要落井下石。

柯昱人高腿长，几步上前，转身手臂一伸，将她拦住：“不理我？”

谢妍姗强压着情绪，沉默数秒，忽然仰头冷冷地道：“柯助教，要我要够了吗？你演苦情剧男主角演得高兴吗？”

柯昱挑眉，很快便意识到她所指何事。他肩膀轻耸，漫不经心地开口：“谢大小姐，我只说过我缺钱，从没说过我辍学。”

闻言，谢妍姗瞪圆了眼，抑制不住地拔高音调：“你自己说你只是个修水管的！”

柯昱笑着瞥了一眼别处，又看向她：“每份兼职我都是用全职的态度来做的，这叫专业。”

他这是一本正经地胡说八道！

谢妍姗咬住下唇，边深呼吸边冲他用力点头：“让开。”

柯昱偏不遂她的意，勾起嘴角，语调恶劣：“怎么，你赶着冲去教授那儿退课？”

话音未落，谢妍姗狠狠地将书包砸到他的身上：“滚开。”

眼见四周不断有学生神色暧昧地看向他们，柯昱迅速拽住谢妍姗的手臂将她拉进走道拐角，俯身在她耳畔轻声道：“你想干吗，当众殴打助教？”

谢妍姗没与他废话，继续把书包当平底锅，用实际行动让他见识见识什么叫“殴打”。

柯昱也不躲，边挨揍边低笑，调侃的话语里带着些鼻音：“围观群众多半在猜测，这女的该不会是告白被拒，恼羞成怒？”

谢妍姗抬脚踹他，脑袋上仿佛都开始冒红烟：“神经病！谁要跟你告白？”

柯昱轻哼一声，忽然不说话了，垂下眼帘，意味深长地注视她。狭窄的走道中昏暗的灯光将他的视线渲染得有些柔和，如同夕阳下波光粼粼的湖面。

谢妍姗被他盯得有些发慌，只能用冷漠来掩饰心虚。她推开他，跑了出去。

谢妍姗不知道的是，临开学前，“101”的任课教授曾接待过一支刚刚斩获全球计算机视觉竞赛冠军的中国队伍。

计算机视觉——让机器学会“看”，是目前人工智能最为有力的表现形式之一，研究领域涉及了计算机科学、物理学、应用数学和认知科学等，而这个大赛每次公布的竞赛结果，都会对学术界以及工业界产生深远的影响。

那日冠军队伍提早到达了约定的地点，教授与助教柯昱一对一的会议正进行到一半，便索性同柯昱一起带客人游览工程学院教学楼。

散步至中庭，冠军队伍的导师在瞥见远处街旁的一双人影时，忽然停下脚步：“那个女生是我以前的学生。”

导师抬手指向对面，眉眼间满是难掩的骄傲：“几年前我在高中兼职担任过一届奥数竞赛的总教头，她是当时我那支竞赛队伍里的王牌，虽然才高一，但已经赢得了无数个数学竞赛的冠军。”

柯昱顺着导师的目光望去，谢妍姗和季筱晴并肩坐在露天长椅上，季筱晴膝盖上架着一台手提电脑，弓着背手指飞快地敲键盘；谢妍姗则从餐盒中拿出一个水果蛋挞，递到季筱晴的嘴边，季筱晴偏过头咬了一口，视线仍紧盯着屏幕。

教授了然地笑了，向导师介绍季筱晴如今依旧是学院的王牌，导师却摇摇头道：“不是，她姓谢，叫谢妍姗。”

说罢，导师准备前去打招呼，谢妍姗却已经消失了。

教授念了一遍谢妍姗的名字，表示对她并没有印象。

导师先是不信，确认了几遍发音无误后，面露遗憾，孜孜不倦地道：“这孩子聪明、勤奋，还特别好强。如果她愿意涉足人工智能领域，以她的数学基础和学习能力，一定会成为了不起的AI人才。”

后来与客人分别后，柯昱找到一个与教授独处的时机，恭敬地开口：“教授，谢妍姗是文理学院的学生，申请了我们学院下学期的‘101’……”他停顿片刻，“没有通过。”

【2】

独栋别墅内，谢妍姗坐姿端正，手握鼠标，对着屏幕上的“退课”键，屏息凝神。

现在她的总体绩点依然很低，依旧处于被退学的高危地带，她每走一步都需要仔细考虑，无法儿戏。

就这样僵持了许久，脑内循环了无数次最近发生的一连串事，她终于下定决心，深吸一口气，按下点击键。

然后……

没反应。

家里的网出了问题。

谢妍姗表情定格数秒，紧绷的身体一下子松垮下来，蓦地瘫靠在椅背上。

瞪了几分钟天花板后，她起身前往工程学院。

一路上，她默默计划：如果今天下午连第一个程序都无法写完，那就全盘接受柯昱先前对自己下的定义——“不学无术混日子的笨蛋”。

辉煌和奇迹是曾经的，也许她真的无缘再现。

谢妍姗回想起柯昱先前还骗他说退课要找教授签字，害得她做了好一阵的心理建设，顿时气不打一处来。

这家伙嘴里就没几句实话。

罢了，反正退课以后，她不会和他再有任何交集。

踏入工程学院的群楼广场，谢妍姗还没走到机房便被一群人挡住了去路。她抬头一看，又遇见了季筱晴实验室里的学姐，先前共享柯昱的跳舞视频令她们的关系增进了，谢妍姗记得对方姓高。

正与高学姐对话的女生烫了个爆炸头，此刻满脸涨得通红，连连跺脚：“季筱晴这个人怎么总这样啊，到了约定的时间就联系不上，已经不止一次了！”

高学姐轻声安抚：“筱晴的科研项目有了新进展，她可能在哪个地下室里赶工，手机没信号……”

谢妍姗停下脚步，微侧过身，假装自己在欣赏他们旁边的那棵树，很快便将情况听了个大概：二十多分钟后这里将会举行一场志愿者活动，有近百名小学生参加。他们将在规定的时间内，四人一组，在工程学院学生的指导下制作太阳能小车和用回收材料自制环保小车，用两辆小车进行接力跑比赛，角逐出冠军。

现在准备基本就绪，指导员志愿者之一的季筱晴却迟迟没有出现，她在确认出席名单时并未请假，现在又突然消失。

谢妍姗默默地在内心感慨，季筱晴的世界里学习永远是第一位，爽约对季筱晴来说就是家常便饭。只不过谢妍姗发自肺腑地认为，“季学霸”正在忙碌的事，一定比跟她在一起吃喝玩乐有意义得多。

然而有她这种想法的，毕竟是极少数人。

“爆炸头”似乎对季筱晴积怨已久，若不是发型已经爆炸了，她的头发可能要爆一次。

“你别为她找借口！她就是不拿别人当回事！成绩好了不起啊？你看她平时横行霸道对他们组员呼来喝去的样子，说发火就发火，完全不顾场合！人家的心血她看着不爽就全部改掉，招呼都不打一声！问她要个说法，她直接说你写得太差，写的都是垃圾！”

谢妍姗抿唇。这些话不算夸张，她也听黑大个抱怨过。

其他人跟着“讨伐”季筱晴，一路从季筱晴因没洗头而黏在一起的刘海说到她脚上因从来不换而磨破皮的球鞋。

“她可过分了！觉得别人的代码写得不好，她就直接抄起比萨拍在对方的脸上！”

“对！她还整天拿着根木棍在实验室里走来走去，扬言谁不按时把错误修完就抽谁！”

谢妍姗微微睁圆了眼：这些好像就有点夸张了……

“爆炸头”愤然地看向高学姐，伸出的手指几乎戳到对方的鼻子：“要不是因为你，我们才不想理她！”

高学姐脸上和善的微笑逐渐僵硬。

“爆炸头”怒喝：“现在缺一个人，这个点我们上哪儿去找啊！”

高学姐有些局促地低头察看手机，屏幕上又弹出了几个人拒绝的回信。

“爆炸头”见状越发来气：“就她这德行凭什么拿奖学金？我今

天就去协会反映情况！”

四周响起阵阵应和声，有种揭竿而起的架势。

就在这个关头，一旁假装欣赏树枝的谢妍姗忽然开口：“我替她。”

所有人一下子安静下来，疑惑地看向这个不知何时冒出来的局外人。

谢妍姗上前一步走向人群，不紧不慢地说：“筱晴今天有事，刚才通知我来的。”

大家面色古怪地交换目光，有几个强忍着讥笑，憋得肩膀颤抖。

“爆炸头”似乎也对谢妍姗略有所闻，面露不屑：“她这是要砸我们的场子吗？找你替她，就凭你？”

高学姐很快便领会了谢妍姗的意思，急忙打圆场：“教小朋友嘛，很简单的，高中生就可以了，她怎么不行？”

“爆炸头”没直接答话，扭头对别人说：“季筱晴这种人的闺密，多半脑子也不正常。我之前在志愿者活动中见过她，她根本什么都不会，就是一个绣花枕头。”

“对，她成绩差到被下了退学警告，留学生论坛里传得沸沸扬扬……”

他们声音很响，完全没有避讳的意思。高学姐尴尬地偷瞄谢妍姗，发现对方的表情毫无变化，那层覆盖在漂亮五官上的“冰”如同防弹衣，坚不可摧。

她当然不知道，谢妍姗内心的自己再次跪趴在地上捶地板，为自己一时冲动强行逞英雄而懊悔。

以往被季筱晴拉去做志愿者，她总因语言不通而陷入窘境，全靠季筱晴救场，后来便乖乖地退到角落当“冰雕”，一言不发，暗中观察。

谢妍姗自小偏科，就数学最好，别说太阳能小车，她连玩具四驱车都没拼装过，这回筱晴还不在，一会儿岂不是要当众出丑？

尽管内心波涛汹涌，谢妍姗表面依旧无比淡定，礼貌地询问高学姐：“我是不是得培训一下？”

高学姐摆摆手道："不需要的，你看一眼说明书就能做了。"

在工程师的世界里，任何事情只要有说明文档，就都能搞定。

然而，谢妍姗不是个工程师。

广场中央的大草坪上整齐摆放着小桌和遮阳伞，远看宛如早春新开的集市，参与活动的成员每组一张桌子，桌面上摆放着材料、工具以及小组的号码牌。草坪边的水泥地里，志愿者们圈出一块区域，布置了比赛的跑道。

谢妍姗带的是一个三男一女的组。刚刚集合，她便看见男生们丧气地交换了下目光，抱怨的声音不大，却无比尖锐。

"完了，我们组有个废物。"

谢妍姗条件反射地绷紧后背，以为他们说的是自己，再顺着他们的视线看去，发现他们说的是组里的小姑娘。

女孩瘦弱矮小，两只眼睛间距很大，鼻梁扁平，脸颊上布满红点。她低垂着脑袋戳在桌角边，身体如同即将枯萎的弱枝，被霜打弯了腰。

有人匆匆跑过，将女孩撞倒在地，肇事者定睛看清她的脸后，立刻嫌弃地往旁边退了点，好似碰到了什么不干净的东西，也不道歉，拔腿就走。

组里的三个男生对此视若无睹，谢妍姗冷冷地扫了他们一眼，上前将女孩拉起来，轻拍她衣服上的灰。

谢妍姗正在纠结如何开口询问情况，她那张冷若冰霜的脸却将小女孩吓得浑身僵硬。正巧高学姐过来补发材料，见状同她简单说明了情况：这个小姑娘学习成绩不太好，反应特别迟钝，同学们嘲笑她长相奇怪、脑子笨，处处排挤她。

每一组需要分成两个小队，一队根据提供的材料组装太阳能小车，另一队则寻找可回收的废品材料，自由发挥，制作环保小车。三个男生不愿意与女孩合作，谢妍姗只能亲自动手同她一队做太阳能小车，让男生们自成一队，制作环保小车。

小车的制作材料里有许多张全英文的图纸，零件介绍、步骤说明、注意事项……女孩用手指指着上面的文字，缓慢而吃力地读出声，越读表情越迷茫。

全英文啊！

谢妍姗无奈叹气，她俩加在一起，真是落魄户联盟。

她以前成绩好的时候就偏科，几乎把所有的精力都放在了数学上，文科方面可谓是重灾区，上学期若不是选了很多门数学课，没准这会儿已经肄业了。

女孩侧过头，见谢妍姗正气定神闲地一行行往下看，面色波澜不惊，仿佛胜券在握，她的小眼睛倏地亮了，怯怯地说："姐姐看起来好厉害。"

谢妍姗扯扯嘴角，挤出了一个僵硬的微笑，随后侧身假装翻包，手指飞快地在手机上敲打，偷偷查字典。

她也只是看起来好厉害……

这都写的什么啊……

要是做不出来她该怎么收场啊……

比赛正式开始前，各组指导员需要清点人数和材料，去最前方的桌子处签字。

谢妍姗心事重重地低着头往前走，不料在她前面的人突然停住脚步，害她一下子撞了上去。她闷哼一声，疼得捂住额头，睁开眼，发现视野所及之处是对方的后背。她将脑袋慢慢地往上抬，对方的发型和耳环好像有点熟悉……

不祥的预感迎面袭来……

谢妍姗蓦地头皮发麻，一个激灵，下意识地后退半步。

又是他！

这个人为什么无处不在？！

柯昱双手插兜，慢条斯理地转过身。他人高肩宽，堵在她跟前像面墙。

一想到之后可能在他面前出丑，谢妍姗就发怵，寒着脸迈开步子绕过他，又心怀不甘，阴阳怪气地丢下句："你有这么好心来当志愿者？"

柯昱闲庭信步，仗着腿长很快又与她并肩，淡淡地道：“有人临时请假，花钱雇我来的。”

谢妍姗瞥向一旁，轻蔑地发出声响亮的冷哼。

柯昱忽然弯腰俯至她耳畔：“你可别连轮子都不会装，伤了小朋友的心。”

“闭嘴。”既然躲不了，那就不躲，谢妍姗毫不畏惧地对上他的目光，“我肯定能赢你。”

她说这话完全没过脑。毕竟在谢大小姐的行事准则里，要么保持沉默，要么一旦开口，不论结果如何，口舌之快一定得逞。

柯昱挑眉，直起身，脸上结合了玩味、嘲讽、轻蔑，令人气得牙痒。

谢妍姗保持不为所动的冷漠，在内心用一排鼓风机为自己去火。

冷静，冷静。

柯昱的出现无疑激发了谢妍姗的斗志，比赛开始后，她硬着头皮一步步往下做。被小女孩注视着，她有种久违的扛大梁的感觉。

“你拿磨砂纸将木棒头部磨尖一点……套上塑料管……好的，车轴可以插进车轮里了，这边塑料管扣住就不会滑……”

女孩听话地按照她的吩咐行动，不时崇拜地看向她，小眼睛里闪着光。

谢妍姗不禁有些窃喜，可脸上还是紧绷着，嘴角上扬，又抿住。

其间遇到了一些问题，谢妍姗便用自己堪比飞行员的视力偷看邻组，在别人发现前若无其事地移开目光。

这招很好使，无须开口，也能解决问题。

一切进行得如火如荼，电路焊好了，主板搭好了，轮胎装上了，谢妍姗的心情愈加欢畅。

嗯，我好像也不是完全不行嘛。

柯昱，你等着瞧吧。

提示时间截止的音乐声响起，小车制作环节步入尾声，各组成员纷纷携带成品进入比赛场地。

谢妍姗双手举着号码牌，带组员来到试跑区。排队轮到他们后，女孩蹦跳着将太阳能小车摆上跑道，拿起灯，兴致勃勃地照向车身上的太阳能板。

在女孩做这一系列动作的时候，谢妍姗咬住下唇，放缓呼吸，感觉全身每一个细胞都紧张了起来，仿佛有针密密麻麻地戳着头皮，手心也渗出了汗。

一秒，两秒，三秒……

小车没有动。

女孩脸上兴奋的笑容逐渐僵住。女孩将灯拿到离小车更近的位置，不断变换角度，继续照。

时间一分一秒地过去……

小车还是没有动。

谢妍姗小组的所有人蓦地沉下脸，陷入死寂般的沉默。

如同猝不及防地被冰水劈头盖脸地泼了一通，浑身湿淋淋的，寒意从肌肤透向谢妍姗的骨髓。焦躁的感觉在谢妍姗的胸腔内翻腾，连站着都是折磨。

身后其他组的成员等得不耐烦了，一名穿蓝色T恤的男生上前催促：“灯能不能给我们用了？”

女孩摇头。

穿蓝色T恤的男生抬手看了一眼时间：“我们等很久了，比赛马上要开始了。”

女孩还是不给。

几个来回交涉未果，男生的耐性被消耗殆尽，音量陡然拔高：“霸占着灯也没用啊！你们这车又跑不了！”

谢妍姗身子一震，像被砖头重重地敲了下脑袋。

女孩脸涨得通红，终于妥协，把灯交给穿蓝色T恤的男生，他的队友迅速围了上来，将女孩挤到一边。

谢妍姗看见，当灯光照向太阳板时，他们的小车一下子就蹿了出去，如同轻快的小动物，孩子们开心地一边跟着一路小跑，一边关心它跑得直不直、快不快。

女孩眼睛里的光彻底暗淡下来。

巨大的挫败感排山倒海般涌上心头，谢妍姗手握成拳，指甲深陷入掌心。

测试时间结束，所有组悉数就位，将小车摆到起跑线上。

比赛规则为接力跑，环保小车跑上半程，太阳能小车跑下半程。

谢妍姗组的环保小车速度很快，一路飞驰到达接力线，暂时位列第一，女孩再次拿灯照向太阳能小车，目光中带着些祈求。

可是奇迹没有出现。

四周不断有其他环保小车到达接力线，然后换成太阳能小车接着往前跑。

一辆，两辆，三辆……

众目睽睽下，只有谢妍姗组的太阳能小车躺在原地，一动不动，仿佛是个没有灵魂的摆设。

前方时不时爆发出小车跑到终点后雀跃的欢呼声，一组又一组的成员击掌庆贺。

谢妍姗组里的男生们眼睁睁地看着自己组从遥遥领先的第一名变成倒数第一名，脸色十分难看。

主持人宣布获胜者的那刻，组里的一名男生忽然眼眶通红，情绪崩溃："我们的车做得那么好！都怪你们的太阳能车接不上！害我拿不到冠军！拿不到积分！"

他年轻气盛，冲着小车发火："你跑啊！你倒是跑啊！"

他越吼越气，愤恨地抬腿踢车，被女孩用身体挡下。女孩重重地挨了一脚，跌倒在地。

男生依旧情绪失控，指着女孩的鼻子痛骂："我倒霉死了，跟你这种废物分在一起！"

"你在干什么！"谢妍姗上前拉起女孩，回头厉声道，"快向她道歉！”

周围的人纷纷因这动静围了过来，男生被同伴架住。他不甘心地瞪向谢妍姗，目光中带着毫不掩饰的轻蔑：“你凭什么当什么指导员！你根本就不会做车！”

另外两人也忍不住喊道：“就是！你根本不会！”

谢妍姗喉咙一紧，什么话都说不出来。

小孩子的恶意多直接，一针见血。

领奖台上，柯昱的小组夺得了冠军，组员们兴高采烈地站在柯昱周围合影，将小车骄傲地举得高高的。不时有孩子仰起脸看向柯昱，眼睛里闪着仰慕的光。

像是察觉了这边的情况，柯昱远远地望了过来。

谢妍姗赶紧别过脸，不敢对上他的视线。

活动结束，女孩的头始终埋得低低的，手里抱着小车，一动不动。

谢妍姗看着她，平静的表情下，是一阵又一阵的暗潮涌动。

她还有什么脸对柯昱说“肯定能赢你”？

她凭什么代替季筱晴站在这里？

父亲的声音再次在她耳畔响起：“你做的事没一件不令我失望！”

“废物！”

对不起。

都是因为我。

是我没有用。

如果不和我一组的话……

活动结束，人群散了大半，女孩却没有离开的意思，守在桌子边反复查看小车，捏捏这里，动动那里，谢妍姗立于一旁，内心五味杂陈。

有人走到她身边，然后，凉飕飕的声音飘了过来：“我早提醒过你，别伤小朋友的心。”

谢妍姗蓦地身子一僵，太阳穴突突直跳。

该来的果然躲不掉，今天的丢脸场面他已经注意到了，她不用猜也知道接下来就是一阵冷嘲热讽。谢妍姗鼻尖发酸，再次被赤裸裸地证实自己确实没能力，强烈的自我厌恶感令她的心情跌至谷底。

她不想与他废话，转身漠然地远离他。

可柯昱在身后不依不饶：“人家小朋友还没放弃，你就这么走了？”

谢妍姗低下头，努力睁大双眼，将即将夺眶而出的眼泪硬生生地憋回去：“说够了没有！你干吗总是找我的碴！”

“跑不了就找原因，你哭丧着脸车就能突然起飞？”

柯昱走近，用胳膊肘敲了下她的后背：“对比着看，你做的车和别人做的车到底有什么区别。”

谢妍姗吸吸鼻子，偏过头，看见他拿来了他们组的小车，又从女孩手里接过自己组的小车。

她警惕地扫他一眼，接过两辆车，细心观察片刻，迟疑地问：“马达和车轮的位置离得太远了？”

“对，橡皮筋绷得太紧，不好拖动。”柯昱伸出食指，在示意图上点了点，“看到这里了吗？你们放的是典型的错误位置。”

谢妍姗抿唇，防备地等待他奚落自己。

柯昱却绕过她，拿着两辆车，屈膝半蹲在女孩面前安抚了几句，忽然起身冲谢妍姗招手：“喂，过来帮忙。”

与想象中的场景出入有些大，谢妍姗一脸茫然地靠近他。

柯昱将不能跑的车塞进她手里：“拆了重装。”

谢妍姗没反应。

柯昱挑眉道：“愣着干吗？快拆啊。”

谢妍姗依旧有点蒙。

直到柯昱卷起说明图纸敲了下她的脑袋，她才回过神，照他的话做。

“这样对吗？”

"很好。"

接下来的时间里，柯昱抱着双臂，后背随意地抵在桌子边沿，侧头居高临下地看着忙碌的谢妍姗。他一条条指出不妥的地方，用提问的方式引导她自己说出答案。

柯昱的声音低哑慵懒，却有着说不出的踏实感，一点点抚平了谢妍姗内心的慌乱无措。

"想跑得快，车身就得够轻，你看你们的车为什么这么重？"

谢妍姗将两车对比了一番："木条有两根就行了，我们横向又装了几根，好像并没有用。"

柯昱点头道："对。你怎么不把你的自画像也装上去？"

谢妍姗瞪他一眼，将多余的木条取下。

柯昱伸手在车轴处敲了敲。

谢妍姗顺着他的意思去检查，皱眉道："车轴拧得太紧了，难怪动不了。"

"不错，我还什么都没说你就懂了，"柯昱懒洋洋地拍拍手，"你也没有那么笨。"

谢妍姗想揍他，但碍于女孩正满脸纯真地看着他们，只能作罢。

到了重装马达的时候，谢妍姗有些不确定，偷瞄柯昱一眼："装这里吗？"

柯昱看着她："你觉得呢？"

谢妍姗沉默片刻，回想起他刚才指给她看的位置，咬牙道："就是这里。"

在柯昱的指导下，谢妍姗和女孩一起忙碌了许久，总算改良完毕。

女孩兴奋地拉着谢妍姗去试跑区，柯昱漫不经心地跟在她们身后。

当女孩拿起灯照向小车的时候，谢妍姗屏住呼吸，紧张得不得了。

灯光下，小车微微颤动，然后，在所有人的注视下，飞快地冲向前方。

"能跑了！能跑了！"

仿佛胸口有块巨石终于落地，谢妍姗深深地呼了口气。

女孩笑了，雀跃地一路跟着小车跑，为它照光。

谢妍姗这才发现，女孩笑起来有酒窝，连带着整张脸都生动起来。

留下来围观的志愿者和学生们鼓掌欢呼，纷纷前来与谢妍姗击掌。

不断满溢而出的成就感在这番热情的攻势下冲破了谢妍姗冰冷的外壳，她破天荒地对别人的示好有了回应。

柯昱轻笑一声，也跟着旁边的人向她伸出手，可惜谢妍姗正与别人击掌，没看见。他停顿了一秒，沿着一条不太自然的轨迹将手臂收了回来，假装什么事都没发生。

女孩带着小车跑回原点后，活动组织方的高学姐送来了笔，让她在小车上写上自己的名字。

"姐姐也写。"女孩将笔递到谢妍姗跟前，目光灼灼，一字一顿地说，"这是我们一起做的。我们做的，也可以跑。"

谢妍姗看着她，觉得眼眶有些温热。

是啊，输了又有什么关系呢？再慢一点，再坚持一下，我们做的小车也可以跑。

"这次的活动，主要是为了开阔低年级学生的视野，培养他们的自主学习能力、团队协作能力，比赛的结果是其次的。"高学姐安抚地拍拍谢妍姗的肩，"你已经很棒了！"

心里泛起暖流，谢妍姗轻声说了句"谢谢"。

所有人都散去后，柯昱仍待在谢妍姗的身边。

"看看，一个简单的制作太阳能小车的活动，要写说明书，要设计部件，要配备材料，花了项目设计者不少心血。"他停顿片刻，问道，"你看过每门课的课程简介吗？别说教授了，你知道作为助教的我因为'101'出题而废掉过多少脑细胞吗？"

眼下只有他们两人，谢妍姗明白柯昱的意思，可嘴上仍想逞强，阴阳怪气地道："你那么全能，修水管、做水饺、当演员，样样都会，出个编程题还不是小事一桩？"

柯昱挑眉道："我只是在你买几十双鞋来回试穿的时候干正事了。"

谢妍姗被呛得瞪圆了眼。

对！我就是要选一双鞋头最尖的鞋敲碎你的头！

“有的人平时写作业、做项目、准备考试，不是为了应付老师，也不是为了应付课程，而是为了自己，为了增强自己的技能，在简历上多写几笔。”柯昱斜眼俯视她，“而有的人呢，上课不听讲，下课逛街购物，考试靠蒙，还以此为荣。”

谢妍姗垂在身侧的手慢慢握成拳，深吸一口气。

尽管先前为他指导自己完成小车而心存感激，也知道他虽然刻薄，但说的一向都是实话，可她还是想拿个订书机把他的嘴巴订上。

柯昱接着问：“你之前看到女孩不肯走，是不是在想，比赛都结束了，再研究小车为什么不能跑，还有意义吗？”

谢妍姗微怔，摇摇头，又缓慢地点点头。

柯昱正色道：“是否做成一件事，你的基础如何不是关键，哪怕花上比别人多几倍的时间也不要紧，最重要的是，你做完了。”

这句话像戳到了谢妍姗内心的某个点，她抬眼道：“助教，你这是在帮我开小灶吗？”

“对，帮助特困生。”柯昱倨傲地仰仰下巴，“你还打算退课吗？”

谢妍姗目光微动。

他怎么知道？

“初学阶段的程序作业还未涉及性能，你别总以为周围的人都很强，他们能做到的，你未必做不到。”

谢妍姗不吭声，慢慢垂下脑袋。

柯昱弯下腰，双手撑在膝盖上，充满玩味地观察她的表情：“谢大小姐，你对自己没信心？以你过去的实力……”

似是意识到什么，他抿唇，没把话说完。

谢妍姗还是不回答。

她想，柯昱也许并不知道，人的信心一旦倒塌，就如同碎了一地的镜子，很难重新拼起来。

起初她是自我惩罚，自甘堕落，日子过得浑浑噩噩，成绩一落千丈，与旁人的距离越来越远，后来也曾尝试奋起，可在强压下经历了无数次被否定，被打击到绝望，到最后，变成了彻底的自暴自弃。

面对这似乎已经无法挽回的现状，她只能用不在意来掩饰一切，不停地欺骗自己，不是我做不到，是我不想做。

而柯昱这样的人，简单几句话，就将她打回了原形。

柯昱直起身："你最好的朋友是那个超级学霸季筱晴，你和她在一起那么久，一点都没受她影响？"

怎么可能不受影响？

谢妍姗想学编程，除和柯昱赌气，也有羡慕季筱晴的缘故。

自信的人是什么样的？

谢妍姗眼前逐渐浮现出季筱晴的身影。

她一手叉腰，另一手一下一下地戳着空气，语调决绝得不留半点反驳的余地："每次有谁说我做得不对，我想的都是，你们什么都不懂！

"我凭什么要浪费时间听不如我的人指指点点？

"意见不合肯定是他们错了啊！难不成还能是我错了？"

季筱晴那副蛮横又底气十足的模样实在太有感染力，谢妍姗的胸口源源不断地冒出勇气，又将她用力往前推了一把。

她上前一步离柯昱更近了些，挺直背脊，仰起头，看向他的眼睛："助教，我不会退课。"

这架势，严肃得像在宣誓，从远处看，不知情的人还以为她在告白。

柯昱垂眼审视她，沉默片刻，轻嗤道："谢大小姐狠话放太多，我都不知道哪句可以信了。"

谢妍姗无言以对。

"走了。"柯昱一手插兜，一手冲她挥了挥，转身离开。

背对她时，他的嘴角微微上扬。

【3】

几小时前，季筱晴宿舍附近。

季筱晴刚完成了一个持续数月的项目的收尾工作，准备回家放点东西然后马不停蹄地赶去工程学院的群楼广场，参与志愿者活动。

上楼后，她发现家里似乎有客人，大门虚掩着，外面堆着好几双鞋。

“所以说，顾齐小少爷又吃瘪了？”

季筱晴开门的动作一顿。

门内欢笑声不断，室友小雯和朋友们在客厅里聊八卦聊得正开心。

“他好像单身很久了吧？我搞不懂，那个谢妍姗除了高傲，到底哪里特殊了？”

“高傲都是装的吧？她看上去就不清纯，长得娇媚自然各路人都喜欢。”

“没准因为谢妍姗以前害死过人，他觉得她很特别？”

“对对对，顾少就想和别人不一样，做点特立独行的事。”

季筱晴缓缓地呼了口气，一脚踹开门，直接掀翻了玄关处的椅子，吓得屋里的所有人悉数噤声。

小雯的好友都知道小雯有个脾气火暴的学霸室友，这学霸室友身高不到一米六，气场却有两米八。平日里她早出晚归，她们基本遇不上，但每次她突然回家，总会成为她们八卦会的终结者。

毕竟她们都在异国他乡，不愿轻易招惹怪人，谁知道她会不会做出什么疯狂的事？

一屋子的人正因说季筱晴闺密的坏话被撞个正着而瑟瑟发抖，季筱晴却完全没有多给她们一个眼神，径直前往自己在客厅里睡觉的地方，拉开帘子，将电脑包扔到床垫旁，转身就出了门。

季筱晴一路走到车站对面，连续多天的睡眠不足导致她时常心悸耳鸣，心跳有些失控，连带着喘气都有些困难。今天她来了例假，小腹掀起阵阵绞痛，脑袋又涨又痛。

汗水从额头淌下，季筱晴在街边蹲下身，捂住嘴巴，难受得连连干呕。

“晴姐，怎么了？”

视野里出现一双干净的白色运动鞋，季筱晴不用仔细看也能认出来是顾齐的。

他怎么会在这里？

他又来向我打听妍姗的消息？

方才室友们的对话在耳畔回荡，季筱晴心头有些恼火，咬着下唇一声不吭。

顾齐在她身侧蹲下：“你哪里不舒服？”

季筱晴将头扭到另一边。

“你抓着我的手，”顾齐主动握住她的手，柔声道，“好一点了吗？”

他的手掌宽大干燥，带着滚烫的热度，温暖了她冰冷的五指。季筱晴想抽回手，却被他更用力地扣住。积攒已久的情绪一下子冲破阀门，她蓦地眼眶发红，眼泪不断地往下掉。

顾齐用手指抚顺她的刘海，将她的碎发捋到耳后：“别哭啊，我送你去医院？”

季筱晴摇头。

“胃不舒服吗？”

季筱晴继续摇头。

“吃坏东西了？”

季筱晴还是摇头。

“怀了？”

“滚。”

“要不，我唱歌给你听？”

这话说得很煽情，可谁也没料到，风流多金的情圣顾齐，唱歌居然五音不全。

他唱得认真投入，恰巧有人牵着一群小狗路过，狗崽们被顾少爷高亢破碎的歌声吓得乱吠，此起彼伏的犬吠声仿佛在为他激情伴奏。

“你可闭嘴吧！好难听……”季筱晴吸吸鼻子，气鼓鼓地瞪他，使出浑身余力，挥起拳头，“再唱……再唱我就揍你了……”

顾齐不紧不慢地覆住她握成拳的手，眉梢斜斜挑起，一双桃花眼，看谁都含情脉脉：“要是我把你这副样子录下来发出去，以后你在实验室里训人是不是都没威信了？”

“你敢！你……”

季筱晴还没说完便晕了过去，顾齐手疾眼快地接住她，让她倒在自己怀里。

一个透明塑封袋从季筱晴的外套里掉出，顾齐单手抱着季筱晴，腾出另一只手，弯腰捡起塑料袋。

将季筱晴安置在车的副驾驶位上，顾齐坐入驾驶座，把袋子里的东西拿出来仔细查看，蓦地沉下脸。

“这个药……”

【4】

志愿者活动结束后已到了晚上，谢妍姗拨打季筱晴的电话，仍然关机。她暗叹一口气，打算下次见面时提醒晴姐，就算再沉迷于科研，闭关忘记时间，也不能这样随便爽约。

谢妍姗在学校的超市里买了几块比萨当作晚饭，回家后就开始编第一周的程序作业。

编程可以使用IDE，即集成开发环境，通过图形用户界面（GUI）访问一系列组件，从而实现代码编译、调试和执行的过程，例如微软的Visual Studio系列。

而“101”教的是最基础的开发方式，在Linux操作系统下用文本编辑器写代码，于终端进行调试。

第一个程序基本是白送的，谢妍姗摸清了大致流程后，按下空格键。

屏幕上显示出了一行字：“Hello World（你好，世界。一种程序代码）”。

这画面像宣告了某种旅程的开始，谢妍姗倏地有些心潮澎湃。

第二个程序是画一个简单的图案，需要构思算法以及会循环使用，这些教授在讲座上只介绍了个大概，具体执行全靠自己看书加实践摸索。

作为初学者，总要面对数不清的语法错误，编译器会给出包含错误行数以及错误类别的信息，谢妍姗耐着性子，一条条更正。

她好不容易通过了编译环节，程序可以执行了，输出的图案却是乱七八糟的。

时间也已到了深夜。

第二天谢妍姗起了个大早，继续奋战，每改一点错，输出的图案便会有相应的调整。

带着“为什么还是不对呢？”的探索精神，她在纸上写写画画，有了思路再继续敲击键盘，一坐便是几个小时。

临近中午，门铃响了。

谢妍姗这才回想起昨晚与柯昱分别时的对话。

她的初衷是为了答谢他指导她改建小车，话到嘴边，她却有些失控。

“我明天想在家吃火锅，联系不上筱晴，一个人也挺没劲的，而且吃剩下的食材过了明天也不新鲜了，扔了又很浪费……”

谢妍姗感觉自己有些混沌，还没从方才一系列的情绪波动中缓过神。她板着脸，声音越来越轻，酝酿许久，抬眼看向柯昱：“你要不要来？”

“不来。”

他拒绝得无比干脆。

“等等！”

见柯昱头也不回地继续往前走，谢妍姗改口让他帮忙买食材，韩国超市的白菜和肉，日本超市的寿喜烧套装，中国超市的火锅底料、花枝丸、金针菇、竹荪……

柯昱置若罔闻。

“我还要做个甜点，得去Whole foods（美国超市）买做提拉米苏的原料。”

柯昱目不斜视。

“100美元的跑路费。”

柯昱停住脚步，转身看她：“清单发我。”

谢妍姗淡定地用钱包扇风。

这个人的死穴算是被她抓住了。

约定的时间到了。

谢妍姗匆忙回屋换掉了睡衣，下楼后又绕回去喷了点香水。

打开门，她看见了提着大包小包的柯昱。

他今天穿得很休闲，黑色运动衫，宽松的衣服掩不住他挺拔的身姿，藏青色的牛仔裤上印有白色的油漆纹路，是最近在年轻人中很流行的新款，谢妍姗估摸了下，价格不菲。

这家伙突然发财了？

他又接了什么需要角色扮演的单？

对方是个阔绰的大富婆？

谢妍姗抱着双臂，半调侃半试探地开口：“泼漆牛仔裤？你够潮的啊。”

“是真的漆。”柯昱抬起小腿在她面前晃了晃，“接了个散活，帮忙刷外墙。”

好吧，你生活不易，多才多艺。

进屋后，柯昱将食材放到厨房，随后脱掉外套扔向沙发，里面只剩一件贴身的背心。

谢妍姗触电般将目光从他矫健的手臂处移开，冷冷地道：“你把衣服穿上行吗？”

“你家太热。”

谢妍姗看向天花板。

你这样我更热。

柯昱将袋子里的食材拿出来，放到操作台上，往谢妍姗所在的方向瞥了一眼："不自在？"

谢妍姗有些口渴，举起杯子喝了口水，故作镇定地道："没有。"

为了缓解两人独处时的紧张感，谢妍姗在客厅播放起鼓点强劲的舞曲。音乐响起时，她悄悄地观察柯昱，男生叉着腿坐在沙发上，一点反应都没有。

谢妍姗想，他以前听到这种音乐身体都会情不自禁地跟着动的。

她去厨房，没听见背后有动静，于是回头喊道："喂，你过来给我打下手。"

柯昱似乎很疲惫，身子慢慢滑落，最后半躺着睡着了。

谢妍姗见状，放下手中洗了一半的菜，蹑手蹑脚地靠近，跪在沙发边，低头看他。

他可能不记得了，高一那年，在初次相遇的三个月后，他曾救过她一命。

从此，他在她心底留下烙印，成了"泪痣先生"。

那天之后，他们时常去一处秘密基地，没有交流地度过了一段时间。

之所以没有交流，是因为谢妍姗特意躲起来了，而柯昱也没有发现。

那是一个荒废的篮球场，空旷的场地边有几间器具室，她便蜷缩在阴影里，小心翼翼地朝他所在的方向探出脑袋。

柯昱时常会一个人跳街舞，仿佛沉浸在自己的世界里，跳到太阳下山，夜幕降临，街道星星点点地亮起了灯，似乎完全不觉得累。

他在舞台上的样子实在令她印象深刻，他身上带着一种令人疯狂的特质，她只看了一眼，便无法移开目光。

有时候他会戴着口罩，用摄像机录视频，再自己回看。

谢妍姗脑袋里冒出一个又一个猜想：他为什么不去练习室？

他想偷偷背着大家练习，然后假装自己是个天才？

无边的猜想没有回应，也不需要回应。他就像被她藏起来的小秘密，她在眨眼的瞬间在脑海里拍下他的照片，回味的时刻胸口涌出无边的甜。离他最近的时候，她在他背后伸出脚，悄悄地踩他的影子。

有天夜里天很凉，她从家里逃到篮球场，突然情绪崩溃，捂着嘴巴痛哭，哭到上气不接下气，咬到了舌头。动静太大，她担心会被柯昱发现，幸好他完全没有注意到。

柯昱似乎在复习，斜倚着路灯，专注地低头看着手中的书。

耳机里在放歌，没过一会儿，他将鸭舌帽的帽檐转到脑后，脖子开始随着节拍晃动，嘴里跟着唱起了Rap，没拿书的左手打鼓一般晃着饮料瓶。

然后他用力甩头，结果一下子把帽子甩了出去。

谢妍姗顿时破涕为笑。

那么冷漠的他，突然暴露幼稚的一面，诡异得可爱。

回忆逐渐退去，谢妍姗慢慢地伸出手，隔着很近的距离，从柯昱的眉心开始，手指顺着他挺拔的鼻梁滑下，直至他眼角的泪痣处。

她屏住呼吸，试图轻触，心跳得似即将蹦出胸口。

柯昱忽然睁开眼。

“你干什么？”

谢妍姗差点心脏骤停，浑身的血液都在往脑袋上涌，头一晕，重心不稳，手不小心在他的胸膛划了一下。掌下的肌肉温热坚硬，她整张脸顿时变得滚烫。

柯昱按住她的手，声音低哑，带着刚睡醒的鼻音：“你想偷袭我？”

谢妍姗目光飘忽，窘迫得什么话都说不出来。

柯昱支起上身，两个人的脸贴得更近了，夜色下客厅里暖黄色的灯光并未削弱他周身寒冷的气场，反而更添了几分危险的攻击性。

他看着她，用食指钩起她一缕垂落的长发：“你给钱的话，也不是不可以。”

第八章 泪痣先生

【1】

“你给钱的话，也不是不可以。”

谢妍姗眨眨眼，仔细琢磨了一阵这句话的深意，然后，脸颊上倏地泛起红晕，一路蔓延到耳根。她嘴唇轻颤，说话都带着些气音：“你……你胡说什么？”

这家伙已经堕落到考虑卖身了吗？

“来啊。”柯昱歪过头，冲她抬了抬下巴，“价格合适，我随便你打。”

意识到自己被耍，谢妍姗猛吸一口气，怒喝：“我为什么要打你？”

柯昱上身前倾，鼻梁几乎就要蹭到她的脸颊。

谢妍姗下意识地把脖子往后缩。

他勾勾嘴角：“那你是想干吗？”

空气中，仿佛有爆竹在噼里啪啦地响。

谢妍姗触电般抽回自己的手，起身离他远了些，脚刚伸进拖鞋，突然一个打滑，狼狈地扑向他。

哐当一声，柯昱后背撞上沙发扶手，双臂几乎是条件反射般收拢，环住了她的腰，将她接了个满怀。

他呼出的气一下子全喷在她的耳畔，在她洁白敏感的皮肤上掀起燎原大火。

柯昱喉结滚动，隔着薄薄的衣服，女生丰满柔软的身躯贴上了他的胸膛，他切切实实地感受到了她傲人的曲线。

鼻间全是他的味道，谢妍姗僵成了一块钢板，整个人像被扔进了沸腾的辣椒油油锅。

全世界突然安静下来，只剩下杂乱有力的心跳声。

怦怦怦……

谢妍姗终于回过神，试图推开柯昱，却被他牢牢地禁锢住。

柯昱不让她挣扎，目光绕过她，看向自己另一只手举起的手机。

像是明白了什么，他轻哼一声，胸腔微震："原来你刚才想的，是这个。"

谢妍姗有股不祥的预感。

他将手机屏幕转向她。

谢妍姗的视野中赫然出现"盐山爱吃糖"以前写过的段子——

我喜欢趁"泪痣先生"睡着时偷偷亲他，带着点做坏事的紧张感，不想被他发现，又期待他发现后将我搂入怀里……

头顶好似闪过一道惊雷，谢妍姗呼吸一窒，浑身血液急速涌向太阳穴。

这事不是过去了吗？

他居然还截图保存了！

柯昱垂眼看她，又将目光移向手机屏幕，来回好几次。

他压低声音，尾音戏谑地轻扬："你真是……想得挺多的。"

谢妍姗头皮阵阵发麻，瞪着干涩的眼，差点表演一出当场暴毙的戏。

"不是！都说了不是你！"

"既然不是……"柯昱好整以暇地看着她，"你还要在我身上赖多久？”

明明是你不松手！

谢妍姗在他的胸口怒捶了两下。他的胸膛如铁板一般硬，她捶得拳头疼，于是又去拧他的胳膊，他终于闷哼一声，放开她。

谢妍姗迅速跑到离他最远的单人沙发上，一边平复着快要蹦出胸口的心脏，一边飞快地在脑内搜索方案，试图挽救自己所剩无几的颜面。

怎么办？她必须想个说辞圆过去。

餐桌正中央摆放着热气腾腾的火锅，装有各式食材的碗盆围绕着它整齐排列。

谢妍姗在柯昱对面坐下，兴许是因为刚才的亲密接触，她有些紧张，每次对上他的视线便会浑身不自在。

然而，柯昱却像没事人一样，叉着一双大长腿，上身往后随意地靠在椅背上，低头自顾自地玩手机，令她很不爽。

谢妍姗屈起食指，敲敲桌板吸引他的注意力："你仔细观察微博发布的日期，我写这些段子的时候，还没有见过你。"

柯昱似乎在和别人聊天，眼皮都懒得抬，喝了口水，示意她接着说。

谢妍姗抿唇，继续扯谎："我们第一次见面是在顾齐的聚会上，你假扮梁萤的男朋友。"

柯昱蓦地笑了，视线终于从手机屏幕上移开，径直看向她的眼睛，语气有些意味深长："原来那是初次见面。"

谢妍姗心里咯噔一声，不知从哪儿冒出一股欣喜的情绪。

难道他还记得？

"不是吗？"谢妍姗手心渗出些汗，脸上却很淡定，试探着问，"我们以前见过？"

柯昱将手机放到一旁，低头拌调料："没印象。"

既然他忘了，她便不会主动提。

谢妍姗抬手，用大勺搅拌火锅汤底：“我微博上写的……是我的前男友。”

柯昱瞥她：“你前男友喜欢跳街舞？”

“是啊。”谢妍姗优雅地将脸颊边的长发撩到耳后，“你会吗？”

柯昱将羊肉片放进火锅里：“不会。”

“他怕辣。”

柯昱开始往锅里倒辣油。

“他从来不吃白菜。”

柯昱又往自己碗里夹了好多白菜。

“他讨厌男生戴耳环。”谢妍姗指向他的耳垂，“你看看你。”

柯昱抬眼：“他也有泪痣？”

“是啊。”谢妍姗得意地挑眉，“但比你的好看。”

“你很喜欢他吗？”柯昱忽然放下碗筷，双手交握，手肘撑在桌子上，眼睛一瞬不瞬地看着她，“有多喜欢？”

这个问题直击心灵，谢妍姗如同考试差点被察觉作弊的孩子般慌乱而心虚。他的目光仿佛在试图击穿她堆砌的厚实心墙，要将她深藏于层层泥土中的真实想法曝光在灼热的阳光下。

好在谢妍姗心理素质过硬，泰山崩于前依旧面不改色。她坦荡地直视他：“也没很喜欢。”

柯昱嗤笑：“不喜欢还为他写那么多段子？”

“是缅怀。”谢妍姗表情肃然，“他去世了。”

柯昱的嘴角似乎抽了一下，眼神变得凉飕飕的。

双方定格般僵持了好一会儿，柯昱没有追问，低头吃起碗里的辣味白菜，不拿筷子的另一只手在手机上飞快地打字。

尽管好似就这么糊弄过去了，但谢妍姗的内心还是很复杂。

与她记忆中的柯昱相比，除了经济状况，如今的他还有许多地方和以前不一样。

热爱跳舞、不吃辣、讨厌白菜、讨厌男生戴耳环，这些都是她从前通过种种偶遇，或者假装偶遇时得知的，她没有胡说。

两人重逢后，通过观察，她逐渐意识到这些痕迹无声无息地消失了。

这些年他到底经历了什么？

谢妍姗看向柯昱，他依旧在单手打字，手机屏幕上显示着微信的对话框。她隐约看见，对方头像是一个女生的照片，再仔细观察，还能发现对方给他发了一个可爱的“比心”表情包。

谢妍姗胸口像突然被什么东西扎了一下，不痛，但很酸胀。

也许是她的目光太过炙热，柯昱有所察觉，将手机关上，放进口袋。

谢妍姗低头吃菜，倏地被辣油呛得咳嗽，心里好似有什么东西重重地沉了下去。

【2】

门铃响起的时候，谢妍姗正与柯昱争抢电视机的遥控器。

柯昱一手插兜，另一只手仗着身高，将遥控器举到她够不着的地方，悠闲自在地垂眼看着她那张明明很生气却硬要保持“冰山脸”的脸。

脑内他与女生聊天的画面盘踞不散，谢妍姗的胃里像灌满了酸柠檬汽水，无数“她是谁”“你们什么关系”之类的疑问如气泡般不断咕噜咕噜地往上冒。

她不想像先前那般被戏弄，便分外小心地不与他发生肢体接触，也因此被他占尽上风。

可恶，谁脸皮薄谁就输了。

再次过招落了下风，谢妍姗索性不与他拉扯，一屁股坐到沙发上，双腿交叠，手臂环胸，趾高气扬地道：“麻烦你搞清楚，这里是我家。”

柯昱不紧不慢地道：“所以应该让客人选择他想看的频道。”

谢妍姗嗤笑一声：“少自以为是，你又不是我的客人，只是来给我打工的。”

柯昱微怔，脸上戏谑的表情随着她的话语消散，几步走近，弯腰，手臂撑在她两侧的扶手上，将她整个人罩在自己的身下。

这是个带有侵略意义的姿势。压迫感迎面袭来，谢妍姗控制住不让自己后仰，一动不动地瞪着他，右手顺着小腿往下探到脚边，心想他若敢无礼，便用拖鞋狠抽他的脸。

柯昱漠然地将遥控器塞进她的怀里。

“老板，”他下巴冲玄关处抬了抬，“你有客人。”

门铃又响了一次，门外的人似乎很有耐性，没有连续按。

柯昱让出条道，谢妍姗淡定地起身去开门。走到他看不见的地方时，她触电般晃晃脑袋，试图散去脸上因与他对峙而泛起的潮红。

打开大门，看清访客的脸后，谢妍姗毫不迟疑地准备关门，全程连眼睛都没眨一下。

顾齐长臂一伸，将门板撑住，歪着头冲她温和地笑：“Lady M的千层蛋糕，这周才出的新品，我特意飞去L城帮你买的。”

眼看熟悉的剧情又要上演，谢妍姗火速穿了鞋走到屋外，关上门。她不愿被柯昱发现是顾齐。

她强按下内心的不耐烦：“我之前说得不够清楚吗？别送我东西，我不会收的。”

顾齐对她的冷淡习以为常：“妍姗，我可以进去说话吗？”

“不行。”

“你家里有客人？”

“和你无关。”

顾齐勾起嘴角，变戏法般从手提袋中又拿出几样礼物，统统都是限量款，并非有钱就能购到，全买到手得花不少心思。

每件都是谢妍姗最近随口提过想要的东西，甚至还有她心血来潮时念叨起的她初中学校附近卖的口香糖。

谢妍姗蹙眉道：“你怎么知道？”

顾齐低笑，眸色清澈：“我自然是有办法知道。”

这些事谢妍姗只说给一个人听过。

筱晴告诉他的？

为什么？

她不是很反感他吗？

谢妍姗觉得古怪：先前有几次他送她的东西都是她喜欢的，她只当是巧合，如今……

顾齐开口打断了她的思绪："妍姗，有件事，我想你会感兴趣。"

"不好意思，"谢妍姗摆出女王式冷漠，继续下逐客令，"我对你没什么感兴趣的。"

她撂下话便打算转身回屋。

顾齐淡淡地道："关于季筱晴的。"

谢妍姗停住动作。

顾齐不动声色地从口袋中拿出一个透明塑封袋，递给谢妍姗，里面放着一颗药片，还有一份折叠的验明其成分的报告。

看清说明后，谢妍姗心中顿时有一种不好的预感，迟疑地问："她在吃止痛片？"

"没那么简单，"顾齐摇头，"是有瘾了。"

谢妍姗难以置信地提高音量："药物依赖？"

"对，她长期食用大剂量止痛药，已经到了上瘾的程度。"顾齐看着她，漆黑的眼眸中隐隐有光闪动，"这种被严格管制的处方药，过量摄入副作用极大，哪个医生会给她开这么多？"

谢妍姗蓦地背脊发凉。

药物上瘾，药片渠道可疑。

季筱晴所在的人工智能实验室的竞争压力很大，每年都有大批新人挤破脑袋申请加入。好的项目和导师资源有限，他们一旦得到机会，便要争分夺秒证明自己的价值。

季筱晴因家境所迫，打算在本科阶段修完研究生的课程，早日毕业工作，所以平时比其他学生所修的课程多，忙碌课业的同时还要兼顾实验室的任务，整个人像上了发条的陀螺般疯狂旋转。为了能长时间集中精力，她不间断地喝能量饮料，每天只睡三四个小时。

根据顾齐的调查，在一次连续几周通宵达旦的项目冲刺过后，季筱晴患上了很严重的偏头痛。治疗后，她并未按照医生的嘱咐多加休息，反而通过灰色渠道购入只能凭医生处方购买的止痛片，吃了药继续进行高压工作。

她得到的药并非阿司匹林、布洛芬这类副作用小的非甾体抗炎药，而是属于阿片类，止痛作用最强，滥用便会导致上瘾，如果不吃，便痛苦难忍。

“她在路边晕倒正好被我撞上，去医院查出了身体的异样。”顾齐停顿片刻，“她本来人缘就不好，一旦被别人知道她用药成瘾，举报到教授和学校那里，实验室的位置多半保不住，还可能会强制她休学进恢复所。”

谢妍姗嘴唇轻颤，一时不知该如何接受这条信息。

季筱晴在她心里向来是积极正面的代表，她从未想过季筱晴会这般拿身体涉险。

“谢谢你通知我。” 沉默片刻，她难得对顾齐放下语调，“这件事你不要告诉任何人，我会想办法帮她戒掉的。”

顾齐眉毛一挑：“我为什么要替她保密？”

谢妍姗没料到他会这么问，送季筱晴去医院、特意调查季筱晴的情况、前来告知季筱晴的好友，加上他刚才这番话，她理所当然地以为他是站在季筱晴这边的。

而且推断无误的话，他和季筱晴应该有私下交流。

难道是因为先前季筱晴每次见他就像赶苍蝇似的，一口一个“渣男退散”，他表面乐呵呵，实际很记仇？

谢妍姗僵硬地扯了扯唇角，向他露出自认为和善的微笑：“筱晴虽然看起来对你态度不好，但她其实也没有那么讨厌你，你既然帮了她……”

闻言，顾齐的笑容愈加玩味：“我当然知道她不讨厌我。”

“不讨厌”这三个字，他故意说得很重。

谢妍姗抬眼，警觉地看向他的眼睛。

顾齐坦荡地与她对视：“我帮她是因为你，帮不帮到底，也得看你。”

谢妍姗收敛了笑容：“你什么意思？”

顾齐笑意更深，上前一步，低头在她耳侧轻声道：“妍姗，我朋友很多，有时候聊起劲了，可能也不清楚自己会说些什么。”

谢妍姗毫不客气地推开他：“筱晴没做过什么对不起你的事，而且你既然知道她对你……”

她喜欢你，就算表面装得再怎么看不顺眼、唯恐避之不及，喜欢也是藏不住的。

“你希望我回应她？”顾齐轻抚被她手掌推过的胸口，漫不经心地说，“需要我直接告诉她，我对她好都是因为你吗？”他低笑一声，语气中带着股恋人间的亲密，“只要你开心，让我对她再好些，我也能做到。”

他这反应令谢妍姗全身骤然发冷，脸上阴云密布。

她抬头看他，竭力将语调控制得平静自然，可指向他的食指却在微微颤抖：“顾齐，你玩别人我管不着，但我只有筱晴这么一个朋友，只有她这么一个朋友……”

她侧过头，胸腔起伏，将一股情绪狠狠地压了下去，再次看向他，厉声道：“你要是敢伤她的心，我绝对不会放过你！”

顾齐没答话，兴许是背光的原因，他明明在笑，笑容依旧温和，却让人感到寒意森森。

片刻后，他弯起那双祸害了无数小姑娘的桃花眼：“妍姗，能看到你这样的表情，我真的很高兴。”

谢妍姗被激得战栗，试图做最后的尝试，冷下声警告：“你不会说出去的对不对？”

顾齐将手提袋放到一旁的长椅上，慢条斯理地拆开蛋糕盒子，舀了一勺蛋糕，送到她的嘴边：“尝尝？”

谢妍姗差点把蛋糕直接拍到他的脸上，但碍于季筱晴的境况，不敢发作。

她身后忽然传来一个懒洋洋的声音："原来你后面还约了人。"

谢妍姗回过头，发现柯昱斜倚在门口，面无表情地看着他们。

"不是……"她立刻躲开即将贴上她嘴唇的勺子，注意到顾齐似笑非笑地眯起眼，便没接着往下说。

她对顾小少爷了解得不多，但也听说过他一怒之下做出种种荒唐事的壮举，比如当初吃了她的闭门羹，疯狂追求她数月无果，他一时想不开就去招惹梁萤，交往没几天在聚会时告诉好友们实情，导致得知自己只是个备胎的梁萤勃然大怒，从此对她痛恨入骨，成天找她的麻烦。

眼下他连季筱晴住在哪家诊所都没告知，谢妍姗实在不敢轻举妄动。

"妍姗，这些礼物，你喜欢吗？"

顾齐又绕到了最初的话题，收起蛋糕，将装满礼物的手提袋拎到她跟前："你会收下的吧？"

谢妍姗嘴角收紧，从他的言行中读出了胁迫。

最终，她深吸一口气，把东西接了过来。

顾齐执着地问："你喜欢吗？"

谢妍姗抿唇不语。

"不喜欢？"

"喜欢。"

柯昱的视线始终落在谢妍姗提着礼物的手上，她感觉被他盯着的那块皮肤烧了起来，烫得吓人。

他会不会以为她一边拒绝别人一边收礼，就像梁萤平时传的那般……

可当下季筱晴的事又令她心乱如麻。

察觉到柯昱穿了鞋，披上外套，准备离开，谢妍姗再也绷不住了，转身跟上他。

“你现在就走？”

“我本来也只是给你送材料的。”柯昱口吻轻松，似是满不在乎，“任务完成，报酬也收到了，还蹭了你一顿饭，我是该走了。”

谢妍姗慌乱间拉住他的衣袖：“我和他不是你想的那样……”

柯昱没回头，只微侧过脸斜睨她。

几秒后，他悠悠地开口，将尾音拉长，听起来更加讽刺：“你和他什么关系，我这个打工的管不着吧？”

谢妍姗怔住，目光闪动，松开手。

手机跳出来电显示，柯昱接起电话，没有理会谢妍姗，往车站方向走去。

电话那头隐约传来清甜的女声：“阿晟——”

谢妍姗心里顿时咯噔一下。

她不会记错，这就是之前他在她家后院通电话时，那个能让他露出温柔表情的女生。

或许她也是那个“比心”表情包的主人。

【3】

柯昱在阳台上打了许久的电话。

打完电话，他拉开落地大拉门，回到房里。室友陆禾一脸八卦地搓手，按捺不住地上前骚扰他。

“哎哟，才刚分开，又和‘冰美人’隔着手机缠绵？”

柯昱绕开他，栽倒在客厅的床垫里。

陆禾在他身旁蹲下：“啧啧，我说哥，你几天没睡觉了？累成这样你还大清早就起床赶工，衣服都不换就跑去超市给人买菜，生怕饿着这位大小姐？”

柯昱一动不动。

“你别跟我扯什么为了干活赚钱，你平时忙得跟陀螺一样，遇上她……”陆禾看了一眼时间，暧昧地挑眉，“一顿饭吃了足足三个小时。”

柯昱翻了个身，背对他。

自打相识以来，陆禾始终坚信柯昱是个有故事的人，也许是因为他的五官长得很有英伦贵气，又或者是因为他举手投足间的那股范儿。

他为了赚钱干体力活，哪怕汗水打湿衣衫，身上沾上污渍，也没有任何不体面的地方。就像开敞篷跑车的贵公子为了健身特意骑自行车，他搬运的重箱子，是健身房里的新道具，他修理的物件，是实验室里精密的仪器。

谢妍姗的出现，让陆禾感觉柯昱的故事变得更有趣了。

柯昱向来桀骜寡言，自带拒人于千里之外的气场，而谢妍姗也是出了名的“冰美人”，对搭讪和挑衅她的人一概无视，凛然不可侵犯。

可这两人在一起时的气场就很古怪。

与她说话时，他站得不似平时那么挺，身子会下意识地倾向她，语调也不似平时那般冷漠，表情生动了许多，有一股别样的亲昵感。

昨天他们约好志愿者活动结束后去打球，结果散场后柯昱却不走，留下来教谢妍姗做小车。

陆禾被柯昱勒令不许靠近只能在角落围观。他远远地望见，柯昱不知嘲讽了谢妍姗什么，笑得很坏，“冰美人”涨红了脸抬手打柯昱，被柯昱轻易地抓住手腕，柯昱淡定地任她拉扯。

陆禾瞬间想到了两个字：调情。

想完他便打了个冷战：这词配柯昱，实在古怪。

陆禾回过神，发现柯昱起身往厨房走了，立马像一块狗皮膏药似的跟在他的背后，不依不饶地发问：“‘冰美人’家还有别人吗?

“就你俩单独在一起?

“我猜猜，她是不是邀请你看恐怖片，然后故意扑进你的怀里？”

听到这句话，柯昱忽然失神，手里正在洗的杯子哐当掉进水池里。

陆禾见状，一拍大腿，兴奋地发出土拨鼠式的尖叫：“哦！还真有！”

“千年冰山又如何？还不是化成一汪春水！”他用手肘轻推柯昱的胸膛，挤眉弄眼，“感觉如何？你们亲上了吗？你电脑里那些她的照片还真没白存，那时候她还是高中生吧？你还骗我说你们不认识……”

柯昱抬手一把掐住陆禾的脖子，面无表情地缓缓转过脸，低声道：“你接着说。”

四周温度骤降，柯昱的目光凉意十足，那股邪气令人发怵。

汗水自额头淌下，陆禾艰难地咽了口口水，颤颤巍巍地答：“我不……不说了……”

柯昱没松开手，显然对这答案不太满意。

陆禾双目渐渐泛起泪花：“哥，我错了，我再也不提她的名字了……”

柯昱这才放过他。

手机里弹出一条消息，来自谢妍姗，柯昱低头察看，手没来得及擦干，在屏幕上留下一行水迹。

他点开发现是条空白的信息，不知她是不是手滑，个字都没有。

柯昱静静地注视了半天，忽然别过头，鼻腔中发出一声冷哼。

瞥见伸长脖子偷看屏幕的陆禾，柯昱心头莫名其妙地烧起一把火，语调中透出少见的烦躁：“你不是排到宿舍空房了吗，干吗还挤在这里跟我住？”

陆禾如同一只受惊的松鼠般睁圆了眼。

柯昱冷漠无情地下达逐客令：“给你三天时间，搬走。”

陆禾跪下来一把抱住柯昱的大腿：“哥，你别不和我当室友！我会煮饭，会打扫屋子，会洗衣服，我……我……我还会织毛衣，为你织的毛衣才织了一半！”

见柯昱毫无反应，他连滚带爬地冲向沙发，拿出一团东西，翠绿色的毛衣刚织好个领口。他将这未织完的毛衣举到柯昱面前表忠心：“哥，你看看！哥，你摸摸！”

柯昱倨傲地垂眼赏他一眼，可怎么瞧都觉得这坨绿色的玩意像顶帽子，顿时脸色难看到极点。

“两天，立刻走。”

他扔下这句话，拎起椅子上的背包，头也不回地出门了。

陆禾在他背后带着哭腔嘶喊：“哥！”

同一时间。

谢妍姗盘腿窝在自家的沙发上，盯着手机出神。

自打她决定洗心革面、好好学习，“盐山爱吃糖”的微博就没更新过了，今天经柯昱“提醒”，她意识到自己必须将“黑历史”清理得干干净净。

她刚登上号准备批量删除微博，便收到了海潮般的私信。

“盐山，你和‘泪痣先生’最近好吗？我天天等着更新呢！”

“你们没有出事吧？一定要甜甜蜜蜜的！”

“我好想看‘泪痣先生’的照片！之前那张侧脸帅得我无法呼吸！”

“盐山，我向暗恋许久的男生表白了，现在我们终于在一起了。你和‘泪痣先生’的故事给了我很大的勇气！希望我们也能像你们这样幸福！”

谢妍姗看得胃直抽筋。

手机上弹出一个聊天窗口，那位建议她出恋爱段子书的编辑又开始劝导了。

“盐山老师，我们公司的‘网红狗粮书’[1]最近卖得非常好，预售就直接脱销了。现在特别流行男女朋友开微博号互动，你的‘泪痣先

1　网红狗粮书：指那些由网络红人编写，记录自身恋爱经历的爱情书籍。

生’可以配合吗？”

“不可能。”她果断回复，“‘泪痣先生’死了。”

她关掉微博，关掉聊天软件，拨打季筱晴的电话，依旧提示关机。

谢妍姗秀眉轻蹙，像有一盆冰凉的弹珠倾撒进了身体，在五脏六腑内胡乱地撞，撞得她又冷又疼，撞得一地狼藉。

她不知顾齐到底在下什么棋，他把礼物送来后没进屋，心满意足地走了，也没留更多关于季筱晴的消息。

临行前，他约她明晚一起吃饭。

谢妍姗不知要不要赴约。

也许就像柯昱说的，顾齐对她的执着，不过是因为她是个难搞定的猎物。

没准她给他点好脸色看看，他就突然觉得无聊了。

谢妍姗闭上眼，脑海中浮现出季筱晴告诉她自己被学校人工智能实验室录取时的画面。

“我进的这个组一般只招研究生和博士生。”

“可你不就才读大二？”

季筱晴理了理衣领，得意地冲她挑眉：“因为是我啊。”

那样自信的笑容、言语间笃定的骄傲，是谢妍姗向往的、缺失的，也是她曾经拥有却被狠狠打碎了的。

她一定不能让它消失。

【4】

晚上，谢妍姗查了许久如何戒除药物上瘾的资料，其间网页上不断弹出标题吓人的新闻——

“36岁的通信工程师，在肯尼亚过劳死。”

“25岁的无人机程序员，加班猝死。”

“35岁的科技初创公司CTO，因长期高压辛劳，突发心肌梗死离世。”

回想起季筱晴睁着一双布满血丝的熊猫眼，窝在座位里敲代码的模样，还有她桌面上厚厚堆叠的文件资料、杂乱摆放着的能量饮料和空咖啡罐，谢妍姗蓦地后背发凉，阵阵心慌。

她沉不住气，一把抓起手机准备打电话给顾齐，又怕被旁人听见，于是改发微信。

谢妍姗与顾齐的对话框里，始终是顾齐在唱独角戏。他几乎每天都会发送文字信息、语音、图片甚至文章给谢妍姗，谢妍姗从不回复。

她对他的追求拒绝得很干脆，中途好几次删了他，都被他用各种方式加了回来。

虽然听起来感觉顾齐很痴情，但她知道，顾齐并不是什么痴情种。

他在一次大型聚会上和人打赌，半年内定会让“被攻克概率为零”的谢妍姗主动联系他。

谢妍姗嘴角下撇，不屑地哼了一声。

用这种方式赌赢了，他真是个浑蛋。

谢妍姗甩甩脑袋：算了，这些都无所谓，筱晴的事最重要。

她编辑了许久的信息，按下发送键，然后盘腿坐在原地干等着对方回消息。

顾小少爷不知又在哪里花天酒地，信息回复得特别慢。

谢妍姗拉下脸软磨硬泡了好几个小时，顾齐终于告诉她季筱晴目前情况稳定，答应明天吃完饭后带她去诊所。

谢妍姗这才松了口气。她晚上睡得很浅，清晨六点就醒了过来。

“101”的项目作业今晚十二点前必须交，昨日她耽搁了大半天，今天得赶进度。

她编了一上午程序，写到第四个时卡壳许久。

项目作业类似解决简单的应用题，需要她模拟一个自动贩卖机，输入想买的货物代号、付款金额，让程序自动找零。

由于是入门作业，说明文档写得颇为详细，列出了需要调用的基础函数，注释了详细的功能说明，她只要按着要求填完代码就行。

写完程序，进入调试阶段，谢妍姗发现程序给出的找零数值总是不对。

她双目紧盯屏幕，将代码反复看了好多遍，差点看出斗鸡眼，怎么看都是对的。

她采用各种方式做试验，依然没发现错误的原因。

登录课程论坛，搜不到和自己相似的问题，谢妍姗黔驴技穷，只能带上手提电脑开车去北校工程学院。

今天有“101”助教的答疑时间，地点在一间小教室。

谢妍姗特意选了一位据说特别有耐心的助教，可谁能想到柯昱和这位仁兄换了时间，又与她撞上了。

走到教室附近，谢妍姗远远地看见门口堵得水泄不通。

“101”有一名特别帅的助教的消息不知是从哪里传开的，吸引了许多人跑来一睹尊容。

小教室有门的方向是一整面玻璃墙，外面的人能将里面的情况看得清清楚楚。为了保持安静，只有两三人在室内，其他人于门外排队等待。

谢妍姗从围观人群中拨开一条路，排到提问的队伍末尾，环顾四周，有种教室是个摄影棚，自己置身于流量明星所在的剧组，正在探班的错觉。

她本以为对柯昱感兴趣的大部分是亚裔女生，没想到金发碧眼的女生也不少。

谢妍姗察看了一番她们的着装，好几个女生顶着精致的妆容，层层叠叠的衣服并未遮住多少皮肤，倒是将苗条的身材衬托得恰到好处。这些人十有八九不是出自工程学院。

其中有几位韩国妹子特别激动，时不时边惊呼边笑，谢妍姗隐约听懂了一个词，她们直接叫助教“美男”。

再往左看，谢妍姗倏地一愣，季筱晴实验室里的高学姐赫然在列，她四周都是华人留学生。

"我有次在走廊里遇到他，当时腿就软了！我站在原地一动不动地看着他，直到他消失！"

"没错！他走路太有范儿了！"

"啊！我好喜欢他眼角的那颗泪痣！"

在众人兴致勃勃的围观下，高学姐又用手机播放起了柯昱高中时跳街舞的视频，并配上解说，将他吹得天花乱坠。

她这架势，活脱脱一个柯昱的头号粉丝，偶像舞台表演时坐在最前排高举着灯牌大喊"哥哥冲鸭"的那种。

谢妍姗瞥向旁边，再次愣住，顾齐就在十几米之外的沙发区，边上坐着先前小车志愿者活动时与她打过照面的"爆炸头"。

他怎么没事又跑北校来了？他们不是约好晚上才见吗？

他在和那"爆炸头"说什么？

难道是关于筱晴的？

谢妍姗听高学姐说过，"爆炸头"和季筱晴不对付，同在一个科研小组，季筱晴所做的模块最核心，也是组长，"爆炸头"始终心存不甘，试图抢占主导权。

顾齐先前说的防备他人举报筱晴药物上瘾，指的就是防备"爆炸头"这类人。

察觉到谢妍姗的视线，顾齐挑眉，冲她一笑，神情暧昧。"爆炸头"随之看过来，谢妍姗赶紧别过脸。

"哟，你也来看'101'助教？""爆炸头"起身向谢妍姗走近，扫了一眼门口那些花枝招展的外院女生，仿佛在看一群扰人的苍蝇，"我说你们这些人也太无聊了吧，追男生都追到教学楼来了。"

谢妍姗没搭理她。

注意到谢妍姗背着电脑包，手里拿着份"101"助教答疑的时间表，上面列了好几个问题的提纲，"爆炸头"轻蔑地眯起眼。

"你怎么会修这门课？"爆炸头嗤笑一声，肩膀夸张地耸动，"一个连太阳能小车都做不来的人，还敢来修工程学院的编程课？你知道这课的难度是几星吗？"

谢妍姗仍然没理她。

“而且，听说如果你这学期绩点不达标，还是要被退学吧？”“爆炸头”将脸凑到谢妍姗耳边，阴阳怪气地道，“我们学院和你们学院不一样，一点都不好混，程序的查重可是很严格的，抄袭别人的代码，直接零分。”

谢妍姗终于瞥她一眼，冷冷地道：“我自己会写。”

“爆炸头”像听到了什么天大的笑话：“得了吧，我赌你撑不过第三周，不对，下周就够呛。喂，你们学院今年又扩招了不少吧？学费又比我们贵几倍，啧啧，那得赚多少钱啊！”

谢妍姗打断她：“筱晴安排你的事情，你都做完了吗？”

“爆炸头”愣住。

谢妍姗平静地说：“你与其在这里跟我浪费时间，不如花点心思想想怎么样能将工作做好，达到她的要求，别再改七八遍都过不了。”

这话像戳到了“爆炸头”的软肋，她双目圆瞪，愤然地用手指指着谢妍姗，指尖几乎要戳进谢妍姗的眼睛里：“你别以为认识季筱晴了不起！现在组员们都恶心她那独断的德行，若不是教授保她，她早滚蛋了！要是被我抓到什么把柄……”

她还未说完，顾齐便将谢妍姗挡在身后。他不知跟“爆炸头”说了些什么，对方立刻停止了对谢妍姗的挑衅，转身与他一同走回沙发区。

谢妍姗紧张地想跟过去，却被顾齐止住。他将食指抵在唇边，笑着对她摇摇头，暗示她她担心的事不会发生。

小教室内，另一位助教的答疑时间还没结束，柯昱坐在角落“候场”。

他戴着黑色卫衣的帽子，帽子遮住了他大半张脸。他坐姿很随意，左手插兜，右手翻看着手机。

谢妍姗注意到，他在单手回复消息。

他又在和那个“比心”妹子聊天？

她胃里发酸，像有无数颗柠檬同时被榨出了汁，喷泉一般洒得到处都是。

十几分钟后，到了柯昱的答疑时间，门外围观的、排队的人不约而同地将目光扫到他的身上。

第一名同学坐到他身边，展示完遇到的问题，五分钟后茅塞顿开地走出教室。

第二名同学，还是五分钟便理清了头绪。

第三名同学，五分钟不到……

回想起自己今天折腾了好几个小时，谢妍姗倒吸一口冷气。

柯昱诊断错误的速度很快，别人写的代码他扫几眼就能看明白，无论学生将问题描述得多么复杂，他总能条理清晰地进行分析。他一边在键盘上敲击，一边讲解，没过多久，学生便犹如醍醐灌顶，露出恍然大悟的神情。

就这样过了七八个人，排到了一位女生。女生坐到柯昱旁边后，不似其他人那般先展示出自己的代码，而是上场就摆出一副可爱的模样，柔弱地说自己不会。

柯昱面无表情地问：“你什么地方不会？”

“都不懂，我完全没有头绪，”女生吸了吸鼻子，娇滴滴地开口，“助教，你能不能从题目开始帮我讲讲呀？”

谢妍姗觉得画面眼熟，这不是梁萤先前在上机实验课上使的那招吗？

可惜柯昱正在自己的电脑上更新学生们提出的问题的总结，准备答疑结束后上传到论坛里，没将女生楚楚可怜的表情收入眼底：“题目你有哪里看不懂？”

女生撇着嘴，摇摇头道：“助教，我底子不好，没有一点基础。”

柯昱没接她的话，下巴往旁边一抬：“大致思路你有吗？去白板那儿写一下。”

女生坐在原地，继续摇头。

“那你就把题目复述一遍，有多少想法说多少。”

女生还是回答不出。

谢妍姗怀疑她大概连前几页的说明都没读过。

柯昱停住动作，侧过头面向她：“你完全没思考就问我要答案？”

女生无辜地回视他，目光有些无措。

柯昱周身又散出那股压迫感十足的气场，冷冷地道：“你不懂就自己看书，查参考资料或者上网搜。还需要别人一行行教你怎么写吗？高中就该有自学能力了，大学生还等着别人喂饭？”

女生的眼眶一下就红了。

门外围观的粉丝们交换了一下目光。

“他好凶哦。”

“他好有男人味。”

“我好想被他骂。”

谢妍姗目瞪口呆。

又过了几个人，终于轮到了谢妍姗。她在柯昱旁边坐下，打开源代码文件，将电脑恭敬地摆到柯昱面前。

柯昱瞥她一眼，态度冷淡，连招呼都没打。

回想起昨天吃火锅时的不欢而散，谢妍姗心情复杂，带着几分赌气式的不爽，又有几分不知从哪里冒出来的苦涩。

“你这里，”柯昱用笔指向屏幕上的某一行，“漏了个‘s’。”

谢妍姗定睛查看，一个变量名漏了个“s”，于是指代成了另外一个变量，难怪数值不对。

好比研究了半天洗衣机为什么不转，结果发现是因为没插电源，由于这个错误太低级，以至她完全没往这个方向考虑过。

谢妍姗有些心虚，警惕地偷瞄柯昱。

没有预想中的嘲讽，柯助教一本正经地给予建议：“调试不可能只靠肉眼观察，用输出信息的方式查看关键变量的数值，就很容易发现你这类的问题。”

他快速地在她的文档里加入几行代码，又于终端输入执行程序的命令行。

程序运行完毕，生成了一份漂亮的输出文件，每一步的计算过程都列得清清楚楚。

谢妍姗在心中暗叹：柯昱果然是个对每份工作都很认真的人。

就在此刻，谢妍姗摆在桌面上的手机亮了一下，她和柯昱同时看去，屏幕上弹出了一条顾齐的信息，提醒她约定的时间提前了。

不知是不是谢妍姗的错觉，她听见柯昱冷哼了一声。

她睨他，他立刻神情自若。

柯昱又从头浏览了一遍谢妍姗的代码，转过头，盯着她的脸，半晌后开口：“丑。”

他在纸上写了个网站，推到她面前。

谢妍姗心里正寻思着顾齐不知在搞什么鬼，也没太注意那个“丑”字的含义。她将纸条塞进口袋，抬头看见顾齐已经站到了教室门口，冲她挥了挥手。

谢妍姗打算起身离开，柯昱却在桌子下猛地抓住了她的手腕。

这是个死角，除了他俩，没人能看见。

谢妍姗假装弯腰看电脑，凑近他道：“你干什么？”

柯昱若无其事地喝了口水。

不是，我刚夸你敬业……

谢妍姗压低声音道：“你松手。”

柯昱握得更紧了。

教室内外的人眼神都有点不对劲了，寻思着这位“高岭之花”为什么突然性情大变，问完问题还赖着不走，和美男助教眉来眼去。

她这样仗着姿色霸占助教的答疑时间，真的很不好。

更何况不近女色的柯助教一副完全不愿理睬她的样子。

然而，现实是——

柯昱脖颈没动，只斜睨她，那表情仿佛在说：“你自己抽开啊。”

谢妍姗向“观众席”扫了一眼，再转过眼瞪他，用眼神示意道：“我不想当众和你拉拉扯扯。”

双方僵持许久，柯昱终于松开了谢妍姗的手腕，却在她抽回之际，屈起食指，轻轻刮了一下她的掌心。

他的指腹和指甲如同扫过皮肤的羽毛，谢妍姗倏地头皮发麻。这一挠激出的痒密密麻麻地爬遍了全身，她脸颊顿时烫如火烧。

他竟敢光天化日之下占她便宜!

她一把抄起电脑砸向他的脑袋——

“你问完了吗？”

排在后方的同学等得有些不耐烦，上前几步，出声催促。

谢妍姗的动作生生地停在半空中。

保持双手高举电脑的动作，她仰头，严肃地看向电脑下方，然后抬手摸了摸，好似在检查这下面是不是粘了什么东西。

等到脸上的温度终于冷却下来，在大家的注目下，她凉凉地扫了柯昱一眼，若无其事地将电脑放进电脑包，起身离开。

谢妍姗刚出教室，便被顾齐堵住。

“妍姗，我在等你。”

他伸手想揽她的肩，被谢妍姗侧身躲开。

顾齐笑笑，自然地将手插回口袋，温声道：“快走吧，电影就要开始了。”

谢妍姗狐疑地看向他。

他不是说吃饭吗？哪里冒出来的电影？

她还未开口询问，便察觉到周遭气氛不对。

顾齐在南校可是个叱咤风云的人物，在场特意赶来北校围观柯昱的女生们，十有八九都与他有过交集。

顾小少爷高调追求谢妍姗大半年无果，在学校华人留学圈里传播甚广，哪怕是学术氛围浓重的北校，知道的人也不少。

这不，高学姐、“爆炸头”，以及其他人都饶有兴致地打量起了他们。

谢妍姗想，也许这就是顾齐想要的效果。

她加快脚步往大门处走，一分钟都不愿浸泡在被当成八卦女主角的气氛中。

她决定在妥善解决筱晴的事情前，再忍一会儿。

小教室内，隔了扇玻璃门，柯昱望向谢妍姗，目送她与顾齐并肩走远。

片刻后，他手机上弹出了一连串陆禾发来的信息：“哥！你家‘冰美人’刚上了一个帅哥的车！两人一路都在聊天！什么情况？

“这就是你不许我提她名字的原因吗？哥，你有事别自己憋着啊，我陪你去喝酒！

“哥，他们要去约会了，怎么办啊？”

柯昱低头看着这几行字，手里喝空了的纸水杯被他一下捏扁。

数秒后，他蓦地嗤笑一声，舌尖缓缓舔过下唇，低语道：“她不会。”

他切换应用，调出了一个窗口，页面上是一篇技术博客的草稿，还没写完，但已编辑一大半。

文章的标题很长——

“一个能自动生成人气网红博主‘盐山爱吃糖’微博恋爱段子的AI机器人”。

第九章 “狗粮”段子机器人

【1】

“你这样很没意思。”

只有两个人的车厢里，谢妍姗始终扭头看着窗外。

筱晴到底在哪家诊所？

她现在情况如何？

医生会不会告诉学校？

“爆炸头”那句“要是被我抓到什么把柄……”虽没说完，但言外之意令她芒刺在背。

脑海中的疑问拼命地往外冒，可她太过急切又会显得太沉不住气，更容易被顾齐捏住软肋。

她索性将话题摊开，告诉他哪怕耍这种伎俩，也得不到什么好处。

“其实你猜得没错，我追你的确是为了一个赌约。”顾齐一手扶着方向盘，另一手随意地搭在车窗上，“妍姗，我从来没有输过，栽在你这里，我很不甘心。”

谢妍姗连个白眼都不想赏给他。

他带她去S城一家米其林三星的法式餐厅。现在是交通拥堵高峰期，他们开了一个多小时的车，仍未到目的地。

"101"的程序作业还没完全搞定，一心搞学业的谢妍姗内心急得不行，忽然听见顾齐说："我们假装交往两个月怎么样？"

又是为了面子装情侣，这位爷和"花蝴蝶"梁萤还真是喜好相近，他们就该凑成一对。

"到时候我们找个理由分手，"顾齐停顿片刻，像在认真思考，"比如，你受不了我的花心。"

谢妍姗皱眉："别说得好像我很在乎你似的。"

顾齐低笑出声，缓缓地道："是啊，你一点都不在乎我。"

谢妍姗正欲开口，摆在腿上的手机振了振。她低头去看，双眼倏地睁大。

这条微信，居然来自柯昱："代码风格太差，自己回去研究。"

他发来一个文档，总结了好多条写代码的优秀格式，什么时候该首行缩进、什么时候大小写、什么时候换行……

谢妍姗回想起先前助教答疑时，他看完自己的程序后，转头盯着她的脸说了句"丑"，原来是这个意思。

当时他在纸条上写了网站塞给她，现在又发文档过来，估计是怕她忘了没看。

这人是一片好心却态度恶劣，谢妍姗拉不下脸乖巧道谢，便回复了一个系统自带的微笑，三分友善七分嘲讽，面子上没输。

本以为话题就此结束，没想到柯昱还有下文："你在约会？"

谢妍姗眨眨眼，确认自己没有看错，随后手指飞快地一阵敲，按下发送键："我约不约会不关你的事。"

将他之前对自己说的话奉还，她出了口累积了许久的恶气，爽。

柯昱回复得非常快："这周'101'布置的程序都写完了？今晚十二点前必须交。"

谢妍姗挑眉道："需要向你汇报？"

依旧是他之前呛她的话。

柯昱："谢大小姐，退学警告还在你脑袋上挂着呢，你这才认真了多久就原形毕露了？"

隔着屏幕都能感觉到一股异样的火药味迎面袭来，谢妍姗只当他想找碴。

先前发他微信他从来不回，她越翻旧账越窝火。

谢妍姗："今晚商场大促销，不通宵血拼我手痒，反正有人提包。"

柯昱："之前跟我打赌时的底气呢？就那么迫不及待地想跟我姓？"

谢妍姗接着抬杠："那又如何？"

霸气的四个字砸过去，对面没了动静。

谢妍姗冲屏幕示威般皱了皱鼻子，心头受顾齐威胁闹出的不快一扫而空，无比畅快。

她还没得意多久，手机那头柯昱发来了一条链接，点开后，弹出了个技术博客。

文章的标题很长——

"一个能自动生成人气网红博主'盐山爱吃糖'微博恋爱段子的AI机器人"。

什么东西！

柯昱："这篇还没公开，先给你预览一遍。"

脑海中涌出不祥的预感，谢妍姗草草看了个大概，倏地倒吸了口冷气。

柯昱用脚本抓取了"盐山爱吃糖"从建号到目前为止发布过的所有微博，通过关键词筛选出其中秀恩爱的段子，随后用机器学习的文本算法训练机器人，模仿她的语气和文风自动创作新的段子。

博客里，他用通俗易懂的方式介绍了一下机器人的算法。

数据分析构建了庞大的词包，统计出不同短语的出现频率，起始和结束的位置，以及常见的搭配。

一旦用户下达生成的指令，系统随机设定一个开始词，之后机器人便不断根据学到的短语用法匹配新的词，直到将整段写完。

优化的过程很复杂，谢妍姗没看懂，拉到文章最后，按下写着

“自动生成”的按钮。

屏幕中倏地弹出“盐山爱吃糖”的大黄猫头像，以及一句话——

我心里只有“泪痣先生”，别的男生的车我绝对不会上。

谢妍姗太阳穴突突直跳，冲柯昱发微信：“你什么意思？”

柯昱：“这话和我没关系，是AI写的。”

谢妍姗又点击生成了几条段子，每条尺度都很大，堪称不良段子集锦：

“泪痣先生”将我拽进更衣间，一边脱大衣一边吻我，用围巾捆住我的手……

“泪痣先生”正在写作业，我被他抱在怀里，他不安分地亲亲啃啃……

我抬起腿，用脚趾夹住他的衬衣领口……

看完几段和“泪痣先生”在弥漫着热气的浴室里半身湿透这样那样的描述，谢妍姗的脸蓦地涨得通红，匆忙转到一边，不让顾齐发现。

谢妍姗：“你这人脑子里到底都在想些什么！”

柯昱：“我说过了，这些完全是AI学了你的微博后照着你的思路写的。”

谢妍姗头皮发麻。

柯昱：“应该是我问你，你这人脑子里整天都在想什么？”

为了验证论点，他贴了张图。

“盐山爱吃糖”微博关键词分析——

“泪痣先生”“我喜欢”“热吻”“偷亲”“掀衣服”“互撩”“壁咚”……

谢妍姗浑身一震，好似捧着个烫手山芋般将手机抛起后接住，差点直接从车窗扔出去。

我不是！我没有！别瞎说啊！

柯昱却信息不停，穷追猛打，她的耳边鬼魅般响起了他那刻薄的话语。

柯昱："数据不会骗人。"

柯昱："看不出来，你和你前男友很有情趣啊。"

柯昱："我都开始好奇他长什么样了。"

谢妍姗咬牙，在内心强压着打个电话过去冲他破口大骂的冲动。

柯昱又发了张图，是一个刚上市的新书宣传页，粉嫩的底色上印着大字："情侣交换日记！私藏告白信！真实恋爱教科书！买就送两位作者的亲笔签名！"

柯昱："现在情侣一起写的书很火吧？"

他居然连这个都知道。

柯昱："你怎么不自己建个号假装是'泪痣先生'，玩一下角色扮演？"

谢妍姗表情定格，冷笑三声，终于回复他："他已经去世了，这样做对死者不敬。"

一分钟，五分钟，十分钟。

柯昱总算安静了。

【2】

吃晚餐的时候，谢妍姗的心思全在别处，每吃几口便状似不经意地瞄向手机屏幕。也许是因为她敷衍得太过明显，顾齐依旧没有告知她季筱晴的下落，转而约她明天中午继续约会。

"开什么玩笑？我很忙。"

顾齐耸了耸肩膀，轻描淡写地说："那我得去提醒工程学院的人工智能实验室，请务必注意学生的身体健康，不堪负荷的成员不适合继续工作。"

谢妍姗强忍着怒气瞪向他，对方却因她的反应而笑意更浓。

回家后，谢妍姗火速冲向电脑，拉开椅子就往下坐，不慎一屁股坐空跌倒在地，疼得龇牙咧嘴，边吸气边摸索着伸手去按开机键。

在截止期前一分钟提交完“101”的程序作业，她感觉全身像被骤然抽空了力气，紧绷的神经啪地断开，大脑停止高速运转，疲惫感汩汩地流向四肢百骸。

难怪现在越来越多的人空闲时间只想躺在沙发上看搞笑视频，用脑实在“耗电”。

第二天中午，顾齐又来工程学院等谢妍姗下课，红色敞篷跑车就停在教学楼门口，抢眼又嚣张，与其说他不避嫌，不如说他故意招摇过市。

一想到自己必须牺牲为了崛起而奋斗的宝贵时间配合他“走秀”，周遭那些向来被屏蔽的指指点点声此刻就都变得尖锐刺耳起来，令她分外烦躁。

她疾步走到学院楼大门前，冷不防地撞见柯昱。男生瞥向门外，目光掠过正在等候的顾齐，又缓缓移到谢妍姗的脸上，随后眉梢轻挑，戏谑地眯起眼。

谢妍姗没有理会他。在他薄唇轻启，似乎打算嘲讽些什么之前，她先一步别过头，淡定自若地上了顾齐的车。

顾齐这回总算信守承诺，载着谢妍姗来到一家高端私人诊所，内部装潢考究，陈设雅致。他们行至走廊尽头，却发现季筱晴的病房里空无一人。

值班的护士告诉他们，季筱晴还未办理任何手续就私自离开，已经消失大半日了。

谢妍姗和顾齐去工程学院找了一圈无果，于是改变路径，在季筱晴租住的宿舍附近开车沿街慢慢搜寻。

公寓旁边是一大片独栋住宅的小区，今日不同寻常，每家门口都堆着不少杂物，远远看去，像在沿街摆摊，床架、桌子、橱柜、台灯……甚至还有电视机。

谢妍姗听季筱晴说过，扔垃圾需要收费，这块区域一年有两次免费回收大型物件的服务。住户将用旧的家具摆在家门口，按照惯例，通常会提前几天摆放，供有需求的人自行拾取。不少初来乍到的家境清贫的留学生，宿舍里的书桌和椅子就是这么来的。

脑海中刚浮现出晴姐的身影，谢妍姗便寻到了她本人。几米开外，季筱晴正费劲地抱着一个茶几，摇摇晃晃地往宿舍的方向走。

谁知顾齐比谢妍姗发现得还早，降下车窗，远远地叫了声“晴姐”。

这一下可不得了，季筱晴像做了坏事的孩子被当场抓包，惊愕地回过头，愣怔数秒，而后仓皇失措地将茶几扔到一旁，拔腿就跑。

有人在她背后大声追问：“同学，你捡的这个还要吗？”

季筱晴踉跄了一下，耳根通红，跑得更快了。

顾齐在前一个街角截住她，将车停在路边。见谢妍姗从副驾驶的位置下车，季筱晴不可思议地瞪大双眼：“妍姗？你怎么会在这家伙的车上？”

顾齐笑道：“吃完饭后我带妍姗去找你，结果你不在诊所。”

季筱晴看向谢妍姗，嘴角收紧，又松开：“你们一起吃饭？”

谢妍姗听得出来，尽管她试图将语气控制得自然平缓，尾音依旧隐约发颤。

谢妍姗不想她误会，立刻澄清：“正巧在外面遇上了，顾齐跟我说起你的情况……”

话音未落，季筱晴警觉地看向顾齐，猜测他将自己的秘密泄露到了什么程度。

谢妍姗早已察觉好友对这位花花公子非同一般的感情，倘若直接告诉对方顾齐不仅知晓她藏在心底的少女心思，甚至拿她的病情当筹码威胁自己，这对自尊心极强的季筱晴来说无疑是巨大的打击、无法原谅的羞辱。

她应该怎么说好呢？

砰——

突然之间，不远处一辆车似乎刹车失灵，径直冲向了人行道。谢妍姗还未反应过来，顾齐先一步将她扑向一旁，震耳欲聋的巨响在身旁炸开，车窗的玻璃碎片飞溅一地。

谢妍姗的心脏好似停止跳动了片刻，回过神时，耳畔嗡嗡作响。

顾齐半跪在她跟前，双手扶住她的肩膀，紧张地低声询问："你没事吧？伤到哪儿了吗？"

他们的身后，季筱晴重重地摔了一跤，膝盖擦破了块皮。

季筱晴独自用手掌撑着地面艰难地站起身，被火辣辣的疼痛激得倒吸一口冷气，打了个趔趄才站稳。她抬眼，视野中的画面美妙温馨：谢妍姗在顾齐的注视下淡漠地摇摇头，男生轻舒了口气，在对方示意他移开手时无所谓地笑了笑。

每次都是这样，只要谢妍姗一出现，顾齐的世界里便只剩下她。

季筱晴垂下眼帘，自嘲地弯起嘴角。

她就在他身边，可是他看不见。

送季筱晴回宿舍的路上，谢妍姗叮咛道："那些止痛片是会吃上瘾的，你必须戒掉。"

也许是由于长期牢牢地封闭感情，她这些天积蓄的担忧转换为话语从口中说出时，更像在责备："你到底在想什么呢？学习再忙也不能透支身体啊。

"下次不舒服一定要告诉我，如果这事被学校知道了怎么办？"

"谢冰山"向来寡言，连顾齐都很意外于她能一口气说出这么多字。

倒是季筱晴始终沉默。她没了往日的盛气凌人，低眉顺眼地听完好友的嘱咐，向好友保证："药我都交给医生了，对不起啊，让你担心了。"

与谢妍姗和顾齐分别后，季筱晴独自回到寝室，还没进门，超高分贝的尖叫声就吓得她一个趔趄，好了没多久的心悸差点复发。

不用猜她就知道又是室友小雯在聚众聊八卦。

听清主角的名字时，季筱晴僵立在原地，感觉有什么东西攥住了她的胸口。

“谢妍姗和顾齐交往了！”

“我亲眼看到的，顾齐特意来我们学院接她！两个人并肩一起出门！”

“顾少终于攻克她了，真不容易！”

像是模糊的猜测被勾勒出了轮廓，季筱晴抓住门把手，手指骨节因用力而发白。

“谢妍姗这学期不是要修工程学院的‘101’吗？居然还有时间和顾齐约会？”

“他们那帮没准要靠捐钱才能上大学的人，入学考试估计都是找人代考，本来就是一路人啊。”

季筱晴深吸了口气，调整表情，走入客厅里属于自己的那块地盘，唰地将帘子拉上。

小雯和朋友们交换了一下眼神，识相地转移战场，拥进主卧后关上门。顷刻后，季筱晴隔着门板听到了宛如橡皮鸭被掐住肚子后发出的“嘎嘎嘎”的笑。

季筱晴打开摆在茶几上的笔记本电脑，准备继续看先前读到一半的论文，盯着同一个页面好一会儿，她始终无法专注。

谢妍姗从顾齐车上下来的画面在她眼前挥之不去，越细想，心里便越苦涩。

一定是假的。

妍姗说过她不喜欢顾齐，也说过想修“101”是认真的？还说过她最反感梁萤那种人。

脑海中刚蹦出梁萤的名字，她的声音便幽幽地在耳畔响起：“谢妍姗当然不需要读书，勾勾手指，什么都有。

“你们根本不是一路的，她怎么可能真心把你当朋友！

“不信自己是个陪衬就给我等着瞧！”

手机突然在桌面上连续振动，屏幕弹出谢妍姗的头像，季筱晴一个激灵，差点将它推到地面。

她咬住下唇，一动不动地听着铃声，直到音乐彻底停止。

一股混杂着愧疚、失落的情绪沉甸甸地压在她的心头。

季筱晴甩了甩脑袋，开始检查邮箱，未读邮件里好些任务和功课没做完，进度掉了不少，乍一看竟都没有头绪。

看来又得熬夜赶工。

鼠标滑到右上角，电脑桌面的便笺上用大字标着："欠妍姗的钱还有四分之一，月底还！"

季筱晴身子剧烈一震，用力闭紧双眼，再缓缓睁开。过了许久，她从上衣内侧口袋摸出个小纸包，拆开后拿起里面的白色药片，吞了下去。

【3】

独栋别墅内，谢妍姗坐在电脑前，全神贯注地盯着屏幕。

如果有人站在房间门口往里看，会发现她整个人陷入了一种极其不协调的状态：上半身正襟危坐，那张冷艳的脸上严肃中透着一丝酷，下半身却因紧张而开始抖腿。她抖的幅度太大，不慎甩出去了一只拖鞋。

"101"第一次程序作业出分了，成绩公布在课程网上，附带的还有全班排名。

谢妍姗微微蹙眉，绷紧嘴角，握着鼠标的手发颤。

结果栏上，第一个程序，pass（通过）。

谢妍姗往下看，第二个程序，pass。

第三个，pass。

第四个，pass。

她的成绩居然排进了班里的第一梯队！

谢妍姗倒吸了口气，心一下子跳到了嗓子眼。她将脑袋凑近屏幕，反复确认了账号名和页面上的每个字母，没有错！

狂喜宛如喷出火山口的岩浆，直冲天空，炸成一朵蘑菇云。

她双腿一蹬，从椅子上跳起来，手握成拳原地跑圈，跑了好一阵子才头晕目眩地跌倒在地，像条鱼般扑腾了一下，咧开嘴嘿嘿直笑。

她上次有这种在陌生领域付出努力后收获快乐的感觉是什么时候?

原来“101”也没有她想象中那么可怕。

她也没有想象中那么差。

她用手臂挡住脸，居然有点想哭。

第二天的讨论课上，值班助教解释了项目作业的打分方式：

15% 程序能否通过编译。

70% 程序的功能正确性。

15% 程序的代码风格。

第一次项目程序作业难度不高，不少学生的分都扣在了代码风格那块，特别是那些喜欢炫技的人，对自己的操作被否定表示不服。

助教在评讲时解释了代码风格之所以重要的原因，谢妍姗用自己的话语简单总结了一番：科技研发都是团队合作，自己开发的模块很可能会在下个项目中转交给别人，也时常需要接手别人的模块，学习并改进。

如果遇上一个代码写得乱七八糟只有自己看得懂，变量名起得不知所云而且还不爱写注释的组员，那真是有把对方的脑袋按在键盘上拔光头发的冲动。

代码风格，也就是程序的格式以及可读性，柯昱先前特意发微信提醒过谢妍姗。

但由于后来他实在太过可恨，谢妍姗心里冒出的那点对他的感激便被埋葬了。

“101”讨论课结束后，谢妍姗低头收拾东西，身后倏地吹过一阵风，梁萤踩着高跟鞋疾奔，跨过好几排座位，泥鳅般钻到她的身边。

“我这次作业得了满分。”坐定后，梁萤单手托腮，得意地冲谢妍姗挤眉弄眼，“好几个修过这门课的学霸专门帮我写的，我挑了份最好的上交。”

谢妍姗没搭理她，将课件聚拢后收进文件夹里。

梁萤拨了拨刚烫的鬈发，换了个做作的姿势："反正那么多份也是浪费，以后我选完了就给你选吧，你这学期的个人作业都不用愁了。"

谢妍姗依旧视她为空气。

梁萤不死心，探头看向她的电脑屏幕，注意到了页面上的成绩栏。

"你的分数也很高嘛，"她眼珠一转，了然地笑着连连点头，用手肘推了推谢妍姗，压低声音道，"姐们儿，找谁帮你做的？"

谢妍姗不动声色地打开要求画图案的程序源代码，删掉几行后重新敲了一段，在终端按下回车键，输出的图案从作业规定的圆形变为了方形。

梁萤的笑容僵住了。

谢妍姗合上电脑，冷冷地瞥向她："我最后说一次，我和你从来就不是一类人。"

直到谢妍姗的身影彻底消失在教室门口，梁萤还愣在原地，脸上带着一种类似信仰幻灭的表情，喃喃道："她真是自己写的？这怎么可能……有这本事她还会收到退学警告？"

离开教学楼，谢妍姗背着电脑包，准备去旁边的图书馆写下周要交的新程序。

工程学院图书馆三楼用于做小组项目，设立了好几排会议室，电脑区三台机器围成一圈，配备了白板和马克笔，允许学生说话讨论；二楼为自习地，要求绝对安静；一楼进门便是开放式咖啡厅，氛围休闲。谢妍姗最喜欢地下一层，尤其是被书架围起来的那块角落，比安静的二楼更为隐秘。

新项目的说明文档又是好几页，谢妍姗依旧需要边查字典边读。这次的作业背景为：在学校举办一场千人歌舞晚会，要求用程序筛选出性价比最高的节目，并且在校园中寻找合适的场地。

节目的成本分为很多种，出场费、机票住宿费、各项道具的费用等。

谢妍姗脑袋有些痛，光是机票价格的规则就很复杂了，里程数、转机次数，更别提种种根据表演类型而改变需求的道具……

她条条框框读得越多，大脑便越发混乱。思绪像一团扭结在一起的麻绳，她想要扯顺，却缠得更紧。

那个被她刻意遗忘的身影就这样冷不防地冒出头来。

先前的讨论课分为两个部分，值班助教讲完上一次的作业打分方式后，便由柯昱来介绍新的项目。

柯昱穿着一身黑衣黑裤，站在讲台前依旧是那副桀骜不驯的模样，气场强到第一排的学生全被震慑得不敢动弹。

扫视一圈周围人看着他时的敬畏目光，谢妍姗强忍着发出冷笑的冲动。

你们知道你们的助教在我家修水管是啥样子吗？

你们知道你们的助教给点钱就能被呼来喝去吗？

柯昱单手插兜，在黑板上画了个简单的流程图："刚开始的程序比较简单，你们全写完了再测试也没事，但随着程序越来越复杂，调试的过程也会变得更麻烦。"

他转身，屈起食指叩了叩讲台："所以，我建议你们将需要解决的问题拆分成几个小问题，依次攻克，每一部分的代码单独测试，然后再组装起来。边测边写，会令调试简单很多。"

谢妍姗闭上眼，再睁开，打算照他说的尝试一下，将这个程序分为三个部分：

第一步，读取每项演出节目的申请资料。

第二步，计算学校需要付出的成本。

第三步，挑选最合适的表演节目。

谢妍姗在草稿纸上写下：第一部分需要读取和识别文本，进行数据归类；第二部分为逻辑计算；第三部分则为排序筛选。

每一步测试正确后，她再进行下一步，这样便能缩小调试的范围。

一旦将问题拆解，思绪便愈加清晰，她发现，这与解数学题有相同之处。

手机忽然振了振，弹出条消息，顾齐约她周六去滑雪。

谢妍姗刚尝到有所收获的甜头，此刻沉迷于学习，思绪被打扰，瞬间变为“暴躁老妹”：“不去，滚。”

她欲按下发送键，拇指猛地一顿，咬着牙删掉了“滚”字。

几秒不到她就后悔了。

顾齐：“我之前说过，只要和你交往两个月。”

谢妍姗：“我没答应你。”

顾齐：“我觉得晴姐应该回家休养一阵。你发现了吧？她脸色很差。”

他有完没完啊！

谢妍姗抿住嘴唇，偏过头，胸口起伏，对着地板缓慢而生硬地露出一个毫无灵魂的微笑。

先前的饭局治标不治本，把柄始终被顾齐捏在手里。

她必须想个办法，将这麻烦彻底解决掉。

就像解题一样。

“哥，‘冰美人’不会真的在和顾少爷谈恋爱吧？”

柯昱回到宿舍时，陆禾正系着围裙拖地板，见到他后立马把拖把一扔，火急火燎地扑过来，像只聒噪的蜜蜂一样在他耳边“嗡嗡嗡”。

“我可听说那家伙换女朋友比换衣服还快。”

柯昱将外套脱下。陆禾立刻接过他的外套，摸了摸两边口袋确认里面没有东西，而后放进一旁装满了待洗衣物的洗衣筐里。

“哥，你不担心吗？”陆禾抱起洗衣筐，倔强地追问，“哥，我看你撞见她约会时明明很不爽啊。”

柯昱脱下球鞋，换上拖鞋，目不斜视地绕过他，走向卧室：“谢妍姗和谁约会我无所谓。她之所能上‘101’是因为我的推荐，如果她学得一团糟，连作业都不能按时完成，岂不是打我的脸？”

“哎哟，敢情你是纯粹操心她的学业？”陆禾弯腰将他球鞋里的袜子收进筐里，迈着小碎步跟上他，“哥，你喜欢她为什么不说啊？”

柯昱面露不屑：“我怎么可能喜欢她？明明是她对我……”

他倏地停住，扭头看向一旁，下颌线紧绷，耳根隐隐泛红。

“她对你？”陆禾歪着脑袋思考片刻，喃喃道，“看不出来啊。”

柯昱微怔，面无表情地将脸转向他：“收拾行李，马上搬走，现在，立刻。”

【4】

周末去滑雪场的人并不多，谢妍姗跟着顾齐到达目的地时，有种此处被包场的感觉。

顾齐在附近风景区租了一栋三层的别墅，同行的十几人住在一起，在一楼的开放式厨房里自行下厨，每人做一道菜，各显手艺。

顾齐本以为谢妍姗会同往常一般待在角落里独自美丽，没料到她竟然做了好几款甜点，每份都同店里拿出来售卖的甜点一样精致。

他想起季筱晴曾说过，谢妍姗总会在她学业忙碌的时候带着饭菜去图书馆找她，极大地改善了她的生活质量。如今他目睹了谢妍姗做的甜点，心想果真名不虚传。

周遭的朋友纷纷向顾齐投来暧昧的神色，有人上前拍拍他的肩，道：“真有你的，这‘冰山’被攻克后有些优秀啊，你可是第一人。”

顾齐在众人的口哨声和推搡中有些得意地走向谢妍姗。

“辛苦了。”他从口袋中拿出一个首饰盒，“前几天我看到一条新项链，觉得很适合你。”

不同于往常那般断然拒绝，谢妍姗礼貌颔首：“谢谢。”

顾齐反复确认自己没有听错，柔声道：“下次看到新款，我再给你买。”

谢妍姗露出一个淡淡的笑：“心情不错？”

顾齐跟着笑：“难得见你对我态度这么好。”

谢妍姗保持微笑，也许因为不习惯，嘴角隐隐有些抽搐，但落到顾齐眼里，便是为他做的惊人改变。

于是他鼓起勇气主动请缨：“我帮你把项链戴上吧？”

谢妍姗点头。

顾齐讶然，欣喜不已，像个终于得到心爱的玩具的孩子。

他走到她的背后，动作小心地将项链环上她的脖颈，鼻尖下，她的香气迎面扑来。

谢妍姗忽然开口：“我这样做你是不是可以为筱晴保密了？”

顾齐的手倏地颤了一下，环扣没有对准。

他早该猜到的，是他产生了错觉。

这一路上谢妍姗已经问了他十几遍，每次都是给他点甜头后就泼一盆冷水。

顾齐叹了口气：“你现在表现出来的一切都是假的，对吗？”

“当然都是假的。”谢妍姗的假笑一下子垮掉，恢复了惯有的冷漠，上前一步与他拉开距离，转过身，“你开心吗？通过这种方式得来的虚假感情，就是你想要的吗？”

顾齐错愕地看着她。

谢妍姗不紧不慢地说：“筱晴戒药两个月后估计就没事了，只要你遵守承诺替她保密，这期间你可以对我提要求满足你自己的虚荣心，希望我怎么笑、说什么话，别太过分的都行，我全当磨炼演技。”

顾齐脸上的笑意一点一点消失：“妍姗，我是真的对你……”

他垂眼，没有往下说。

“筱晴晕倒在路边时，是你送她去的诊所，我后来去问了一下情况……”谢妍姗停顿片刻，意味深长地看向顾齐，“医生对我说，你很紧张她。”

顾齐的目光中有什么东西一闪而过，他避重就轻地回答：“她是你的朋友。”

“真的吗？”谢妍姗挑眉，“我还以为，你没有我想象中那么差劲，不会真的去告密让她被实验室开除，让她先前所有的努力统统作废。毕竟她一路走来有多不容易，我相信经常同她联系的你不会看不见。”

顾齐抿唇，面色逐渐凝重起来。

谢妍姗乘势追问：“你刚才说的交易还要继续吗？”

“不用了。”顾齐将项链收到手中，放回盒子里，“你说得对，这种虚假的感情没有意思，我原本也只是想和你开个玩笑。”

他恢复了一贯的温和，伸手试图抚平她翘起的发丝，却在即将触到时停下：“妍姗，我不希望你觉得我真的很糟糕。”

离开大厅，回到单人房，谢妍姗松了口气。

在赴约之前，她在草稿纸上写写画画了好一阵。

她照柯昱说的那样，将问题拆解：

第一，晴姐的病情。

解：敦促她彻底戒掉对止痛片的依赖。

第二，顾齐的威胁。

解：他想要的是什么？

他和人打赌，要面子。他想获得追求她成功后的成就感。

需要注意的是，顾齐很在意晴姐，手机里他在她的备注名开头打了个“A”，让她出现在他通信名单的最前列。

这就说明他并非完全不管晴姐的死活，也许仅仅是在试探。

所以她不妨先满足他的虚荣心，再告诉他这一切都是假的，让他感到没意义。

第三，晴姐对顾齐的感情。

解：长痛不如短痛，等晴姐病情稳定了，她找机会劝说晴姐想开些，顾齐不值得晴姐这样付出。

可惜，她并没有计算到，会有人拍下她和顾齐状似亲密的照片发给季筱晴的室友小雯，小雯得意扬扬地拿去冲季筱晴显摆："我说得没错吧，他们就是交往了！他还帮她戴项链！谢妍姗完全没有拒绝！"

以及，她没有计算到，季筱晴与顾齐的私交，远比她想象的还要深。

与顾齐摊牌后，谢妍姗没有跟随大部队去滑雪场，而是待在自己的房间里继续写程序。

她好不容易有了点思绪，手机又振动了。

柯昱："你的'盐山爱吃糖'很久没更新情侣日常微博了吧？再这样下去，你的粉丝都跑完了。"

谢妍姗脑海中警铃大响，快速回复："你什么意思？"

柯昱："先前发你的恋爱段子AI调试得差不多了，我可以帮你自动更新。"

谢妍姗："你敢盗我的号？"

柯昱："只要我想。"

他发了个定位，就在附近的快餐店。

"如果我十分钟之内见不到你，你的粉丝就能看见新微博了，内容绝对原汁原味，保你上热搜。"

这人居然吃饱了撑的跟着她跑到这边，图什么啊！

一拨威胁刚平息，又一拨威胁袭来。男人为何一个个都这么麻烦？排着队阻止她搞学业？

她全身带着低气压赶到快餐店，柯昱在门口等她。两人进店后，柯昱没有选择谢妍姗对面的位置，而是在她边上坐下。

男生人高腿长，坐姿又像个大爷，双腿叉得很开，一不注意就撞上了她的膝盖。谢妍姗往边上挪了些，不由得有些拘谨。

他黑眼圈那么重，最近没睡好？

谢妍姗斜眼审视她："你特意跑来找我？"

柯昱喝了口饮料："没有，正巧在这附近接了个活。"

"你不是免学费还拿助教工资的吗，为什么这么缺钱？"

"你不是气势汹汹地说要拿A吗？不是要向我证明你的智商不低吗？结果呢，大热天的，作业不写跑来滑雪。"柯昱回避了她的提问，一脸嘲讽地摇头，"果然谢大小姐最擅长的就是嘴上逞强。"

谢妍姗屏蔽掉他的挑衅，冷漠地问："你找我什么事？"

"之前我在你家修东西，你多给了不少酬劳，无功不受禄，这个送你，就当退回多余的部分。"柯昱将一个手提袋摆到桌上，推至谢妍姗面前，"你英文那么差，估计教授上课时说的话你大半听不懂，正巧我看到这款录音笔，功能挺全，挺适合你，毕竟太专业的你也不会用。"

谢妍姗眨眨眼，怀疑自己幻听了。

这嘴里没几句好话、爱财如命的小气鬼还懂得给人选礼物？

她压下内心的喜悦和好奇，平静地打量了他一番。

"送礼还带拆封的？"谢妍姗摆出个嫌弃的表情，斜眼看他，"你用过不要了就给我？"

柯昱耸肩，轻描淡写地说："没，就简单地改良了一下。"

"改哪了？"

"随便弄的，说了你也不懂。"

柯昱的眼神在空中转了几个圈，状似随意地转到谢妍姗那边："顾齐送的礼物比我送的好多了吧？"

谢妍姗挑眉道："嗯？"

柯昱转移视线，别过头看向不远处的盆栽："有他每天往你这儿进贡，你也不缺礼物。"

谢妍姗瞳孔瞬间放大。

见她没反应，柯昱抿唇，伸手慢慢地收回手提袋："你不喜欢的话就还……"

谢妍姗一把扣住，面露傲色："就算我不喜欢，你特意进贡，我干吗不要？"

柯昱微怔，弯了下嘴角，在她察觉前迅速绷直。

他摆在两人之间的手机忽然亮了，连续弹出好几条消息。

谢妍姗偷偷看去："礼物收到啦！好漂亮！

"我最喜欢阿晟了！

"阿晟，你有听我昨天发给你的那首歌吗？"

谢妍姗蓦地心里一酸，对方肯定又是那个"比心萌妹"。

"阿晟"是柯昱的小名？

柯昱将信息滑掉，没回复。他瞥了谢妍姗一眼，将手机放到离她够远的角落。

紧接着，信息变为电话，铃声响个不停。

谢妍姗胸口腾起一股烦躁之意，状似不经意地问："女朋友找你？"

"你很在意？"柯昱挂掉电话，打开对话栏，开始编辑信息，"你之前就经常偷瞄我的手机屏幕。"

"我没有。"

被径直戳穿心思，谢妍姗内心窘迫，可外表仍未露出马脚。她挺直背脊，手指钩起几缕长发撩到耳后："我完全不在意，只是觉得你这种人怎么会有女朋友。"

柯昱的眉梢似乎挑了挑，输入完信息按下发送键后，他幽幽地开口："高中那段时间的事，我很多都不记得了。"

谢妍姗心里咯噔一声。

"我脑海中偶然会浮现出一些片段，很模糊，看不清楚，但我对你有股熟悉的感觉。"

虽然谢妍姗早就推断过他不记得自己，可现今听到他亲口承认，还是像被迎面泼了盆冷水。

柯昱放缓语调，带着难得的真诚："你跟我说实话，你微博上写的，都是和我一起经历过的事情吗？"

霎时间，谢妍姗的脑海中仿佛有一千匹羊驼咆哮着飞奔而过。

"当然不是啊！"

她梗着脖子反驳，舌头却没捋顺，有些结巴："都说了是我的前男友……"

柯昱向后靠上椅背，神情笃定："我倒觉得这个人就是我，为此我保存了你所有的微博，还有下面的评论。"

不会吧！

你自己什么样的心里还没点数吗？！

"泪痣先生"和"盐山爱吃糖"如胶似漆，你和我多待一分钟都要收钱！

等等……他居然还看评论区！

平日里她每发一条微博，粉丝们便乐此不疲地在评论区创作以"盐山爱吃糖"和"泪痣先生"为主角的文章，开"污力"十足的玩笑。

"'盐山爱吃糖'偷看'泪痣先生'的睡颜，现在一定就睡在他旁边！"

"'泪痣先生'其实在装睡，下一秒就会掀起被子盖住'盐山爱吃糖'，然后……"

"'盐山爱吃糖'为什么突然开始关心起沐浴露的味道？是不是准备洗完澡后和'泪痣先生'……"

这些评论柯昱全部都看了！

谢妍姗一阵窒息，捂住胸口，喉咙热得像要喷血。

身侧的柯昱穿着黑色衬衫，纽扣扣到最上面那粒。他屈起两根手指扯了下领口，俯身凑到她面前，距离近到她能清晰地听见他的呼吸声。

"没准实践一回，我就能想起来。"

谢妍姗一个激灵，恨不得从椅子上滚到地上往外爬。

实践？

你想实践什么啊？

柯昱伸手捏住她的下巴，尾音轻扬："比如说，在餐厅，含着一粒糖接吻？"

谢妍姗内心翻江倒海，外表不动声色，硬着头皮对上他的视线，紧张得连脚趾都有些抽筋。她看见柯昱牙齿间咬着一颗水果糖，舌尖一卷卷了回去，低笑着问：“像这样？”

这下，谢妍姗的脚背真的抽筋了，蓦地疼出眼泪，又狼狈地憋住。

在旁人看来，她双眸泛起盈盈水光，十分楚楚可怜。

感觉到柯昱的鼻尖即将触到自己，谢妍姗先一步抬手按住他的嘴。

柯昱垂眼，炙热的鼻息喷在她柔软的手心。

戏谑之意自他眼中散去，他的眼神如同风暴骤停的海面，平静得有些可怕。

所有感官的感知能力被加倍放大，他慑人的压迫感令她有些呼吸不顺，似冰冷尖利的刀刃抵在脖颈，激得她无法抑制地战栗。

忽然，他的嘴唇微微动了动。

那两瓣嘴唇紧贴着她的掌心，滚烫、柔软，还有些潮湿。

谢妍姗难以置信地倒吸了口气。

这……这不就是亲了吗?

“你到底想干什么？”

谢妍姗猛地收回手，高高扬起，作势要抽他一巴掌。

两人动静太大，引来了其他人的注意，四周的视线不约而同地向他们投来。

柯昱扣住谢妍姗的手腕，按向她的膝盖，冲上前查看情况的服务员打了个招呼：“抱歉，女朋友闹。”

“谁是你女朋友……”

柯昱将脸埋进谢妍姗的颈窝，暧昧地轻嗅了一下，在她耳边低声警告：“再乱叫我就亲你，就像你微博上写的那样。”

他的嗓音介于低沉和清朗之间，听得人酥酥麻麻，心间颤抖。

“你敢，信不信我把鞋脱下来塞到你的嘴里？”

尽管谢妍姗内心如此愤恨，可在旁人眼中，她一张白皙的俏脸涨得通红，满是无法掩饰的羞怯。她边怒视柯昱边挣扎的模样好似小猫在向主人撒娇，这不是情侣间的打情骂俏是什么？

服务员了然地点点头，识相地走开了。

谢妍姗郁闷至极：不行，不能被他牵着鼻子走！

她用力地推开柯昱，理智迅速回归。

打了遍腹稿，她一把拽住柯昱的领口，将他扯向自己："听着，以前的事，我现在完完整整地告诉你。"

【5】

谢妍姗自小双亲不在身边，由外公外婆带大，学习奥数纯粹出于喜好。

她沉迷于挑战难题，越是尝试失败越是兴奋难耐。她很享受攻克难题时的极端喜悦。

"数学竞赛组王牌""智商比一个班的人加起来还要高的女生"，以及老师的肯定、同学的艳羡、外公外婆的夸奖，这些竞赛所带来的成就感是她坚持奋斗的最大动力。

初中毕业，她如愿被顶级名校S高中录取，然而，就在高一那年，她遇上了一场浩劫。

一名女生自杀未遂的消息在全校炸开，矛头直指谢妍姗，顷刻间，谣言四起。

谢妍姗至今记得自己忐忑不安地走到病房门口，被对方母亲一把推倒在地时的疼。

"你还有脸出现在这里？

"这个世界上怎么会有你这样恶毒的孩子！

"毁了别人的人生，自己就可以当什么都没发生过吗？！"

无法面对全校人的指指点点和排挤，谢妍姗陷入抑郁。祸不单行，外公生病，她被接回亲生父母身边，转去了另一所高中。

谢妍姗幼年丧母，父亲是企业高管，工作繁忙，不了解缘由便怪罪过去的一切是她咎由自取，怪她没有将百分百的精力放在学习上。

她越是状态不佳成绩下滑，父亲便越是对她严苛。他将她关在没有窗户的房子里做题，无法按时完成训练量就不给她饭吃。

有次她做题做慢了，父亲抄起酒瓶砸碎了酒柜的玻璃门。

日复一日，谢妍姗以往最喜欢的数字符号在她面前扭曲变形，像是狰狞的虫，令人恶心到想呕吐。

濒临极限的那天终于来临：她在考场中面色惨白，世界天旋地转，满眼都是被父亲砸碎的玻璃门碎片。

从天之骄子跌落为泥地的尘埃，曾经能做到的事她再也做不到了。

她数学竞赛屡次失利，就连学校的阶段考试都接连考砸。父亲将她逼至墙边，眼神令她恐惧。

“这是什么分数？

“你承不承认自己就是个废物？”

谢妍姗心里像有什么东西被狠狠地一扯。她咬着下唇，全身发抖。

“你承不承认？

“承不承认？”

父亲脸上肌肉抽动，抬手指着她，距离近得像要戳进她的眼睛：“别告诉我还是因为之前学校的事，你就是矫情！”

他胸口起伏，大半张脸在阴影下，脸色阴沉可怖。他忽然将她的考卷撕得粉碎。

“你活得这么没出息还不如去死！”

谢妍姗瞳孔骤然一缩，全身的血液都凉了。

第二天清晨，她登上一栋废弃大楼的天台，打算纵身跃下。有人疾奔而来，张开双臂扣住她的腰，将她从坠落的边缘生生地扯了回来。她跌入温暖的怀抱。

男生喘着气，琥珀色的眼眸下有一颗泪痣。

“你是谢妍姗吧？我叫柯昱，几个月前六校合宿时，我们见过。”

大约是回想起了邀请她跳舞被拒的经历，他抬手抚着脖子，不自在地抿了下唇。

被他带到一楼的空地后，谢妍姗安静地待在角落里，脸上毫无表情，连一句话都没有说。

柯昱在她不远处坐下，不时将目光瞥向她。

“喂，你吃过东西没？”

谢妍姗不吭声。

“我离开一会儿，你就在这里别动。”

他站起身，不放心地再次嘱咐：“你别动啊。”

走了几步，他又回头指着她：“别动，我马上回来。”

没过多久，柯昱带回了面包和牛奶。

“稍微吃点吧。”

谢妍姗没动。

柯昱在她面前蹲下，哄孩子般在地上放了把糖果和巧克力。

谢妍姗还是没动。

柯昱打量她的脸：“不喜欢？你想吃什么告诉我，我去买。”

少年眉宇间带着桀骜和冷漠，语调却很温柔。也许因为并不擅长做这类安慰人的事，他的举动显得别扭又笨拙，可这份温柔无疑是击溃她心底防线的一道飓风，在他试图用纸巾擦拭她的眼泪时，她忽然将头靠上他的肩膀，抱住他号啕大哭。

男生吓得把纸巾扔了出去，全身因为紧张而僵直，又似被扔进了熔炉里，越烧越烫。过了许久，他抬手轻轻地拍了拍她的后背。

等到谢妍姗情绪稍微缓和了些，柯昱用手机放歌，起身跳舞给她看。

这是她第二次看他跳舞，与先前坐在观众席里远远地看舞台上的他跳舞不一样，近距离更容易感受到他无与伦比的爆发力和对身体肌肉极致的掌控力，他的每一下动作都直击她的心脏。

谢妍姗两手圈着膝盖，大半张脸埋在自己的臂弯里，只露出一双哭得红彤彤的眼睛。他卖力地表演了许久，她终于给了点反应：“你会单手空翻吗？”

柯昱注视她片刻，无声地笑了：“不需要用手。”

他出了不少汗，低头咬住外套一边的领口，单手拉开拉链，里面就穿了件黑色的宽松背心。他随手将脱下的外套扔给谢妍姗，这次她接住后没丢掉，拢成一团抱在怀里。

柯昱打了个响指：“DJ drop the beat.（来点，音乐）”

谢妍姗配合地按下他手机上的播放键，音乐声起。

从Old school（传统）到Urban Dance（都市编舞），他让她见识了各种高难度的舞蹈动作。她将音乐放到二倍速，他依旧动作快而不乱，堪称“踩点狂魔”。

柯昱陪了谢妍姗整整一天，跳累了便盘腿坐她旁边，教她手势舞。

他听她诉说自己的种种经历，安慰她这一切并非是她一个人的错。

“别听你爸乱说，你以前的数学竞赛战绩谁不知道啊？S中王牌，实不相瞒，连我都很崇拜你。”

谢妍姗吸了吸鼻子，说话时仍带着些哭腔：“骗人，你之前说我的声音让你难受。”

柯昱望向天花板，目光飘忽：“谁叫你合宿那天晚上当众拒绝我的邀请。”

他用肩膀撞了下她：“以后再有学校会演，咱们去舞台上跳个双人舞？”

“我不会。”

“我教你啊。”

分别前，柯昱约谢妍姗下个月见面，地点定在他常去的一处秘密基地。

他脱下鸭舌帽，戴到她头上：“说好了，到时候我教你跳双人舞。”

谢妍姗没答应，也没拒绝。

柯昱低声嘱咐："我放学后到那里大概是五点，你可别迟到。"

谢妍姗依旧不吭声。

"喂。"

柯昱走到出口处，又折返，拉过谢妍姗的手，在她手背上写下一串数字。

"我的手机号。如果你有什么想不通……"他迟疑一瞬，略带紧张地观察她的表情，改口道，"有什么不开心的，随时打电话给我。"

谢妍姗蓦地明白，他试图与她定下约定，是担心她再次冒出轻生的念头。

他握着她的手腕，她想抽都抽不回来，脸颊不争气地涨得通红。

谢妍姗看见男生垂下眼帘时细密的睫毛，他一笔一画写得专注，眼角的泪痣在暖阳下泛着温和的光。

她想，这个画面，她能记一辈子。

终于将往事悉数道清，谢妍姗问："那时候你对我说的话，现在还记得吗？"

柯昱沉默不语，过了许久才开口："我说什么了？"

谢妍姗自嘲般笑了笑，视线与他错开："你对我说，人很脆弱，有生老病死，有天灾人祸，稍不留意被利器划过皮肤，就会流出血来。

"可是，人又无比坚韧，泪水会变干，伤口会结疤，磨破的皮会结成坚硬的茧，断过的骨头会长得更强壮。日积月累，每个人身上都印有深深浅浅的伤痕，但他们仍会继续生活下去。"

柯昱目光微动："抱歉。"

他忘记了。

谢妍姗接着说："同一天，不远处发生了另一起学生跳桥案。每天都会有许多路人经过那座桥，哪怕当时有一个人去劝他不要轻生，他也许就能打消念头，继续活下去。可惜那天早上不知道为什么，那条路上竟一个人都没有，于是悲剧就这样发生了。”

柯昱双手绞在一起，抠得手指骨节泛白。

“后来我想，我去的那个天台更是鲜有人在……”谢妍姗扬起嘴角，看向柯昱，眼眸里映出他的身影，“能遇上‘泪痣先生’，我很幸运。”

柯昱因她的笑容而愣神。

谢妍姗常年没什么表情的脸上笑意更深了，融化出令人意外的甜，还带着罕见的小女生般的羞涩。

她低声道：“之后很长一段时间，我几乎天天都会去‘泪痣先生’告诉我的秘密基地，想遇见他，又不敢靠近他，生怕他和我相处久了，会像其他人那样讨厌我、疏远我，于是我便躲了起来。

“我躲在角落里偷偷地看他，去他常去的其他地方偷偷地看他，只要可以见到他，哪怕只是一个模糊的背影，我都可以开心很久。

“我猜他在做什么，猜他在说什么，逐渐成了习惯。”

她想起年少时自己终于鼓起勇气走到他跟前，告诉他这周五不见不散，她要和他一起学双人舞。约定的那天，她费了好大劲买到了每月只出一次的特殊口味的手工冰激凌，一路小跑着赶到目的地。

她独自从白天等到黑夜，他始终没有出现。

冰激凌渐渐融化，水顺着她的手背流下，滴落在地上。太阳落山，乌云压境，天空倏地落下倾盆大雨，雨声哗哗，像是谁在呜咽。

他失约了，他甚至不记得自己为什么失约。

“我记得关于他的所有细节：他喜欢跳舞，一个人哼着节拍就能跳；他不爱吃辣，有同伴恶作剧往他的碗里加辣油，他沾到一点就泪流满面地追着对方打；他不喜欢白菜，说闻到味道就难受；他最讨厌男生戴耳环，见了就警告：‘你不摘下来就别在我面前晃。’他有许多不同颜色的衣服，几乎每次出现时身上的衣服都换了个颜色，亮得耀眼……”

谢妍姗沉浸在自己的思绪中，双目放空，喃喃自语，笑容却逐渐消散。

她想起高学姐的感慨：“他现在好像不跳了，我们学校街舞社请过他好几次，全被他拒绝了。”

她想起现在的他时常穿着一身黑衣，仿佛那是回忆里的他身上的那些鲜活的色泽被岁月磨成了沉闷黯然的金属外壳。

她想起现在的他往锅里倒辣椒油，吃光了所有的白菜。

她想起现在的他永远戴着那枚银色耳环，想起重逢后他看向她时那冷酷甚至带着厌恶的眼神。

眼前的一切逐渐覆上一层薄雾，尖锐的刺痛感将她与回忆生生剥离。

那段被她视为珍宝、在苦涩的日子里反复拿来重温的记忆，在他心中不值一提。

温柔的情愫自谢妍姗眼中散去，她的脸上迅速覆上一层“冰霜”。

“在我心里，‘泪痣先生’真的很重要，请你以后不要再拿他开玩笑。”谢妍姗径直望向他的眼睛，一字一顿地说，“柯昱，我喜欢过一个关于你的幻象，但那不是你。”

空气似乎就此凝固，柯昱眼中的惊诧转瞬即逝。

他不动声色地盯着她，缓慢地咬紧了磨牙，下颌角的线条紧绷得如刀锋。

“你以前救过我，我很感激，既然你没印象，我也用钱报恩了，咱们以后两清。”

柯昱摆在桌板下的手握成了拳：“你就打算这样和我划清界限？”

谢妍姗点头，憋回在眼眶中打转的眼泪：“对。”

柯昱用力将脑袋别到一边，哼笑道：“就这点钱报一条命的恩？”

谢妍姗拿起长皮夹扇风，那副冷漠傲慢的表情又重新爬回她的脸上：“你想怎样？我给你开张支票？”

柯昱长腿一收，从座位上站起身，居高临下地垂眼道：“那就这样吧。”

谢妍姗心脏倏地缩紧。

她胸口好像有什么东西重重地沉了下去，铺天盖地的苦涩席卷而来。

就像赌气时和朋友吼一句“绝交吧”，对方轻描淡写地回了个“好”。

她不得不承认，她潜意识里居然在幻想柯昱语调恶劣地回答“可我不打算就这样和你划清界限”。

胃里翻江倒海，谢妍姗想，也许是中午喝的酸奶过期了，抑或是最近沉迷于学业，导致她消化不良。

反正，不是难过。

第十章
一键卸妆

【1】

在快餐店与柯昱不欢而散后，谢妍姗提前从滑雪场独自打车回家。

到家后，她干脆利落地删除了柯昱所有的联系方式。

坐到书桌前，谢妍姗鬼使神差地登录了好久不更新的微博，看到评论区里弹出“泪痣先生”四个字，她闭上眼，脑海中又浮现出同柯昱分别时的情景。

互相撂下“两清”宣言后，他们谁都没有再说话，陷入僵持的状态。

柯昱双手插兜站在谢妍姗的座位旁边，胸膛缓缓起伏，忽然俯身凑近她：“高中那会儿，我安慰了你之后，你重新振作起来了吗？”

谢妍姗心中一震，面色煞白。

柯昱离她更近了些：“你向你父亲证明自己很厉害了吗？”

谢妍姗垂眼，不敢直面他的审视，死死地咬住下唇。

柯昱似乎从她的躲避中得到了获胜的快感，嘲讽地勾起嘴角，用那副恶劣到极致却又轻描淡写的语气问道：“既然没有，我记不记得又有什么区别？”

这句话不知突然触动了谢妍姗的哪根神经，她蓦地抬头瞪向他，两行眼泪自脸颊滑落：“柯昱！这就是你当初爽约的原因吗？！”

“爽约？”柯昱下意识地后退一步，眼神有些闪烁，像是没料到自己居然会将她惹哭。他躲过她愤然的视线寻找纸巾。

没等他有下一个动作，谢妍姗抄起桌上的手提袋狠狠地扔到他身上：“我再也不想看见你了！”

思绪回到现在，谢妍姗看着满屏幕的代码，脑子里乱成一团。

不想继续浪费时间，她索性停下手里的事，打开一个空白文档，噼里啪啦地敲了一通：

柯昱，狗男人！

我怎么可能喜欢柯昱这个狗男人！以前他虽然也跩，但好歹挺可爱的，现在每次遇上他就把我气个半死，分开后好长一段时间里我除了骂他根本无法集中注意力干别的事！

发泄完毕，她将文档扔入回收站，清空。

谢妍姗深呼一口气，负面情绪似乎跟着飞走了。

她理性分析了一下，关于那个时候的约定，对柯昱来说，也许只是路过时救了个仅有几面之缘的人，因为担心对方情绪不稳而随口说的话。

她把对方想得很重要，对方却并不这么觉得。这世上类似的情况比比皆是，谁用情更深谁就输了，无所谓谁对谁错。

既然明白，她为什么还要这么生气呢？

谢妍姗耳边再次回响起柯昱的质问：“你向你父亲证明自己很厉害了吗？”

这个问题的答案是，没有。

陆禾刚打开宿舍的门，砰的一声像撞上了什么东西。

他定睛查看，惊叫出声：“哎哟！哥，你怎么坐在门背后啊？”

柯昱用外套严实地盖着脑袋，一副自闭的模样。

“怎么了，哥，礼物没送出去？”注意到被他摆在一旁的手提袋，陆禾在柯昱边上蹲下，“你为了这录音笔，熬夜改装了那么久，这几天加起来都没睡几个小时，我都担心你会猝死，结果她不喜欢啊？”

柯昱一动不动。

陆禾试探着问：“你是不是又对人家动手动脚，结果被打了啊？”

柯昱仍没反应。

陆禾起身扯柯昱的外套，试图让他露出脑袋。

“哥，你这样会闷死的！”

柯昱终于脱离了雕像状态，抬手死死地抓住衣服下摆，不让陆禾得逞。

“哥，你该不会是在哭吧？没事，我不笑你。”

柯昱抬腿踹了陆禾一脚，冷冷地道：“做饭去。”

陆禾好心劝慰却挨揍，一双眼可怜巴巴地泛起泪花，可转念一想，今天柯昱没赶他走！柯昱让他去做饭！

这可是个好信号啊！

他跟失恋的人计较什么呢！

陆禾喜上眉梢，细声细气地问：“哥，你晚上想吃什么？随便说，我都做给你吃。”

柯昱不吭声，继续陷入自闭的状态。

于是陆禾只能从手提袋这儿找线索。他往里翻了翻，掏出了一张卡片。

卡片上是柯昱的笔迹：

第一次项目成绩不错，赏你的，争取期末成绩出来后不用跟我姓。

项目成绩？跟我姓？

给谢妍姗的？

哥，你写得这么欠妥，对方会收下才怪。

陆禾眉头一皱，发现事情并不简单。

他想起了前几个星期的事。

那时，见柯昱在书桌前浏览网页，不握鼠标的左手搭在桌子上，屈起食指，关节抵在唇边，像在专注地挑选着什么，陆禾随口问道：“哥，你要送‘冰美人’东西啊？”

本以为会被无视，没想到柯昱居然一本正经地回答了，还将电脑屏幕转给他看。

“她英文很差，上课时那表情就像没听懂，太蠢了，我看不下去。”他轻咳一声，正色道，“不给她配个录音工具没准她考试又要不及格。手机录音灵敏度低，录音时间也受电量限制，还是用小型的录音笔比较方便。我从听感、操作、续航、工业设计等几个方面比较了这几款型号，最终定了这个，还不错吧？”

陆禾点点头：“你选的肯定好。”

在陆禾的印象里，柯昱常年忙碌，生活不易，一分钱恨不得掰成好几瓣花。陆禾还是第一次见他主动选礼物，钱不够就去给店家打工，花了好大精力才将东西买到手。

接下来的时间里，陆禾时常能听见柯昱自言自语：“功能太复杂的她用不到，可能还会嫌操作麻烦。”

一会儿又是：“这家伙随身包里估计都是化妆品，多半不会记得带电池。”

有天晚上，陆禾看着柯昱深夜里就着昏黄的灯光，将使用电池的录音笔进行拆机改装，加上了USB直连充电等其他功能，还在外壳印上谢妍姗名字的简写，整支笔焕然一新。

陆禾想起以前冬天时宿舍里的暖气突然坏了，免费检查完毕后，工作人员告知他们需要换个零件，柯昱没有花钱请人修，自己在网上看了个视频自学，轻松搞定。

陆禾长这么大，柯昱是他见过的动手能力最强的人。

暖气重新启动，室内回归温暖的那刻，他激动地拥抱柯昱，发自内心地感慨：“哥，你这么能干，一定很缺钱。”

随后他收获了柯昱无情的“搬走警告”。

陆禾若有所思地转了转眼珠，眼中一亮，想起了柯昱的小秘密。

几个星期前他整理房间时，不小心打翻了柯昱的一摞编程书，里面掉出来一张旧照片。

照片上女孩子柔软的长发披在肩头，身子蜷成一团，躲在阴影里，扒着墙壁露出小半张脸，忐忑又羞怯地看向前方。

陆禾惊讶地认出她就是谢妍姗，大约是高中时期的模样，同现在的冷若冰霜完全不同。

她眼里泛着星光，像见到了喜欢的人，纯情得如同一汪清澈见底的泉水。

她的眼神感染力太强，陆禾看得心脏扑通扑通直跳。

“不许碰。”

身后的柯昱冲上前，抓住陆禾的手腕，将照片夺了回去，小心翼翼地擦了擦再收好。

陆禾仍在回味刚才看到的景象，女生美丽而脆弱，如同一只懵懂无害的小猫。

当他把这个感想告诉柯昱时，对方全身一震，过了许久才不爽地侧过头道：“作业写完了吗，你这么闲？”

陆禾将手臂搭上柯昱的肩膀：“哥，你什么时候偷拍的这照片？”

柯昱甩开他的胳膊：“你哪只眼睛看出来这是偷拍的？”

陆禾的爪子又搭了上来：“她都没看向镜头，当然是偷拍的。原来你们早就认识啊。”

“不知道。”柯昱沉默片刻，琥珀色的眼眸逐渐暗下来。

见他表情凝重，陆禾没有追问，猜想他们之间多半有故事。

从谢妍姗对柯昱的冷淡态度来看，十有八九是柯昱暗恋谢妍姗多年。

思绪拉回现在，陆禾不禁想，柯昱自我分析出现严重偏差，满腔热情送出自己载着爱意的礼物，还夹带着爱的小卡片，没准里面还录了一段爱的告白，结果被“冰美人”冷酷拒绝，实在让人心酸。

唉，我早就说了嘛！她看着就不像喜欢你啊！哥，你清醒一点啊！

想到这里，陆禾虔诚地双手捧起手提袋。

“这录音笔她不要我要，我哥亲手改的，世界上独一无二。”

谁知柯昱一把将手提袋夺回来抱进怀里，淡淡地说：“这是她的。”

陆禾再次吃瘪，看向柯昱的目光中怜悯之意愈加浓烈，他没猜错，自带拒人千里之外气场的柯昱，果然是个痴情种。

算了，他跟失恋的人计较什么呢？

【2】

谢妍姗又梦到了过去。

她虽是在做梦，却更像在翻阅那些封存在角落里泛黄发霉的记忆，间或插入断了信号般黑白闪烁的雪花屏幕，发出单调而枯燥的呲呲声。

扔了满地的习题集、撕碎的草稿纸、散落的玻璃碎片，以及父亲怒不可遏的脸。

“你还敢顶撞我？以为自己以前很了不起吗？只拿一科数学竞赛的一等奖算什么？你看看你堂哥，物理、数学、化学，加上计算机，四科冠军！这才是我们家的孩子！”

试卷翻页的声响、不断下降的排名、同学看向自己的异样眼神，又是父亲怒不可遏的脸。

“你这竞赛成绩什么时候才能恢复？”

谢妍姗将头垂得很低很低，嗫嚅道：“我已经在努力赶进度了……”

父亲抄起桌上的试卷冲她扔去：“我不想听这些，你给个确切的时间！”

父亲怒吼：“你说话啊！沉着张脸给谁看？这么窝囊干什么！连这点挫折都受不了，你以后怎么成大器？”

她被关在屋子里做题，长长的题库看不到底，一题解不出，做了一半出错，算了再算，还是错。

胃里泛起阵阵绞痛，脑袋疼得快裂开，她突然扔掉笔冲到上锁的门口，狠狠地敲着门板。

无人应答。

全身的力气在一瞬间被抽走，她跌倒在地上，哭得上气不接下气，哭得咬到了舌头，哭完开始呕吐，一直到喉咙疼得再也发不出一丝声音。

她的身边自始至终没有一个人。

“有谁可以……

“有谁可以……来救救我吗……”

一名男生走到她身边，弯下腰，轻抚她散乱的发丝。

谢妍姗泪眼婆娑地抬起头，看见他琥珀色的双眸。

那是她第一次见到“泪痣先生”的幻象。

这个幻象，贯穿了之后无数个昏暗无光的日夜。

谢妍姗蓦地睁开眼，呼吸急促，像是溺入深海中，挣扎着扑腾许久探出头，新鲜空气透过层层阻碍终于重新回到身边一般。

将视线从天花板上移开，她看见贴在床边的第一个“101”项目成绩，四个pass和第一梯队的排名，忽然感到释然。

真好，如今路的尽头还有光。

好像她每次遇见柯昱时都在人生的低谷期，遇见他之后，总会产生重新振作的想法。

似是被自己的想法吓到，谢妍姗用力地摇摇头。

不，她如今会重新振作都是受了筱晴的影响，关柯昱什么事？

是筱晴一直带她参与工程学院的志愿者活动，孜孜不倦地向她灌输自主学习的重要性。与大学霸相处久了，她不知不觉受到了影响。

想到这里，谢妍姗麻利地起床洗漱，开始新一天的学习。

“101”的第二个项目，她的程序功能正确，通过了所有的测试，但排名略有下降，代码风格那块被扣了不少分。

不巧，助教课又轮到柯昱点评，他顶着那张跩得不行的冷脸告诉大家，要写“DRY code”，而不是“WET code”。

“WET，Write everything twice（所有东西都写两遍）；DRY，Don’t repeat yourself（不要重复自己）。”

幻灯片显示出一片错误案例，虽然没写作者名字，但谢妍姗立刻认出是自己的代码，顿时忐忑不安地看向柯昱，视线刚接触到他的身影，又立刻赌气似的移开。

不知是不是感应到了她的目光，柯昱瞥了一眼大屏幕，不动声色地切换到下一页，换成另一位同学的作业，进行实例分析。

谢妍姗悬着的心放了下来。

“比如说，程序里写到差不多的逻辑，如果总是在复制粘贴大段代码后做微小的改动，重复次数太多，会导致代码啰唆难懂、结构复杂。”

柯昱在错误范本中圈出好几处功能重复的代码：“这些地方都在计算机票的价格，只不过条件有些不一样，如果将这个小功能写成函数，在需要用的时候直接调用它，整体逻辑就会清晰很多。”

谢妍姗记下了柯昱的建议：解决问题时，尽量减少重复劳动。

“而且以后如果修改计算方式，直接更改函数就行，如果是大量复制粘贴，就需要每一处都改，好麻烦。”

谢妍姗边听边标注，脑内思考着如何重新优化，打算今天就把程序修改完，再去找一个非柯昱的助教检查。

她本以为接下来上“101”的课还会与他打交道，没想到他居然辞去了助教一职，上课的助教换成了一名研究生。

谢妍姗盯着课程网站上的通知看了好久，再也不用和柯昱有交集了，这可是件好事。

可她心里空落落的。

连续好几天，下课后她漫无目的地在工程学院的教学楼里来回地走，没有看到柯昱的身影。

她脚步越发沉重，胸口像被开了个孔，不断往外扩张，止不住地酸胀。

为了摆脱这种感觉，谢妍姗继续将全部精力投入到学业中。新项目要求写一个类似“大富翁”的游戏，程序读取棋盘地图信息，根据规则，模拟四个玩家的对战过程，例如投色子、选择行走方向、购买房产、使用卡片等。

这是人工智能最简单的模式，让程序按照设定的逻辑行动。

谢妍姗一得空就在图书馆边看书边自学，从天亮学到天黑。晚上锻炼过后，她想起季筱晴的情况，给季筱晴打电话，没人接。

这段时间，她们几乎没有机会见面，谢妍姗猜想，季筱晴也许需要更多的时间休息。

周六是高学姐的生日派对，她想，到时候她会见到季筱晴，再问问季筱晴恢复得如何了。

【3】

谢妍姗到达高学姐的公寓时，里面的人已经多得快挤不下了。

高学姐人缘极好，工程学院的中国留学生来了一大半。

与顾齐这种阔少喜欢直接让餐厅服务生将餐送上门不同，这次生日派对需要自己动手，大家各自带来食材，一起做饭。

谢妍姗将买的水果和饮料交给高学姐，环顾四周，男女比例果然悬殊。学生们讨论着课程上遇到的问题、新发布的机器学习开源项目、各式各样的科技新闻。

谢妍姗静静地听。

谁拿到了哪家公司的暑期实习。

谁参与的项目要去技术峰会展示。

视线扫到靠近阳台的区域，她呼吸一窒。

明明他们只有几个星期没见，却好像隔了很久很久。

柯昱靠墙而坐，膝盖上放着一台手提电脑。他边上站着许多人，弯腰看向他的屏幕。

他飞快地敲击键盘，淡淡地道："我的神经网络架构搭好了，设置了超参数，现在在调参阶段。"

陆禾在一旁激情鼓掌："这么快就搞定了？真厉害啊！不愧是我哥！"

其他人跟着惊呼："有'柯大神'在，这回不怕出现过拟合的情况了！"

谢妍姗正在走神，肩膀突然被人敲了敲。她回头对上高学姐反光的眼镜镜片，吓得脖子一缩。

"怎么，柯昱现在不当你们助教了，你舍不得了？"

谢妍姗头皮发麻，立刻否认："没有。"

经高学姐介绍，谢妍姗才知道，原来柯昱早已加入了学校人工智能实验室，和季筱晴同在一个大组，主攻人脸识别。

"他们小组叫'Aegis'，重点研究如何透过易容和变装识别人的真实身份，这是最近人脸识别领域算法上的新挑战。"

谢妍姗似懂非懂地点点头。

高学姐给她看一张图，上面有四个长得差不多的人，标题为"猜猜谁是真的Taylor Swift（泰勒·斯威夫特，美国女歌手）"。

"这里面只有一个是本人，其他三个都是仿的。"

谢妍姗微眯起眼，仔细察看："这靠人眼都很难辨识，机器怎么认？"

"具体细节你得问他。"高学姐下巴冲柯昱那边抬了抬，"他们这次的课题如果能做出结果，论文发表有大概率被CVPR收录，所以他辞了助教的工作，专心赶进度。"

CVPR？

谢妍姗低头用手机搜索了一下资料。

CVPR，全称Conference on Computer Vision and Pattern Recognition

（国际计算机视觉与模式识别会议），由IEEE（电气和电子工程师协会）主办，是近十年来全球计算机视觉领域最有影响力、内容最全面的顶级学术会议。

柯昱这么厉害吗？

他不仅是“101”最年轻的助教，还是科研组的核心骨干？

他还有多少事是她不知道的？

“唉，虽然他学术很强，可我还是怀念帅气弟弟以前跳舞的样子啊。”高学姐注视着柯昱，轻声感慨，“他可真好看，套个麻袋都帅。”

有人做伴，谢妍姗便光明正大地跟着一起看，用评价路边摊上某棵白菜的语气道：“你不觉得他的表情一直很惹人不快吗？”

高学姐双手捧脸：“我就喜欢他这副瞧不起人的样子，就想看他鄙视我、嘲讽我、骂我。”

“学姐，你……”谢妍姗措辞，“喜欢柯昱？”

在说“喜欢”这两个字的时候，她的心跳慢了一拍。

高学姐干脆地摇头：“我不喜欢真人。”

谢妍姗没听懂。

“我喜欢硬盘里的他。”

谢妍姗倒吸一口冷气。

高学姐指了指手机：“我是说，屏幕里的他。”

高学姐同谢妍姗随意聊了几句后，便招呼别的朋友去了。

陆续来了不少访客，谢妍姗发现，有一个人的气质与整个屋子的人都不一样。

梁萤不知是用什么理由混进来的，照例穿得一身清凉，露背上衣搭配超短裙。她将笔记本电脑摆到客厅正中央的桌子上，占据场上中心位后，点开一个视频，开始跟着跳舞。

“不好意思呀，大家，这周末我要表演，得抓紧时间练习一下。”

梁萤跳的是Blackpink（韩国女子演唱组合）的Boombayah，音乐声起，她跟着哼唱。

“I am so hot, I need a fan（我如此火辣，需要一个风扇）.”

她甩发，扭臀，下腰。

她边抚摸长腿边起身。

“I don’t want a boy, I need a man（我不想要男孩，我需要男人）.”

她咬住下唇，身体随着音乐律动。

谢妍姗目瞪口呆。

在场的工程学院的男生们迅速分成两派。

一派是柯昱和他周围的人。他们嫌梁萤太吵，打扰他们讨论问题，于是目不斜视地搬起电脑走向阳台，拉上门。

另一派的人则全身定格，盯着梁萤表演，张大了嘴。

季筱晴的前组员黑大个，全程保持往自己杯子里添饮料的动作，饮料从杯子中溢出，流了一地。灶台前，好几名做饭的男生扭过头，一人看得口干舌燥，失神地拿起酱油瓶往嘴巴里倒。

直到烟雾报警器大响，大伙儿才如梦初醒。

“焦了焦了！”

梁萤跳完一曲，妩媚地冲观众抛去一个媚眼，径直走到谢妍姗旁边坐下。

谢妍姗蹙眉，想换位子，可对面柯昱正巧从阳台回到客厅，两人的目光撞到一起，又同时移开。

人间处处是雷区。

她没注意到，柯昱发现她后，抬脚往她在的方向走了几步，又停住，最终退回原来的地方。

眨眼间，花蝴蝶梁萤身边迅速围了一圈男生。

“你在上我们学院的编程必修‘101’吧？那课好难的，你一文理学院的女生学这个很厉害啊。”

旁边的人嫌弃他夸得不到位，一把将他推开：“你不懂了吧，人家上学期修的可是进阶编程课‘280’呢，和我们第一学霸晴姐一个组的。”

众人齐声惊呼：“那你没少被晴姐骂吧？她超级恐怖！”

谢妍姗闻言，想起季筱晴与梁萤一组时增加了很多工作量，顿时气不打一处来。

她还有脸提？

她连小组项目的标题是什么都不知道吧！

梁萤娇笑着摆手：“那是我不自量力了，最后的成绩不是很好，现在从基础的开始学。”

男生们主动请缨：“你遇到任何问题，随便问我，我保证随叫随到。”

梁萤软声道：“我指针这块不是很懂，你们能不能给我讲一讲呀？”

“没问题！”

“教到你懂！”

梁萤对此回应颇为满意，挪动屁股往谢妍姗身边靠：“妍姗，你要一起听吗？”

谢妍姗抬手抵住她贴过来的脸：“不用，我自己能看书。”

梁萤正欲开口，被谢妍姗不客气地打断：“以后工作了，大家都是读个说明文档就能开始干活，你还需要同事放下手头的事一点一点教？”

话音刚落，男生们看向谢妍姗的眼神都不一样了，带了几分意外，还有几分敬意。

这个女生好像和传闻中的不一样。

【4】

高学姐的生日派对过去了半小时左右，顾齐开车载着季筱晴驶至公寓楼下。

“晴姐，医生说你现在的情况还需要接着休息，不能再这样无节制地消耗自己的身体。”

季筱晴笑了笑："你很在意？"

因为我是妍姗的朋友，你才这么关心我对不对？

她想问，可没有问出口。

她明明就知道答案，何必自取其辱。

顾齐没有直接回答，而是温和地轻抚她的脑袋："你一定要好好配合医生治疗，别怕，我会陪着你的。"

季筱晴蹙眉，打掉他的手。

顾齐低声叹了口气："晴姐，别总是这个表情，我希望你开心一点。"

季筱晴没吭声，先他一步进入高学姐的公寓。

客厅里，谢妍姗避着柯昱厌烦着梁萤，看到季筱晴来了，顿时双眼发光。

"你怎么回事，最近电话总打不通？"

季筱晴不想告诉她自己最近连充话费的钱都没了，用"实验室信号不好"敷衍了过去。

两人没说上几句话，季筱晴就被一群讨论学术的人鬼哭狼嚎着拉去当援兵了。

"晴姐，我搞不定了！怎么做结果都不对！救命啊！"

"晴姐，发发慈悲帮我们想想办法吧！"

好不容易解决问题落得清净，顾齐敲了敲季筱晴的肩："晴姐，我先离开一下，一会儿你跟着阿肯他们的车走吧。"

几分钟后，谢妍姗来找她："筱晴，我有点事先走了，一会儿来接你。"

季筱晴心里咯噔一声，脸上却依然在笑："不用啦，你忙你的。"

她缓缓走到窗边，看见谢妍姗和顾齐先后开车往同一个方向离开。

季筱晴忽然又想起了与顾齐刚认识不久的事。

那时候她需要乘飞机去其他州开一个学术会议，顾齐主动提出送她去机场。

到了出发的时间，季筱晴先坐公交车去了顾齐家。

大门没关，里面传出热闹的喧哗声，她迟疑地推门进去，拉着行李箱往里走，看见客厅里全是人，顾齐和几个花枝招展的女生挤在一张沙发上看电视，又有一名女生想加入，苦于没有位置坐。

边上有人提议："你就坐顾少的腿上呗。"

顾齐慵懒地背靠沙发垫，笑着冲她抬了一下下巴："你想坐就坐。"

男生们不怀好意地开始起哄。

季筱晴心里倏地蹿上一股火，扭头就走。

"晴姐！"

注意到季筱晴的存在，顾齐立刻从沙发上起身："我不陪你们玩了，现在有要紧的事。"

众人面面相觑，好奇地打量门口的不速之客。

"晚上等你啊，顾少！"

顾齐小跑上前，笑着接过季筱晴手中的行李箱。

"晴姐，你怎么自己过来了？"

"我不想太麻烦你。"季筱晴凉凉地睇他，"而且，看你的样子，大概是忘了今天要送我去机场吧？"

顾齐连忙否认："你的事我怎么可能会忘？我正准备过几分钟去你家接你呢。"

季筱晴目光微动："谢谢。"

"客气什么，你是妍姗的朋友，当然对我很重要。"

季筱晴眼中的光芒倏地灭了。

所有人都知道，顾齐交往过许多女朋友，且每次都是对方向他告白。

他主动追求的，只有谢妍姗一个。

后来因为这事她还被高学姐调侃："送你来机场的男生好帅啊，你男朋友吗？"

季筱晴面色一红，用力摇摇头：“没有，也许连朋友都不算吧。”

客厅里有人为了活跃气氛，开始放歌，几个男生跟着哼唱。

季筱晴鼻间蓦地酸了。

先前她晕倒在路边，顾齐为了安慰她，在她的要求下，唱的就是这首歌——

他不懂你的心假装冷静，
他不懂爱情把它当游戏，
他不懂表明相爱这件事，除了对不起就只剩叹息。
他不懂你的心为何哭泣，窒息到快要不能呼吸。
他不懂你的心。

【5】

谢妍姗根据顾齐发来的地址行驶到了南校商业街的一家餐厅门口。将车停好后，她在服务生的指引下进入只接待预约顾客的二楼包间。

方才聚会中，顾齐突然用微信通知谢妍姗提前和他离开，理由很短，只打了“季筱晴”三个字。

包间里没有人，谢妍姗等了将近半个小时，顾齐才现身。

“你又想干什么？”

谢妍姗压着火气，厉声道：“我以为我已经跟你说得够清楚了。”

顾齐明知道季筱晴喜欢他，却还拿这种小心翼翼的喜欢作为威胁别人的工具，在谢妍姗心里他已经被判了死刑，她完全不愿与他再有任何来往。

“抱歉，事发突然，我不想在人多的地方讨论这个话题。”顾齐不紧不慢地开口，“这次不是威胁，是忠告。”

他将一个透明塑封袋摆到桌子上，两指一推，推至谢妍姗跟前。

“晴姐把这个掉在实验室里，被她的组员捡到了。”

见到白色的止痛片后，谢妍姗的脑袋嗡的一声炸开。

她警觉地问：“谁捡到了？那个‘爆炸头’？”

顾齐颔首道：“晴姐最近身体情况不好，所有人都看得出。我刚刚花了好大工夫才在不被她的组员怀疑的情况下将药片转移到自己手中。”

虽然只是个普通的处方药，但“爆炸头”一直想抢季筱晴对项目的负责权，难说不会暗中搞事。

原来顾齐迟到是去和“爆炸头”交涉了。

谢妍姗松了口气，又不放心地问：“你和那个‘爆炸头’很熟？她那么听你的话？”

顾齐微怔，笑着弯起那双桃花眼：“这点本事我还是有的。”

谢妍姗恍然，嘴角抽了抽。

“妍姗，只有你能劝晴姐。”顾齐敛住笑意，轻叹了口气，“她一定将别的药藏起来了。”

谢妍姗没应声，面色愈加阴沉。

季筱晴的症状并不严重，只要根据医生的嘱咐，戒药两个月左右就可以恢复。

可她居然还在吃。

顾齐垂下眼帘，温和而缓慢地说：“晴姐现在对我特别抵触，我能帮她的只有这些了。”

与顾齐分开后，谢妍姗开车回到高学姐的公寓，生日派对仍未结束，但季筱晴已经回家了。谢妍姗往屋里扫视了一圈，没看见柯昱。

他也回去了？

她被自己的想法惊得打了个寒战。

都说了到此为止！还想着他干吗！

高学姐的声音忽然在谢妍姗耳边幽幽响起：“聚会果然是邂逅姻缘的好地方，你猜今晚谁送筱晴回去的？”

“谁？”

高学姐压低声音：“柯昱。”

谢妍姗骤然瞪大眼。

高学姐兴奋地打了个响指：“没料到吧！我也惊呆了！还是柯昱主动提的！”

谢妍姗动了动嘴唇，发不出声音。

“不信你现在出去看看，他们坐校车回去，还没走多远呢。”高学姐摸着下巴感慨，“步行多浪漫啊，一路聊天，正巧两个都是学霸，在人工智能实验室里还是一个大组的，没准他们原来就认识呢……”

高学姐后面说的什么谢妍姗完全没有在听。她手上拿着的车钥匙掉到了地上，很响的一声，她愣在原地，过了好久才慢吞吞地弯腰去捡。

第十一章
AI搬砖工

【1】

谢妍姗依旧打不通季筱晴的电话，第二天她直接去工程学院找人，在图书馆发现季筱晴正与课程小组的组员开会，似乎陷入争执，吵得面红耳赤。

她不想打扰对方，留了张字条，约她忙完后在地下一层见面。

接下来有“101”助教答疑时间，谢妍姗抱着手提电脑，将根据上次柯昱课上的提示修改完的代码展示给助教检阅，新版果然比原版好很多。

答疑时间结束，由于谢妍姗是最后一个走的，助教临时有急事需要人帮忙，便带她去了旁边的小教室。最靠里的桌子上有一堆文件，其中有份文件少了好几页，助教拜托她找出来。

谢妍姗粗略估计了一下，桌上有几百份文件。

这间教室只有四张桌椅、两排书架，看上去更像一个储物间，平时鲜有人光顾，正好为她提供了安静的环境，方便她完成这项需要耐心的任务。

谢妍姗拉开椅子坐下，一份一份地检查文件有没有缺页。她将文件分为两堆，“通过堆”和“待查堆”。

关上的教室门忽然被人推开，脚步声响起后又停住，一道颀长的身影出现在她跟前，挡住了她前方的光，将她笼罩在阴影里。

“昨天你又和那个顾齐去哪儿玩了？”

谢妍姗摸着页脚的手一顿，心头顿时腾起一把火。

这熟悉的让人不愉快的语气……

柯昱单肩背着书包，居高临下地垂眼看她：“别以为几次项目成绩不错你这学期就稳了，就你这底子，想拿A还差得远。”

谁给你这浑蛋勇气在我面前若无其事地晃来晃去的？

谢妍姗脑中闪过将他按倒在地用拖鞋拼命抽的画面，脸上却毫无表情，继续低头数着页码。

“高学姐的生日派对上，”柯昱拿起一份文件随意翻看，“我看到你和他提前走了。”

当时你不是还装作没看见我吗？

谢妍姗内心白眼翻到天花板，表面上却依旧视他为空气。

柯昱将文件放回原处，动作有点重，整堆文件都跟着一震：“你这是默认？”

“你也在？”谢妍姗轻描淡写地说，“我没注意。”

“我陪我室友去的。”柯昱瞄她一眼，目光微动，“这种无聊的聚会我一般也不会参加。”

谢妍姗拿了份新的文件：“哦，我以为你又收钱扮演谁的男朋友。”

柯昱微怔，单臂屈起，手肘抵在桌面上，俯身向她靠近：“可以啊，谢大小姐有需求吗？”

谢妍姗将检查完的文件放到旁边：“没有，有也不找你。”

柯昱哼笑一声，看向窗外，下颌线条缓缓绷紧。

他忽然侧身，书包撞到桌子，谢妍姗的笔自桌子边缘滚落，掉到地上。

“不好意思。”柯昱弯腰去捡，正巧谢妍姗同时伸手，两人即将触到之际，他蓦地抓住她的一根手指。

“你的手怎么这么冷？”

谢妍姗迅速用空着的另一只手从地上抄起笔，挥匕首般笔尖向外地抵在他脖间。

"松开。"

柯昱嘴角弯了弯，松开手，举起双手，做了个投降的动作。

谢妍姗看都不看他，继续干活。

柯昱慢悠悠地走到窗边，观赏了一阵外面的美景，再次走回谢妍姗桌前。

"高中时候发生的那些……我不是故意忘记的。"他停顿片刻，"我出了点事。"

他主动提及往昔，谢妍姗噤声许久，最后还是没忍住，抬起头，冷声发问："什么事？"

柯昱注视着她，眸色逐渐变得暗淡。

就在谢妍姗以为他会同之前一样沉默后转换话题时，柯昱开口道："如果是和你有关的，我希望可以想起来。"

他语气诚恳，谢妍姗紧绷的神经隐隐有些松动，然后，她听见他说——

"所以你网上的段子到底是不是写的我，我到底有没有把你按在洗手台上狠狠地吻……"

"柯昱！你去死吧！"

谢妍姗愤然起身，抬腿对着他一阵"夺命连环踹"："我都说了别再拿这个开玩笑！"

"我没开玩笑，我只是在求证。"柯昱边躲边严肃地解释，"我知道你很害羞，但也不能因为这样掩盖事实。"

"段子全是假的！"暴怒使得谢妍姗大脑充血，音调骤然提高八度，"都说了我在幻想！我在幻想以前的你！要我重复多少次你才能明白！"

说罢她便后悔了，身体仿佛瞬间石化，然后哗啦啦地碎成了一摊沙，被风吹散在空气里。

果然一遇上他，她就智商归零、急躁不堪，理智和淡定纷纷离家出走。

柯昱露出恍然大悟的表情，抬手指着她，一下一下地轻点空气，随后恶劣地将语调拖得长长的："哦——你幻想和我……和我……"

谢妍姗气到抓狂，恨不得一个过肩摔将他砸进墙壁里。

不行！

冷静！必须冷静！

她深呼吸，竭力平复情绪，听见柯昱慢条斯理地说："这不公平，以前的我也是我，你幻想了我那么多年，就不打算给点回报吗？"

谢妍姗冷笑道："你又要讹钱是不是？"

柯昱垂眼，盯着她一张一合的唇："我也要幻想你。"

谢妍姗一个巴掌扇过去："色狼！"

柯昱敏捷地抓住她的手，眉峰上挑："你现在是不是承认了，你幻想的都是那方面的事？"

谢妍姗梗着脖子瞪他："我没有！"

她随手抄起一张草稿纸揉成团往他嘴里塞，柯昱饶有兴致地来回躲，她扑得太猛，两人跌倒在靠近书架的角落。谢妍姗趴在柯昱身上，距离近得几乎就要亲上他。

柯昱的身子倏地僵住，目不转睛地盯着她的脸，眼神一点一点暗下来。

见他还在发愣，谢妍姗脑中灵光一闪。

多好的机会啊！

此刻不出击更待何时啊！

她抓准时机，凑上前冲着他的耳朵就是重重一口！

柯昱毫无防备，痛得吸了一口凉气。

谢妍姗扳回一局，起身想跑，被柯昱拽了回来，翻身压在地上。

他浑身散发出危险的气息，犹如进入捕猎状态的肉食野兽。

"你知道吗，我这人从来不吃亏。"柯昱声音低哑，不怀好意地勾起嘴角，"我也要咬你。"

谢妍姗的手腕被他按在身体两侧，她动弹不得，却强硬地不肯示弱："别乱来，我给你钱。"

柯昱最喜欢看她这种因为气愤而满脸通红，又故作冷静不发作的模样，当然，她揭下面具后张牙舞爪的样子也很有趣。

他轻扯嘴角，缓慢地上下移动视线打量她，像在思考从哪儿下口。

谢妍姗加码："别咬我！我给你很多钱！"

柯昱低笑，轻耸肩膀：“别怕，不疼，忍忍就过去了。”

谢妍姗瞪着干涩的眼，看见他埋头，高挺的鼻梁即将触到她的脖颈——

教室的门唰地被人推开。

谢妍姗的心跳似乎骤然停止了。

柯昱立刻反应过来，从地上坐起身，用自己的后背将谢妍姗完全挡住，两个人的脸都不会被看到。

白人小哥虽没见到原始画面，但大致有了猜想，吹了声口哨，暧昧地提醒：“这里不合适啊，同学，你们想亲热得去别的地方。”

谢妍姗脑子里轰的一声炸开。

他说什么？

亲热？

柯昱背对着白人小哥摆了摆手，镇定地回复：“不好意思。”

你这道歉越描越黑啊！

在旁观者看不到的地方，谢妍姗使劲掐着柯昱的胳膊。这次他很能忍，咬紧牙关，连眉头都没皱一下。

他掌心覆上她的手背，完整地盖住她的手，却不是为了阻止她施暴。他指腹不安分地摩挲着她的指缝。

谢妍姗起了一身鸡皮疙瘩，脸涨成了猪肝色。

白人小哥没多看就识相地走了，还好心帮忙关上门。

教室里重新只剩下他们两人，谢妍姗抽回手，挥拳狠狠地揍向柯昱的腹部，可他的肌肉结实如铁板，打得她手疼。她又捶他胸口，痛的依旧是她。

柯昱好整以暇地低头看她，一副“你随便打”的模样。

谢妍姗羞愤至极，撒完火后用力推了他一把：“你给我滚远点！”

柯昱后退一步，却丝毫没有打算滚的迹象。

谢妍姗被他这油盐不进的模样气笑了，感觉发火是在浪费生命，还有损仪态。

她坐回原位，漠然地道：“我看你对别的女生都很冷淡，怎么到我这儿就这么轻浮？”

柯昱学着她的语调道：“你对别的男生也很冷淡，盯着我还不是做那种幻想？”

“你什么都不懂就不要胡说。”谢妍姗咬牙切齿地道，“我的幻想都很纯洁，网上那么写是有原因的。”

因为这样点赞和评论的数量更多啊！差不多得了！你别再追问了！把自己经营成千万级粉丝的知名博主很不容易的好不好！谢妍姗心想。

“我指的也是纯洁的幻想啊，”柯昱漫不经心地拿起谢妍姗桌上的笔转了个圈，“工作忙了就想想谢大小姐这么白这么富这么美的人还这么拼命学习，我这种穷鬼有什么道理偷懒呢？”

谢妍姗皱眉：“我怎么觉得你在嘲讽我？”

柯昱勾起嘴角，坏笑着摇头：“没有，我发自肺腑地夸你。”

谢妍姗放弃与他继续浪费时间，回归到自己方才的检查工作中。

柯昱站到她旁边，微俯下身：“谢大小姐在审查什么呢？作为刚才的补偿，我可以帮你。”

谢妍姗本不想理他，甚至想抱着文件挪开，但转念一想，她凭什么走啊？

就得让他干完活再滚啊！

小孩子才靠痛殴对方发泄不满，成年人只会把对方利用完后像扔一块破抹布一样扔掉！

她公事公办地说：“有份文件缺了几页，要从里面找出来。”

“每份都有编号？”

“嗯。”

“按顺序排列？”

“对。”

“你就一份份找啊？”柯昱轻嗤，“我之前上课跟你说过什么？尽量少做重复的操作。”

谢妍姗动作顿住。

柯昱根据编号，将“待查堆”的文件分为了数量相等的两堆。

"左边低还是右边低？"

谢妍姗答："左边。"

柯昱将左边那堆再次分成两堆，每堆的数量只有总数的四分之一。

"左边低还是右边低？"

"右边。"

柯昱将右边那堆再次分成两堆，每堆数量变为总数的八分之一。

谢妍姗倏地明白过来，两堆文件份数相同，厚度低的那堆便包含了缺页的那份文件，不断重复这个比高低的操作，就能很快找到目标。

她眸色一亮："二分法？"

柯昱点头："对，这是算法中很常见的一种。二分法，分治算法策略的一种简单模式。"

谢妍姗很早就在奥数中听说过这个概念，但她以前只喜欢做题，很少会考虑在生活中主动加以应用。

没花多少工夫，他们便顺利找到了页数缺失的那份文件。

谢妍姗还没来得及高兴，柯昱便将文件抽走，高举到她够不到的地方："如果一份份查找的时间复杂度为O(n)，那我们刚才这样做的复杂度是？"

每次都将总量分为两份，问题解决了则成功，不成功就将范围缩小一半。

谢妍姗脱口而出："O（logn）。"

"不错嘛。"柯昱将文件还给她，笑着伸手想摸摸她的脑袋，被她偏过头躲开。

"如果你下次再敢随便碰我，"她挑起杏眼看他，表情沉静，语调冰冷，"你可能会死。"

【2】

晚饭后，陆禾收拾完餐桌，将剩菜盖上保鲜膜放进冰箱，从下层抽屉挑了个颜色最光鲜的苹果去皮切成块，装进碗里，送到柯昱房间。

柯昱正在看计算机视觉领域最新发布的论文，不时低头在草稿纸上演算着什么。

他耳朵上被谢妍姗咬出了一个明显的牙印，用创可贴盖住了。

陆禾惊呼：“哥，你耳朵受伤了呀？”

柯昱后背微震，没作声。

陆禾轻车熟路地抓过一把椅子坐到他身边：“我今天出门了，听到文理学院的人聊八卦，说你那‘冰美人’高中时候是个狠角色，有个女生总是与她作对，她好像把人家给……”

柯昱手里的笔转了两圈，侧过头看向他。

陆禾做了个抹脖子的动作。

他压低声音，严肃地提醒：“哥，如果她对你说了类似‘你死定了’这种话，千万别当玩笑。”

啪嗒，柯昱转着的笔掉到了地上。

陆禾跟着一抖：“她真对你说过啊？”

柯昱捡起笔，继续在纸上推写数学公式。

陆禾小心翼翼地补充：“我觉得没事，她那细胳膊细腿的，肯定打不过你。”

柯昱抬起手臂，对准陆禾后脑勺就是一巴掌，似笑非笑地说：“行啊你，信谣传谣的本事可越来越厉害了啊。”

陆禾无辜地揉着脑袋：“我没信我没信，我只是个卑微纯洁的八卦搬运工。”

“你这话倒是提醒我了。”柯昱放下笔，食指在桌上敲了两下，“你什么时候搬走？”

“我什么都没说！我只是来送苹果的！”陆禾谄媚地进贡，“哥，你吃，你吃。”

柯昱单手托着装满苹果块的碗，把碗转了一圈，抬眼对上陆禾的视线：“下次你再听到这种话，应该直接把碗塞进对方嘴里。”

在助教那儿交差后，谢妍姗仍未等到季筱晴，晚饭时正巧遇上高学姐，便与她聊起了工程学院相关的事。

想起梁萤先前同她显摆自己进了人工智能实验室，那可是季筱晴、高学姐和柯昱待的地方，据说人特别高精尖，谢妍姗心生好奇。

高学姐介绍道，工程学院人工智能实验室规模很大，涉及不少领域，计算机视觉、智能无人系统、智能机械、智能医疗、自然语言处理等。

每个领域还分为硬件和软件，同属计算机视觉，季筱晴研究的是高算力的芯片，而柯昱则偏向算法和编程。

“有趣的项目不少，就说我们计算机视觉这块吧，有个全是男生的小组专门研究用AI技术为照片和视频化妆，柯昱更搞笑，他以前主攻如何卸妆。”

“啊？”谢妍姗下意识地惊呼，在对方反应过来前抿住嘴唇，不能有损“冰美人”的形象。

“柯昱在进我们实验室之前，就有过与企业合作的经验。”

听到关于柯昱的事情，谢妍姗本能地来了兴致。

高学姐本想详细解释柯昱那个项目的原理，忽然意识到谢妍姗是个被开过退学警告、在大家传闻中学术能力并不算高的文科生，怕自己说得太深导致她听得一头雾水，于是努力在脑海中搜索浅显易懂的例子。

“简单来说，好比对别人精心处理过的照片，进行一键卸妆。”

谢妍姗倒吸一口冷气：居然还有这么丧心病狂的技术吗？

“你看过网上很火的那个视频吧？有个美女主播直播时系统出现了问题，关掉了美颜滤镜，这个主播其实是个男人。现在网上的照片和视频真是一点都不可信，遍地‘照骗’。”高学姐正色道，“柯昱那个项目，就是一面照妖镜。”

谢妍姗的表情更困惑了：“他研究照妖镜干吗？”

“执着于女生的素颜吧。”高学姐伸手推了推眼镜，“难道他以前谈恋爱遇上骗子了？”

谢妍姗打了个寒战：真难想象。

好吧，今天对柯昱的不了解，又多了一条。

谢妍姗身子前倾，向高学姐靠近，用真诚中带了些忐忑的语调开口：“学姐，怎么样可以申请加入人工智能实验室？”

这转折有些突然，高学姐被饮料呛了一下，连连咳嗽：“怎么，你也想研究照妖镜？”

之后好几天，谢妍姗时不时地会想起高学姐的这番话——

“你能想象这样的画面吗？那个不近女色、超级冷漠的柯昱，电脑里存满了网络红人的照片，他全神贯注地紧盯屏幕，生怕错过对方脸上的任何细节，不是为了欣赏，而是为了还原素颜！”

谢妍姗自动过滤了后半句，将前半句反复回味。

硬盘里存满了网络红人的照片？他全神贯注地看？

谢妍姗磨了磨牙。

柯昱果然是个狗男人！

谢妍姗在网上提交了入工程学院人工智能实验室的申请，计算机视觉大组里正好有新组招人，面向新生，门槛不算太高。

按下提交键后，谢妍姗偏过头，看见了书架上的便笺：

“我想变得更有用一点，永远不要再为了自己的无能而难受。”

她想起太阳能小车在跑道上一动不动，女孩红肿的眼眶、神色黯然的脸。

她的信心曾被摔得粉碎，她的前路曾雾霭蒙蒙，而如今陆陆续续的成功，一点一点缓慢而艰难地将她的信心再次拼凑起来。

她是谢妍姗，是曾经的数学竞赛组的王牌，是曾站在巅峰的奥数冠军。

三年多荒废的时光可以改变很多事，所幸她终于从泥地里探出了头。

谢妍姗的面试被安排在周五，地点是计算机科学大学的一间会议室里。

面试官有四人，三人并排坐在对面，一人待在角落。待在角落那人低着头似乎在忙自己的事，谢妍姗进门后没有看她一眼。

开局不顺，面试官之一，居然是与季筱晴不对付顺带看谢妍姗也不顺眼的“爆炸头”。

“爆炸头”占据中心位，看来还是个主面试官。

“你是文科专业的吧？”

"对。"

"你大一数学全部不及格？"

"对。"

"这些课你修过哪些？"

谢妍姗看向"爆炸头"给的表格，上面列了一系列A级数学课的代号。

线性代数、离散数学、统计与概率、偏微分……

谢妍姗如实回答："一门都没有。"

"全部没学过还想进人工智能实验室？""爆炸头"音调骤然提高，"你把我们这儿当什么地方？

"爆炸头"左边那位也许受过什么伤，情绪异常激动地敲了下桌子："是不是知道你们文理学院的人毕业后找不到什么好工作，所以一个个挤破脑袋地往我们工程学院跑啊？"

翻译过来就是，哪儿来的野鸡上赶着来蹭我们的热度？

"激动哥"抱着双臂，趾高气扬地用一种指点人生的口气说："小学妹，我们做AI这块的不缺人，只缺人才。我们和受过一阵培训量产的普通程序员不一样，我们不仅需要精通编程，还得有过硬的数学底子，真不是随便谁都能来混的。"

谢妍姗想，也许搞学术的压力太大真会心灵扭曲，需要在别人面前全方位地显摆来获得优越感，以此安抚自己千疮百孔的心灵。

"激动哥"说完后竟然有些发怵，因为谢妍姗脸上没有任何被揭短后慌张局促的模样，她的表情淡定孤傲，透着点隐隐的不耐烦。

对，不耐烦，那种"你屁话说完没？快问下一题"的不耐烦。

"没修过课不代表我不会。"谢妍姗慢慢地闭了下眼，漠然地看着他们，"这上面列的好多知识点我中学就学过了。"

会议室里一片寂静。

"爆炸头"和"激动哥"交换了下眼神，心想这妹子挺会吹牛啊，文理学院的富家大小姐，被奚落得受不了了就开始吹牛吗？

谢妍姗接着说："就算不会，项目需要什么，我能自学。"

这下两位面试官不约而同地笑了。

瞧瞧，牛皮吹爆了开始给自己台阶下了吧。

“爆炸头”眯眼：“你成绩差到要被退学还提自学？”

她右边的小弟轻声提醒：“收到退学警告后，她上学期的数学课全A。”

“文科专业的数学课有什么难度？”“爆炸头”扫了一眼谢妍姗的背景资料，“基本都是E等级，最难的一门难度，啧啧，D。”

坐在最边上始终低头敲电脑忙自己事的“划水哥”忽然开口：“你知道计算机的五大常用算法吗？”

“激动哥”阴阳怪气地道：“人家小姑娘‘101’都没修完，能把功能做出来就很不错了，你就别问她算法了。”

“爆炸头”跟着说：“算法是什么意思，你知道吗？别告诉我是九九乘法表。”

谢妍姗冷声道：“贪婪算法、分治算法、动态规划算法、回溯算法以及分支限界算法。”

三位面试官同时愣住，像被按了暂停键，定格在原地。

谢妍姗伸出一根手指：“贪婪算法，在对问题求解时，不从整体最优上加以考虑，总是做出在当前情况下看来最佳的选择，比如，求最小生成树的Prim算法和Kruskal算法。”

她伸出第二根手指：“分治算法，将复杂问题不断分解成相似的子问题，直到最后子问题可以被简单地直接求解，比如……”她的眸色亮了亮，“二分法。”

那天被柯昱科普了二分法和分治算法后，回家后她便将其他的都查了个遍。

柯老师说，这叫自主学习，由点及面。

谢妍姗全程毫无卡壳，像个没有感情的机器人，将五大算法从原理到实例，解释得明明白白，毫无让人找碴的空隙。

她说完后，会议室里再次变得十分安静。

小弟拍了拍手，连声赞同：“对对对。”

“爆炸头”过了好半天才回过神，开口道：“懂理论也很常见啊，毕竟都是入门知识。”

谢妍姗淡淡地道：“那你出题，我去白板上写，编程或者数学，随便你。”

她明明没有丝毫恼怒的样子，可话语却像夹带着冰霜的攻击，令“爆炸头”感到背脊阵阵发凉。

“爆炸头”咽了口口水，在谢妍姗脸上读出了一行字——

“我鄙视的不是你，我鄙视你们所有人。”

她还欲继续为难谢妍姗，角落里的“划水哥”已经起身将一个信封摆到谢妍姗跟前。

“爆炸头”和“激动哥”面色着急，可张嘴说不出话。

“划水哥”说：“这是门卡，以后你可以用这个出入实验室。”

然后他回到自己的位子上，继续埋头敲键盘。

谢妍姗微怔，全身泛出轻飘飘的不真实感。

她被录取了？

原来坐中心位的不是主面试官，窝在角落里看上去毫无地位的才是做决定的大佬。

【3】

事实证明，事情不会那么简单。

谢妍姗被编到全是新人的小组。参与的项目刚刚开始，大家聚在一起开第一次组会。

工作内容为：数据标注。

谢妍姗在小教室入座，偏过头看见了冲她抛媚眼的梁萤。

梁萤：“妍姗，我们真是有缘。”

为什么你这家伙无处不在啊？！谢妍姗别过头，不想理她。

负责指导他们组的研究生学长刚刚在显示屏上打开演示稿，教室门便被推开，谢妍姗目瞪口呆地看着柯昱大摇大摆地走了进来。

为什么你这家伙也无处不在啊？！

柯昱跟学长说了句什么，学长了然地点头道：“那就麻烦你带一下他们。”说完学长便离开了教室。

谢妍姗脑内闪过一道惊雷。

不是吧？

又是这种比我高一层的关系？

柯昱似乎没睡好，脸上带着疲惫的困意。他抬手按了按后颈，在讲台上为他们这群没背景的新人进行计算机图形识别的入门级讲解。

“还记得小时候爸妈如何教你认识事物吗？看到一只小猫，他们告诉你，这是小猫，下次遇见时，你就认识了。

“同样，我们要教机器认识一只‘小猫’，如果直接给它看一张图片，它完全无法识别。所以，我们得给它看无数张标注着‘小猫’的图片，机器通过大量学习后，便能根据特征识别出‘小猫’。

“你们要做的，是标注数据，比如说，给所有印有‘小猫’的图片，标注上‘小猫’，以供机器学习。

“总而言之，标记图像，就是为AI提供学习的养分。”

讲解完毕，柯指导向大家布置了任务。

“这是附近好几个区域的照片，从照片中找出有没有猫，有的话就把它圈出来。”

谢妍姗难以置信地眨眨眼。

人工智能实验室，计算机视觉领域，听起来如此高端，结果就是来圈猫的？

到了布满电脑的工作区域，大家边干活边七嘴八舌地讨论。

他们所在的数据标注组，专为隔壁项目研发组提供数据集。

“课题是做什么的，教机器识别猫？”

“差不多。”

“统计附近流浪猫的品种？”

“训练AI快速找流浪猫抓了去绝育？”

梁萤惊呼：“这么凶残！猫猫那么可爱！”

忙了一下午，谢妍姗快成斗鸡眼了。她周围有三个男生，全部穿着条纹T恤，款式看起来差不多，只有颜色不一样。

黄条纹的男生叹气："我算是体会到了，有多少人工，才有多少智能。"

"他们在那边研究算法，我们在这边无偿搬砖。"绿条纹男生叹气，"做实验和刷试管的区别。"

红条纹叹气："我不想干不需要动脑的事情啊。"

这也正是谢妍姗想说的话。

梁萤吹了吹自己新做的指甲："不动脑子就能在履历上混个在我们学校精英工程学院人工智能实验室里干过活的经历，我觉得超级划算啊。"

边上的女生鄙夷地斜眼："得了吧，人家到时候肯定会问你具体做了什么。"

梁萤耸肩："面试的时候就往大了说呗，把别人做的说到自己头上，到时候背一背资料就行，面试官又不可能真的去查。"

谢妍姗发出一声不屑的冷笑。

那"激动哥"面试时如此情绪失控，多半就是遇上了梁萤这种人。

"干吗？你还想去研究算法啊？都是天书一样的数学好不好！"梁萤冲谢妍姗皱了下鼻子表达不满，"只学了个'101'，还没学完，真当自己本事很大了？"

谢妍姗冲她勾了勾手。梁萤迷茫地凑近，听见她冷冷地道："就凭你，没资格说我有没有本事。"

梁萤脑海中迅速浮现出谢妍姗扯过她领子将她拽到楼梯边的恐怖画面，牙齿控制不住地开始打战。

这时间久了，她一心想着拿下谢妍姗气死季筱晴，早将谢妍姗身上的血腥传闻抛之脑后。太大意了。

"我跟你说，谢妍姗，我真的不怕你。"梁萤掐了下大腿，用疼痛为自己壮胆，"我们都是文理学院的，同修一门课得互帮互助，你可别得寸进尺啊。"

谢妍姗忽然站起身。

梁萤立刻高举手臂做了个防备的姿势："你干什么！你别打人！这是公共场合！"

谢妍姗整理了下桌面上的东西，挪到离她最远的座位上。

边上三个男生同时向梁萤送来疑惑的目光，质问她为何大白天戏那么多。

谢妍姗的生活变得更加忙碌了。

上课、写作业、吃饭、去实验室圈猫。

编程、看书、做题、去实验室圈猫。

健身、刷视频、做饭、去实验室圈猫。

每日都要问自己——这图有猫吗？猫在哪里？我漏了猫吗？

爬屋顶的猫、抓麻雀的猫、晒太阳的猫、与草丛合为一体的猫……

都是猫！

有天圈猫结束，谢妍姗拖着疲惫的步子进超市买比萨，门口一位老奶奶抱了一只雪白的小奶猫，小猫边蹭主人的胸口边嗲声嗲气地喵喵叫，引来了一群人围观：“哎呀！好可爱！我可以摸摸吗？”

毫无征兆地，谢妍姗对着小猫发出了一声无比响亮的干呕声。

在众人惊诧的目光中，她慌忙捂住嘴，充满歉意地打了个招呼，直奔卫生间，吐了。

翌日圈猫收工，她在休息区撞上柯昱。

“我觉得，我最近的工作就像在实验室里刷试管。”

柯昱薄唇轻勾：“数据集可是刚需。”

见她满脸不信，柯指导耐心解释：“机器学习的两大关键要素，一是训练的数据集，二是硬件芯片的计算能力。一旦研究的课题在市面上没有现成的数据集，就需要手工标记。数据标注已经逐渐成为最新的劳动密集型产业。”

谢妍姗听穿条纹T恤的男生们闲聊时提过，数据标注人员和算法工程师，参加工作后底薪天差地远。

柯昱慢条斯理地说：“有的工作主要靠智力，有的主要靠体力，你想做哪样的工作？”

谢妍姗没直接回答，只安静地注视着柯昱。过了至少五六秒，她发自内心地感慨：“柯昱，你真的很厉害，智力和体力都行。”

柯昱微微挑了下眉：“你怎么知道我体力很行？”

谢妍姗额角青筋一跳：“我是指你体力活干得好，修水管、修门窗、打坏人，样样精通。”

柯昱弯了弯嘴角：“只要谢大小姐需要，我随时可以服务。”

谢妍姗冷冷地瞪他：“只要我把钱给足是吧？”

“现在不给钱也行。”柯昱顿住，直勾勾地看了她一会儿，“我想要点别的。”

见他弯下腰，有俯身凑近自己的趋势，谢妍姗立刻进入备战状态，目光飞快地扫向四周，寻找武器：“我警告过你了，如果你再敢随便碰我，你可能会……”

她“死”字未说完便感受到一股热气喷向脖颈，喑哑的声音在咫尺处传开，带着强忍的浓浓笑意：“那你就杀了我啊。”

【4】

柯昱嘴上这么说，可行为还是比之前规矩了很多。

谢妍姗不屑地冷哼：狗男人果然还是怕死。

她提起他先前研究的“一键卸妆”项目，本想借此嘲讽他的恶趣味，谁知柯大佬十分坦然，准备为她现场讲解。

谢妍姗跟着柯昱走到图书馆可供出声讨论的三楼，在人较少的角落找了空位坐下。柯昱打开电脑，翻出先前项目汇报用的演示稿，侧头瞥了她一眼：“你离我那么远，怎么能看得清我的演示？”

椅子带着滚轮，谢妍姗小心谨慎地往他那边挪了挪。

柯昱饶有兴致地观察着她的反应，上扬的嘴角带着戏谑的味道：“再过来点。”

谢妍姗又往他身边挪了挪，肩膀不慎撞上他的肩膀，隔着薄薄衣衫传来的温度热得有些烫人。她匆忙地想往远处移，椅子却像被钉在了原地，动不了了。

她坐在柯昱左边，转过头，看见他右手操作鼠标，左手手臂状似随意地搭在她的椅背上，不仅暗自用力固定了她的椅子，还让她产生了一种被他揽住的错觉。

谢妍姗胃里涌上一阵快要吐血的痛。

她就知道他不可能这么老实！

偏偏这家伙的表情非常正经，目不斜视地盯着电脑显示屏："我参与开发的是数字图像还原取证技术，通常用于刑侦，你说的一键卸妆，只是其中的一个应用。"

谢妍姗一边读着他屏幕上的字，一边将身体往左倾斜，与他拉开距离，可柯昱不知是不是故意的，跟着靠了过来。两人肩膀再次撞上，她的眼皮跳了跳。

柯昱仍然看着屏幕，语调毫无变化："一般图像在经过处理后，会留下一些数字化的痕迹，比如说噪声斑点不匹配。"

他操纵鼠标在示例图上画了几个圈。

"通过机器学习[1]，训练AI，让AI辨认出这些特征，然后反向处理，将图像还原。"

谢妍姗双脚蹭着地板，试图用摩擦力使椅子滚动。

柯昱停止讲解，静了片刻，蹙眉道："你动来动去干什么呢？听明白了没？"

谢妍姗蓦地涨红了脸，这话说得好像是她一直在不安分。

"接下来我给你演示一下这个一键卸妆软件，"柯昱问，"你想看谁的素颜？"

谢妍姗还没从刚才的挫败感中回过神，随口说了梁萤和"爆炸头"的名字。

"我没她们的照片。"柯昱思考数秒，打了个响指，"看别人的

1　机器学习是一门多领域交叉学科，专门研究计算机怎样模拟或实现人类的学习行为，以获取新的知识或技能，重新组织已有的知识结构使之不断改善自身的性能。它是人工智能的核心，是使计算机具有智能的根本途径。

不厚道，要不就用你的吧。”

谢妍姗果断拒绝：“不行！”

见柯昱打开文件夹，里面有不少自己的照片，谢妍姗猛地扑过去夺他的鼠标。

柯昱轻轻地笑了声：“怕什么？我又不是没见过。”

霎时间，一股非常怪异的感觉涌上谢妍姗的心头。

他怎么会见过？

她停下动作，瞪向柯昱，厉声问：“你电脑里怎么会存我的照片？”

柯昱怔住，表情有一瞬间的僵硬。他不自然地移开视线：“我做实验啊。”

谢妍姗微眯起眼，仔细消化了下这五个字，然后整个人差点炸了。

不仅存我的微博当素材编肉麻段子生成器，你还用我的照片搞一键卸妆？

柯昱！

骂你狗男人简直是侮辱了狗！

谢妍姗恼羞成怒，气急败坏地道：“给我看看你都存了什么！全部删掉！”

这下轮到柯昱不乐意了，两人争抢鼠标间，谢妍姗无意间按下了文件夹自动播放键。

屏幕中缓缓浮现出谢妍姗高中时期的照片，就是先前被陆禾撞见的那张偷拍照。柯昱脸色骤变，为了不被她发现，他上身往后靠了靠，握住鼠标，高举过头，谢妍姗便像只试图抓毛线球的猫般转过身，换了个方向。

背后突然受了一记重力，她猝不及防扎进他怀里，视野里一片漆黑。

谢妍姗整个人都蒙了。

过了许久，她头顶上方传来柯昱轻飘飘的笑声，语气漫不经心：“谢大小姐，公共场合，你别这样。”